EL
ÚLTIMO
BRINDIS

EL ÚLTIMO BRINDIS

JULIÁN QUIRÓS

HarperCollins

Editado por HarperCollins Ibérica, S. A.
Avenida de Burgos, 8B - Planta 18
28036 Madrid
www.harpercollinsiberica.com

El último brindis

Esta es una obra de ficción. Nombres, caracteres, lugares y situaciones son producto de la imaginación del autor o son utilizados ficticiamente, y cualquier parecido con personas, vivas o muertas, establecimientos comerciales, hechos o situaciones son pura coincidencia.

Diseño de cubierta: LookAtCia
Imágenes de cubierta: Dreamstime
Maquetación: MT Color & Diseño, S. L.

ISBN: 978-84-1064-529-5
Depósito Legal: M-24158-2025
Impreso en España por: Unigraf

Índice

«A aquel, que fue presidente, lo enterraron,
y a este, que es ahora presidente, con seguridad lo enterrarán».
WALT WHITMAN

«Cuando se entierra una época no se cantan los salmos».
ANNA AJMÁTOVA

A tantos periodistas que, pese a las dificultades,
no han perdido la vocación,
y en especial a mis compañeros
durante una década imborrable.
Este libro es también mi homenaje
y agradecimiento a todos ellos.

Aclaración

A partir de ciertos hechos públicos ya juzgados, esta novela narra una trama de situaciones y protagonistas de ficción para contar el sueño roto de una ciudad mediterránea próspera y feliz durante el ocaso del dinero abundante y la ética del ladrillo y el acero corrugado. Un retrato de los años dorados —o de purpurina— que germinaron entre la codicia y la ingenuidad, hasta que una detonación periodística y judicial reveló la fragilidad del poder político y sus pasiones más mundanas. La obra dibuja desde dentro un sistema institucional en descomposición, y sus personajes han sido creados con fines puramente literarios.

PRIMERA PARTE

ESCAPADA

1

El tráfico baja cargado por las Torres de Serrano; son las ocho y media y la inminente apertura de colegios y oficinas colapsa las calles a esa hora. El atasco habitual de los miércoles. La ciudad ha despertado, plenamente bañada en el azul fogoso de las mañanas mediterráneas. Es noviembre, corre un aire fresco y agradecido que te hace sentir vivo, alegre, nada más cruzar el portal de casa. Iba a ser una mañana de tantas, de calendario, una mañana pasajera. Pero a trescientos cincuenta kilómetros de allí, en la madrileña plaza de las Cortes, todo se ha precipitado una hora antes. La noticia está volando entre los móviles de los periodistas más avezados. Montilla, un veterano especialista en política nacional, busca un número de teléfono algo olvidado que no marca desde hace tiempo y lo pulsa lo más rápido que puede. Quiere avisar a un periférico director de periódico con quien trabajó en su juventud.

—Yelbes, escucha: la Alcaldesa acaba de morir.

—¡¿Qué?!

—No sé mucho. Está circulando. Creo que es verdad. Se la han encontrado sin vida en la habitación del hotel donde se hospeda cuando viene a Madrid.

—Pero ¿cómo?

—No sé más, pero es así. Puedes subirlo a la web.

—¡¿Sin contrastarlo?!

2

Cuando un orden cualquiera se resquebraja y empieza a cuartearse, ya en las primeras fisuras se perciben las vibraciones del miedo. Al principio es la incredulidad —«esto no puede estar pasando»—, después el temblor comienza a notarse desde abajo, por la planta de los pies: es el suelo que se vuelve inseguro. Incluso para los poderosos. Siempre hay algo que temer cuando un equilibrio establecido se ve amenazado de golpe. Como aquellos años del Palau de la Generalitat en los que el miedo se transmitía cada amanecer, con las portadas de los periódicos, provocando una oleada de explosiones en cadena.

Sucedió algunos años antes de que Montilla llamara para avisar de la súbita muerte de la Alcaldesa. El President está gritando desde hace rato. No hay duda. Es un arrebato nervioso. Ni cólera ni furia. En efecto, grita el President sin contención; toda una novedad. El timbre se le ha vuelto agudo, como de soprano violentada. Se oyen sus voces en la planta baja, en el mostrador de los conserjes, y también desde el semisótano ocupado por los púberes asesores; atraviesan el patio gótico y rebasan el techo acristalado; escapan desde el impresionante sagrario del poder autonómico, el inaccesible despacho presidencial. Los funcionarios se miran entre sí, callados, pegados a la silla, acaso un leve gesto, una seña ayudada por las cejas; voltean despacio la cabeza cuando les llegan los ecos presidenciales, excitados, huidos por las ventanas. La calle Caballeros sigue desierta, la ciudad levanta las persianas y sus rutinas, ajena a las tensiones palaciegas. Dentro, el President repite vocales enardecidas e impacientes, entona alaridos como una Medea despechada. Los suyos intentan apaciguar al diosecillo enfurecido, desatado en una tormenta pavorosa.

Sobre la mesa de trabajo descansa una bomba informativa: la primera página de *El Nacional,* el diario de referencia del partido, el mismo que les ha estado dando cariño durante más de una década, desde aquel asalto triunfal a las urnas. El diario madrileño al que abrieron las puertas de la región para convertirlo en el contrapeso de la exasperante prensa local, mal acostumbrada, condescendiente, presuntuosa. Alimentado con patrocinios, compra de ejemplares, eventos, congresos, programas de televisión, suplementos. Mimado a todo gas para que difundiera la buena nueva a los cuatro vientos, hasta la capital de España y más allá, para que contara a su manera la gran fiesta de la prosperidad, del crecimiento, de la riqueza, del bienestar allí donde ataban a los perros con longanizas. Todo eso. Pero por segunda vez esa cabecera publica en portada que el President ha recibido regalos, trajes y dispendios de unos contratistas. Así, de golpe. No aciertan a encajar lo que está pasando, por qué se prestan a copiar los chismes de los altavoces de la oposición. Es incomprensible. Están rompiendo el orden establecido.

Brama el President.

El dios del poder autonómico se remueve, no para quieto, se ha vuelto humano. Deja de levitar, de pronto le han bajado del caballo, de la estatua ecuestre de Jaume I, el Conqueridor. El dios autonómico retorna a ser un hombrecillo, pero además le golpean y mancillan con mentiras. E injurias. Vocifera. Las páginas interiores del diario afecto resultan inapelables; no estamos ante un error o un descuido. Es intencionado, el Secretario Institucional no sale de su asombro. «Pone… pone que eres un corrupto, que te has dejado comprar, eso dicen de ti, del President de la Generalitat, del Molt Honorable President. Manchan el nombre y el cargo con infundios, y encima lo hace el diario del partido. ¿Alguien lo entiende?».

El equipo de leales está entrenado para defenderse de los otros, de la prensa enemiga. Llevan ya varios meses con el dale que dale; pueden negar toda la porquería que saca la prensa hostil, manejada por los rubalcabas, todos esos que no son capaces de vencerlos en las elecciones: cuarenta portadas en cuatro meses, ya está bien. Las reglas estaban claras. Hasta ahora. Dos bandos, cada uno con el suyo, con el que le corresponde. «Están esos perdedores, envidiosos, y estamos nosotros, representando al ciudadano de la calle, al pueblo; nosotros que ganamos las elecciones, traemos prosperidad para todos y trabajamos con dedicación». Eso piensan. Pero el diario más influyente entre sus cuadros, el suyo, *El Nacional,* el que lee todo el partido, el que manda en Madrid, el que siguen Mariano y María Dolores y Soraya y todo Génova, esa cabecera está cambiando de aliados. Se está pasando al otro bando. Ya son dos días seguidos de ataques. Han transcurrido veinticuatro horas desde el tiro inicial y todavía no conocen el porqué, la intención. La conspiración, la paranoia, porque lógica no tiene. Tampoco saben cómo reaccionar. Ayer, el President habló personalmente con uno de los subordinados de Juandiós y solo le devolvió evasivas: que no se preocupara, que lo que tenía que hacer era aclararlo rápido y ellos limpiarían el tema, que seguro que contaba con una buena explicación. «Paco, tú eres un político de primera y un tío honrado, tienes que aclararlo, la credibilidad de *El Nacional* no puede permitirse esconder una noticia de este alcance;

lo hablamos si quieres el próximo día que me acerque a la tertulia de Canal Nostre».

Pero Paco no quiere aclarar nada, concho. Da por hecho que aquí basta con su palabra, con que él lo diga. «Yo me pago mis trajes», pronunció campanudo ante la pregunta de Expósito en un hotel delante de trescientas personas, y no ha servido en absoluto. Empieza a sospechar y a maldecir. No le gusta lo que ve. Siempre le dio mala espina el vínculo íntimo de Eduardo con Juandiós. Ay, Eduardo, el President fundador, el que le puso en el cargo, el que pretendió después manejarle desde el ministerio y se llevó el chasco de su vida.

Al Palau de la Generalitat le resulta incomprensible que se esté dando relevancia a una ola de inmundicia. Es porquería. El President flota en el cénit de su poder, en la cumbre, tiene cuarenta y seis años, salud, éxito, popularidad, astucia, y se imagina como la reencarnación del conquistador medieval. «Y a un rey no se le denigra ni se le insulta, concho», musita perplejo el Secretario Institucional. Van a hacer algo, los supera la furia, releen por enésima vez los mismos párrafos. La portada es una detonación, una declaración de guerra; el equipo presidencial empieza a percibir una conjura criminal, pero no atina adónde apuntar. El Palau se ha vuelto una loquería. *El Nacional* corre de mano en mano al cabo de unas horas, no hay duda, persigue un magnicidio y la sombra acechante de Eduardo el Fundador sobrevuela el ambiente. Esto no es solo obra de la oposición; son intrigas dinásticas, detrás se ocultan los demonios de Shakespeare, los cuchillos traicioneros. Hay que hacer algo, por supuesto, algo grande, pero… Pero únicamente se extiende un griterío contagioso. Es la histeria que se expande.

No pudieron concebirlo entonces, pero nunca llegarán a fortificar nada contra las amenazas y las conspiraciones. Nunca acertarán con la reacción. Responderán con el encierro, la clausura del

Palau, el cierre de filas, la parálisis, el enrocamiento, los golpes de pecho santurrones. Nunca se sobrepondrán a las vibraciones del miedo. El President reconoce enseguida las grietas en su base de poder. Los primeros conversos escapan, cambian de bando, ratas, nunca fueron suyos en realidad, eran emboscados del otro. Está de pie, mira a los suyos, todos levantados, nerviosos. Entonces al Secretario Institucional le asalta el impulso, le sobreviene una rabieta, se mete las manos en los bolsillos y tira hacia fuera del forro: «Tú no te has quedado con nada, ni un euro que no sea tuyo, tú eres…». Y calla. De pronto le parece ridículo expresar a viva voz lo que le ha venido a la cabeza, pero lo recita para sí: «Tú eres el President y te pagas tus trajes, ya está. ¿Por qué no nos creen?».

El Jefe de Prensa confiesa al equipo que ha vuelto a hablar con el delegado de *El Nacional*.

—Me ha dicho que nada, que es cosa de Madrid, que ellos no se podían quedar parados con todo lo que se está publicando. Que se deben a sus lectores, que la gente se está cuestionando ciertas evidencias, que tienen no sé qué mierda de documento de la UDEF y que también el presidente balear era muy amigo del diario y de Juandiós y cumplieron con su obligación. Que tenemos que dar la cara y cortar cabezas.

—Pero si es mentira, concho —replica otra vez, destemplado, el Secretario Institucional—. Nos van a hacer lo mismo que al de Baleares. Ellos nos conocen de sobra, saben que no tocamos un euro que no sea nuestro. Si les damos casi veinte millones para sus programas de Canal Nostre, si desde la Consejería de Economía les regalamos casi dos millones para no sé qué de la náutica, de la Copa América, si tenemos a todo su *staff* metido en las tertulias de la tele, a ochocientos euros la noche más avión y hotel, ¿eso sí les parece correcto?

—Todo eso lo saben —matiza el Jefe de Prensa—. Yo creo

que se les pasará, lo hacen para cuidar su imagen, toda esa chufla del periodismo de investigación del que tanto alardean, pero lo arreglarán. Lo malo —prosigue— es que a partir de ahora los del otro lado nos van a atizar con más fuerza. Debemos estar preparados, tenemos que hablar con nuestra gente, movilizar al partido, mostrar unidad, todos juntos; la calle sabe la verdad, vamos a llamar a los medios, a los nuestros, vamos a responder, a plantar cara. Te creerán, President. Esta tarde tenemos la inauguración de esa fábrica de cerámica, es perfecto, una foto tuya bien arropado sin que falte nadie será útil.

—Con la que está cayendo, una foto no sirve de nada —interrumpe la Jefa de Personal—. President, te lo he dicho mil veces: la política no se resuelve así, te dejas enredar por extraños y liantes que vienen a hacerte la rosca, eres un ingenuo. Ya lo hemos hablado en otras ocasiones, solo puedes contar con los que estamos aquí y pocos más. ¿Tienes las facturas?

—Yo qué sé, qué voy a tener, ¿el recibo de un traje comprado hace tres años? ¿Tú guardas los tiques de todos los vestidos que te compras, de la gasolina, de la lavandería? Por Dios…

—President, ya te puedes ir acostumbrando a las peores impertinencias, afróntalo, esto no es algo que vaya a pasar a la ligera con una foto de unidad. Debes entender que nuestra posición se ha vuelto débil. Nos pueden provocar mucho daño.

—Creo que me doy perfecta cuenta, ¿no te parece? Pero para eso funcionan las instituciones. Llamad a la presidenta de la Asamblea, es la segunda autoridad territorial, que diga algo esta misma mañana, eso funcionará para los informativos del mediodía. Pasadle unas frases sobre su confianza total en la honorabilidad y la inocencia del President y su conducta intachable; ponédselo clarito y breve y Milagrosa sabrá hacerlo. Con eso ganamos un día, o unas horas.

Una eternidad hasta que vuelvan a salir las portadas de la prensa.

El Secretario Institucional decide tomar la iniciativa de inmediato y llama personalmente a algunos pesos pesados del partido y de la Administración para que estén en alerta y echen una mano: esta misma tarde, todo el que pueda debe acercarse a acompañar al President. Marca varias veces el móvil del diputado Frasco, pero lleva rato comunicando.

—Diiime cosas.

—Oye, soy yo.

—¿Cóómo está el mejor diputado de España?

—Yo fenomenal, donde están regular es en el Palau. ¿Has leído lo que ha salido hoy sobre los trajes del President?

—Indignante.

—Bueno, a lo nuestro. ¿Dónde vas a ver esta tarde el partido de la selección?

—Eh…, donde tú me digas.

—Tengo por aquí a un grupo de colegas de visita oficial. Son un poco de todas partes, pero de confianza; he pensado que podíamos darles una pequeña fiesta, sin pasarnos, pero pueden ayudar luego si nos hace falta, entiéndeme. Llevarlos al ático del marítimo, poner el partido en la superpantalla esa que tienes, sacar el Moët & Chandon que escondes allí, bribón, hacer algunas invitaciones… ¿Te da tiempo? Tú tienes buena mano para eso.

—Vaaale, me pongo con ello. Pero una cosa: ¿con amiguitas o sin amiguitas?

—Sin amiguitas de arrancada, luego ya vamos viendo el panorama.

El Canterito es el primer contratista de la ciudad. Nada escapa a sus negocios: construcción de escuelas, hospitales, aparcamientos, carreteras, viviendas públicas, residuos, residencias... Es el gran alicatador del litoral mediterráneo. Y nada más colgar al diputado Frasco hace otra llamada:

—Hassan, escúchame, que hay una urgencia. Esta noche tenemos que abrir la jaima, que me viene una gente de Madrid con ganas de lío. Ya sabes, lo de siempre, el aire acondicionado a tope, muchas luces de putiferio en la terraza, pide algo de marisco hervido, gambas rojas y quisquillas, lo que tengamos por ahí, lomo y cava de Requena. La nevera del Moët & Chandon ni la toques y el jabugo tampoco, y busca unas chicas para que sirvan las cosas, no vas a ponerte tú con lo feo que eres. Hale, adiós, te digo cosas.

El Canterito marca seguidamente otro número. Está en plena ebullición, las maniobras urgentes son su mayor destreza.

—Hooola, ¿cómo está la futura mejor diputada de España?

—Hola, zalamero. Seguro que quieres algo.

—Me ha llamado Frasco, que esta tarde se viene con vosotros a ver el partido en el ático.

—Ah, pues a mí no me ha dicho nada. Yo de momento solo soy asesora, pinto poco, ya ves.

—Es que ha sido hace unos minutos, no te molestes, Silvia, sabes que eres su favorita, devoción te tiene. Escucha, está lo del tema mío, ya ha llegado a la consejería. Me interesa hablarlo contigo para que les indiques dónde están los suelos nuestros y si tenemos que hacer algo, porque cambiarlos de color es lo más fácil del mundo, leñe, solo hay que querer, o que nos den los aprovechamientos en otra zona.

—Huy, yo no sé si puedo entrar ahí. Esas son las cosas que lleva Frasco y no me voy a poner a pelear, que es muy suyo.

—Pero... pero si tú vales mucho más que él, lo que pasa es que te da miedo jugar. Hale, que te folle un pez.

El diputado Frasco devuelve la llamada perdida al Secretario Institucional nada más dejar de hablar con el Canterito. Se excusa, que le disculpen, lo lamenta muchísimo, pero esa tarde no va a poder acompañar al President a la inauguración de la fábrica de cerámica. Comprende que hay que apoyar a tope, pero tiene una convocatoria inaplazable con media docena de diputados, un asunto grave de la Comisión de Exteriores, tienen que llegar a una nota de consenso urgente, están pendientes en Madrid, hasta se va a perder el partido de la selección, fíjate, pero ya le manda un abrazo enorme al President, está con él a muerte. «Que no dude ni decaiga, que esto pasará. Decídselo de mi parte, por favor».

3

Los años siguientes, Yelbes se preguntaría cómo un hombre pulcro, arreglado y vestido hasta la coquetería, con gusto por el diseño y esas marcas caras de logotipos visibles, fue incapaz de resolver el asuntillo del aliento. Incluso cuando dejaron de hablarse y le venían con el cuento de las administrativas y comerciales atrapadas en su labia de consultor, lo que más le impresionó no fue el tabú de las relaciones desequilibradas, el juego embaucador entre el jefazo y algunas empleadas de base, sino qué hacían ellas para capear aquel desarreglo bucal. ¿O es que nadie más lo notaba? ¿Tan sugestionado llegó a estar con este hombre que le producía obsesiones fantasiosas?

La halitosis, cierta o paranoica, fue lo único que escapó al control del Jefe de Operaciones durante los años en los que trabajaron juntos. Pero aquella medianoche de lunes lo menos extemporáneo de aquel personaje al que acababa de conocer resultó ser el aliento. Le causaba algo de repulsión y conseguía distraer su atención, como un coche pegando bocinazos en mitad de la calzada: algo molesto pero secundario en medio de una conversación importante. Reparaba en las bocanadas, pero procuraba no dejar de escuchar, sorprendido con un interlocutor de palabras mal fermentadas en una torrentera inacabable, apenas a cuarenta centímetros de distancia, solapa contra solapa, violentando la intimidad en el descansillo de una habitación de hotel a la una de la madrugada, con los pantalones colocados deprisa y corriendo tras oír tres golpes inobjetables en la puerta y responder con un incrédulo «¿sí?».

—Hola, soy Pulpón. ¿Puedo pasar?

—Unnn… Un mooomento.

Pero qué… No le dio tiempo a pensar ni a ponerse en situación. Yelbes abrió en cuanto alcanzó los pantalones tirados en una silla, sin zapatos ni calcetines; miró hacia abajo y se vio los dedos de los pies desnudos, qué cutre, se dijo, pero no se demoró, inquieto; algo insólito ocurría después de una cena tan estrafalaria para que ese figura irrumpiera así. Pulpón era el ejecutivo de moda desde que aterrizó en Total Quórum, la antigua Sociedad de Diarios Reunidos. Procedente de la venta de coches y cocinas y de la recalificación de suelo, había triunfado nada más llegar a la compañía al sacar adelante un expediente de regulación de empleo que echó a la calle a decenas de periodistas en un tiempo récord, sin un día de huelga ni una palabra de más. Sin ruido. Logró méritos incontestables ante el Consejero Principal de la central de Madrid como un virtuoso del conflicto, alguien con una desconcertante capacidad para salirse con la suya y enredar al más esquinado. El Mago, le bautizaron. Tras su exitoso comienzo, recibió plenos poderes y citó a Yelbes para cenar en domingo —otra extravagancia— con la idea de concretarle la oferta para dirigir un diario centenario en horas bajas, justo cuando más se precisaba el nervio informativo y más escándalo generaba una ciudad próspera como pocas. *El Periódico* penaba su flaqueza en tierra de nadie, con la credibilidad dañada en el peor momento, la competencia arrebatándole su espacio y un liderazgo y prestigio histórico discutidos.

Pulpón, flamante Jefe de Operaciones, un coqueto máster del universo de la hoguera de las vanidades mediterráneas, con el ego subido tras el mastodóntico ERE, convocó a Yelbes, que estaba al frente de un pequeño diario al otro lado de la península. Después de reconocerle como un periodista con sobrada reputación para salvar *El Periódico* y relanzarlo, puso sobre la mesa un obstáculo sobrevenido, «nada, una fruslería, tú no le darás importancia a una tontería así».

—Serás el director real —le dijo Pulpón a Yelbes—. Por supuesto, se hará lo que tú digas, pero esta ciudad y esta región son muy complicadas, es una plaza difícil para nosotros. Si traemos a alguien de fuera, con los políticos bajo sospecha, puede crearnos problemas. Te pagaremos el salario completo de director, pero necesitamos cubrir algunas apariencias, colocar por encima a una persona de paja, solo nominalmente, que aceptará el acuerdo. Pero es alguien de aquí, lleva muchos años, tiene infinidad de contactos y la confianza del poder, y además puede ayudar a traer ingresos, algo imprescindible porque el diario está fatal, necesita ayuda, yo no te voy a engañar, ya me conocerás, la honestidad es mi primera norma personal.

Fueron quince minutos, no más. La reunión estuvo concluida al cuarto de hora; acababan de servir los primeros platos. Zanjado. Yelbes se quitó un peso de encima. «Bueno, me evito mover a la familia otra vez», pensó. Con un cinismo cortés impropio de su temperamento, le dio la enhorabuena a Pulpón y le dijo que no estaban tan mal, que no se abrumara. «Por lo que acabo de oír, necesitas un segundo de la Redacción, no un director. Tenéis muchos periodistas magníficos y disponibles que pueden hacerlo a la perfección, yo ya soy director de un diario y no entra en mis planes dejar de serlo».

Asunto cerrado. Irrevocable. Pero aún hubo de aguantar casi dos horas de conversación banal, explicaciones infantiles y vuelta la burra al trigo. Resulta que Pulpón —«qué lástima no habernos tratado un mes antes»— ya tenía el acuerdo cerrado con otro aspirante, se habían pactado hasta las condiciones económicas, un callejón sin salida. «De todas formas, piénsatelo, es un salto para ti y en tres años el puesto es tuyo». No resultó fácil, pero Yelbes logró levantar la reunión en cuanto pudo. «Me marcho a primera hora», pretextó. Rechazó quedarse al *gin-tonic* con el que en aquella época se cerraban las cenas de trabajo antes de subir a su habitación:

—Perdona —se justificó Yelbes—, no soy de mucho beber. Salgo temprano, vuelvo a mi faena, me quedo en mi trabajo y por mí aquí no ha pasado nada, tan amigos. Esto es una compañía gigantesca, pero nos conocemos todos. Hay confianza.

4

Así debería haber concluido la noche, la conversación y la propuesta del Jefe de Operaciones. Pero no. Apenas media hora después, en su habitación, Yelbes estaba repasando la portada y las páginas principales de la siguiente edición de su cabecera y, tras despachar algunas correcciones con la sección de Cierre —«otra vez ponemos el mismo verbo en dos titulares de la misma página»—, sin tiempo de haber pasado por el baño y con sobrecarga en la vejiga debido a tanta agua durante la cena, de súbito Pulpón golpeó tres veces la puerta.

—Olvídate de lo que has oído antes, me lo he pensado mejor, ya lo tengo claro —dijo—. Tú eres la persona que *El Periódico* necesita, te he escuchado y me convences; tú eres como yo, somos iguales, yo arreglaré lo del otro candidato y hablaré en Madrid con el Consejero Principal para dar marcha atrás. Vas a ser el nuevo director.

Incrédulo, observó la verborrea del Jefe de Operaciones y le dejó hablar, se sintió incapaz de seguirle el ritmo, debería haberle aceptado ese *gin-tonic* para estar a su altura. El otro iba desatado, será la primera vez que le observe desplegar sus encantos de pavo real de la gestión creativa. Yelbes no sabía qué añadir. Asentía, escéptico, desbordado. Pulpón, de tú a tú, exhibía su retórica proverbial. Frente a frente, en clave confidencial, le habló de su infancia de nieve y sabañones en la serranía de Ronda, de la universidad becada, del hondo sentido de orfandad del hijo único, del secretario municipal de su aldea que ahora es alto cargo en la Generalitat «y nos va a ayudar»; le contó lo de sus mellizos de diez años, a los que les gustaba echar canastas con su padre los domingos por la tarde.

La primera vez que se veían, de pie en un descansillo en penumbra, con unas ganas locas por aliviarse, y le estaba soltando una desconsolada novela de Dickens. Más perplejo que otra cosa —«¡qué tío más raro!»—, Yelbes ni se percató del juego de trucos y seducción con el que el Jefe de Operaciones se convertiría en una leyenda dentro de la empresa. Cuando quisieron darse cuenta, demasiado tarde, ya no le apodaban el Mago, sino el Hipnotizador, y una inmensa escabechina de sangre y tinta le rodeaba. Pero eso pasaría después, años más tarde; de momento llevaban casi una hora de pie uno frente a otro, en la cita de trabajo más desconcertante que había vivido el periodista en toda su vida. Pulpón se va aproximando centímetro a centímetro, con pequeñas pausas, el otro piensa que van a acabar abrazados, en realidad no sabe qué más hacer, ya no puede dar más pasos hacia atrás, tiene la espalda contra la pared del baño, siente la esquina de un pequeño marco en mitad del omóplato y, por supuesto, percibe el aliento acosador. No es que resulte agresivo, pero sí absurdo y ridículo. Pulpón le cuenta una intimidad tras otra, las va ideando sobre la marcha, habla sin detenerse ni a coger aire, habla sin respirar, no descansa ni toma oxígeno, va ganando palmo a palmo, enlaza una idea con la siguiente, una anécdota con un recuerdo, un consejo con una premonición. Parece un Nostradamus de la prensa, sabe cómo salvar el negocio y todavía no acumula ni cien días cotizados en el sector. Pronto le asaltarán revelaciones descacharrantes que en el futuro le darán fama de alumbrado, pero Yelbes, el inminente director, bastante tenía con ver cómo conseguía echar a ese hombre en aquella madrugada surrealista. Había logrado dejarle aturdido; necesitaba algo de gas, se sentía fundido, bloqueado. Miraba de reojo el minibar deseando que Pulpón saliera cuanto antes de la habitación.

A la mañana siguiente, apenas siete horas después del encuentro, antes de dar las nueve, ya estaba de nuevo Pulpón al acecho con una llamada al teléfono móvil de Yelbes para confirmarle que tenía resuelto el conflicto con su oponente; que el puesto era suyo, como le avanzó la madrugada anterior. Acababa de deshacer el pacto con el primer candidato a la dirección del diario mediante una brevísima conversación telefónica:

—Buenos días. ¿Cómo estás? ¿Camino de Madrid?

—Hola, Pulpón. Sí, justo entrando en Madrid, he quedado con mi presidente para decirle que abandono la tele para irme con vosotros, que prepare el finiquito. No va a ser fácil, pero entenderá que no puedo dejar escapar una oferta como la que me hacéis.

—Ah, muy bien, perfecto entonces, todas las condiciones que hablamos van adelante, todas. Ya tengo el contrato en mi mesa para firmarlo, esta misma tarde si te viene bien. Tengo el visto bueno de arriba en todos los puntos. Serás el director con plenas atribuciones, el sueldo que hablamos, la indemnización que querías, un año de contrato, seguro de vida, fondo de pensiones, tarjeta de empresa y…

—Espera, espera. Un momento, espera, que no te he oído bien. ¿Un año de contrato has dicho?

—Eso es, un año, y además seguro de…

—¿Cómo… cómo un año de contrato? ¿Cómo voy a dejar la

cadena de televisión, una empresa en la que llevo veinte años, para irme por un año de contrato?

—Eh... Ah, esto... Bueno, claro, un año de contrato, sí. En estos puestos tiene que ser así, no existe la larga duración, son puestos ejecutivos, de confianza.

—Pero eso no me lo habías dicho. Es que voy conduciendo y no sé si te entiendo bien.

—Eh... Es que... Bueno, ya sabes, con tu edad, un año de contrato y te puedes prejubilar, no sé, ni pensé que hubiera que decirlo... Luego, si quieres, te podemos dejar como colaborador, escribir algún artículo semanal, hacer entrevistas... Es que en Total Quórum no me van a conceder más plazo, son muy exigentes con estas cosas, es mucho dinero, y, bueno, pensábamos que en tu cadena van a cambiar pronto a los presentadores de los informativos por gente más joven y a ti te gustaría aprovechar y poner el broche de oro a tu carrera con la dirección de un diario. En fin, sabes que acabamos de hacer un ERE muy doloroso, hay muchos nervios, puede no entenderse si lo tuyo no lo hacemos de esta forma.

—Pero es que no entiendo nada: si te sale más caro pagarme la indemnización que dejarme más tiempo de director... En mi vida he oído que los puestos de director sean por un año, y lo del ERE ya lo sabías cuando me llamasteis.

—...

—Pulpón, me lo tenías que haber dicho, que estoy llegando a la sede de mi empresa para despedirme y me entero de esto en el último minuto, que yo no pienso prejubilarme ni jubilarme, que está fuera de lugar y lo tenéis que arreglar.

—Pues, en fin, perdona el malentendido —atajó Pulpón—, pero es que no podemos hacer nada, no está en mi mano, es política de empresa. Eh..., lo lamento, entiendo lo que dices y por mi parte ningún rencor ni malestar. Supongo que el puesto no te va a interesar de esta manera, y me hago cargo y lo comprendo.

—No, claro que no, así no acepto. Lo dejamos, menos mal que acabamos de hablar, estoy entrando en la emisora, dentro de una hora habría sido catastrófico. No, así no acepto.

Al Jefe de Operaciones apenas le habían bastado cinco minutos de negociación telefónica para deshacerse sin sangre de un candidato con el que tenía acordado un trato que ya no le convenía. Entrenado en el sector de las ventas y el urbanismo salvaje, de las negociaciones a cara de perro, comprobó que sus interlocutores en la prensa eran unos pardillos, caniches falderos, incautas damiselas, monjas contemplativas, viejas inofensivas de churrito con chocolate a las seis de la tarde. Vamos, que iba a hacer con ellos lo que le diera la gana. Su habilidad para manejar situaciones y personas se volvería legendaria. Disfrutaba con su proverbial capacidad de seducción, pero también necesitaba que se supiera, porque ¿de qué sirve un don tan especial si los demás no te lo aprecian? Ahí flaqueaba. En la vanidad. No pudo evitar detallar a Yelbes su destreza para quitarse de encima el obstáculo del otro aspirante, aunque se ahorró comunicarle al inminente director que el candidato defenestrado iba a cobrar el doble que él. En fin, todo eran buenas noticias para este maestro de la intriga y se había ahorrado un fichaje carísimo. Pulpón sonrió para sí: ahora incluso tenía un diario para sus fantasías. ¡Un diario centenario! Tres meses atrás vendía vitrocerámicas y mamparas de ducha por las promociones de la costa.

5

El fiscal más joven y brillante de la ciudad sale de su casa de la periferia a las 08:30, como es habitual. Deja a sus hijos, todavía pequeños, en un colegio del centro con prestigio de toda la vida; tuvo suerte al encontrar plazas libres y así puede beneficiarse de una sólida educación sin apenas esfuerzo económico. Justo a tiempo, por cierto; el decreto ley anticrisis de Zapatero le acaba de recortar casi el diez por ciento de la nómina. Debe ajustar gastos cuanto antes, hablará con su mujer.

Conduce hasta el edificio judicial, donde tiene plaza de *parking*. Ha repasado la prensa por internet antes de coger el coche. Ya en la segunda planta de los juzgados busca a su colega de Anticorrupción. Los llaman Starsky y Hutch, otra chorrada de la prensa; el equipo se romperá pronto. Será Cascano, el fiscal más joven y prometedor de la ciudad, quien salga ganando. Saltarán los recelos en cuanto empiecen a circular las filtraciones de origen desconocido. Todos sospecharán de todos. Pero esa mañana todavía parten en comandita a tomar el café, es su manera de arrancar la jornada, salvo los viernes, cuando cada uno hace de su capa un sayo.

Hoy le toca pagar a Cascano. Se quedan en la barra. Comentan las últimas noticias e intercambian las novedades corporativas. Confirmado el tijeretazo de los sueldos y que se quedan sin paga extra, el Gobierno está contra las cuerdas, el país se precipita, se han anulado las últimas inversiones para comprar los equipos informáticos, no hay dinero en ninguna parte y los refuerzos anunciados para el departamento parece que ahora se van a suspender. Echan en falta esos trescientos euros mensuales para mejorar algo sus menguados ingresos. «Mientras los políticos roban, este país se va a la mierda», escuchan Starsky y Hutch a sus espaldas en la barra. El caso de los trajes ha encendido el ambiente, despertando el instinto gremial para buscar debajo de las piedras. «Tenemos que limpiar la porquería»: ese es el espíritu de los cachorros recién incorporados a la función pública; ellos son la garantía del juego limpio para sanear la Administración. Mientras, al pobre Manolo Rubio, el de Barcelona, le han dado la incapacidad tras el ictus y va a perder el diecisiete por ciento de la pensión. Todavía no ha cumplido los cincuenta.

Vaya, han dado las diez, se les escapa la mañana y no será por falta de faena, queda todo por hacer. Los fiscales corren a sus despachos y se encierran. Mucha tarea esperando, pero Cascano, el fiscal más joven y portentoso de la ciudad, empieza por revisar las carpetas confidenciales que guarda en un cajón de su mesa. La llave siempre va consigo. Y tiene una copia de todo en la buhardilla del adosado. Ahí está su futuro. Su carrera, pero quizá todavía ni lo sepa. Supone que su colega Starsky —¿o era Hutch?— tendrá un cajón parecido y andará preparando algo potente; se hablan entre indirectas. A lo mejor es pronto para que Cascano sea consciente de que su nombre se va a disparar, directo a la gloria. La prensa sigue con lo de los trajes, un asunto morboso que llevan desde Madrid, pero eso no es nada, apenas el primer cañonazo para abrir brecha comparado con lo que él va acumulando. Un arsenal nuclear. En la primera carpeta aparece la presidenta de la Asamblea, exconsejera de Turismo, conocida por Milagrosa

«Joyamía», pringada con la empresa que se ocupa de las campañas electorales del partido. Parece que hace unos años le regalaron un reloj de lujo por Navidad tras una adjudicación en Fitur. Ese caso también se lo han birlado los de Madrid —¡por los pelos!— cuando creía que sería su primer triunfo incontestable, el que le lanzaría al estrellato. Los listos de la Fiscalía General han engordado el sumario con mayor rapidez, una lástima. De hecho ocurre algo extraño, inusual hasta entonces, que despierta la atención de la oficina. De repente, por primera vez, se produce una fuga en la investigación y acaba publicada en la portada de un diario antes de tiempo. Caras de asombro, incredulidad, pero el supuesto fallo de custodia ha salido bien: provoca una tormenta y se precipitan las reacciones políticas, el ruido; la prensa se pone a husmear. Cascano toma nota, aprende rápido; tiene que decidir si apoyarse en la UDEF o en la UCO, duda de cuál le conviene más, necesita socios convencidos. Le acaban de pasar grabaciones muy jugosas del Canterito y abre la segunda carpeta. Le tienen pinchado el teléfono y está esparciendo sus fechorías, sin enterarse, mientras habla con unos y otros. Hace pocas semanas dio una fiesta a lo grande en su ático del marítimo para agasajar al diputado Frasco. El Canterito tiene suelo urbanizable como para declararse república independiente, un águila, y se está forrando a cambio de repartir cuatro limosnas. Y luego está lo del Conejo, un fuera de serie el Conejo, no hay otro como él; ocupa la tercera carpeta. El Tribunal de Cuentas tiene que confirmar si ha hecho desaparecer cinco millones de euros de las arcas públicas; iban a utilizarse para construir un hospital en Haití, pero ni existe el hospital ni se encuentra el dinero extraviado. Para este asunto, Cascano ha cotejado con Madrid, hay mucha gente que le tiene ganas al Conejo, consejero con cuatro presidentes autonómicos sucesivos. «Cascano, mucho cuidado —le han aconsejado los veteranos—, al principio no apuntes hacia arriba o el Conejo se te escapará vivo, tienes que disparar abajo, a la base, a los funcionarios, a los técnicos, de arriba de momento que se ocupe la oposición política, pero tú tienes que derribar primero la resistencia de los cargos intermedios y ya verás como acaban señalando al consejero». Esa debe ser siempre la estrategia, nunca falla. «Eso sí, no puede destaparse nada antes de tiempo o los papeles se extraviarán, te quedarás sin nada, máximo sigilo de momento». Y el runrún empieza a fluir: «Ese chico nuevo, Cascano, tiene mucha carrera por delante, es el fiscal más joven y dinámico de esa provincia».

Hace tiempo que es el favorito del ministerio público. ¡Menudo muchacho, qué dedicación! El último en llegar y ya ha demostrado dotes notables, ha espoleado la burricie de la oficina. Se empieza a notar que cuenta con el respaldo de las alturas. Por eso le apoya sin fisuras la fiscal jefe provincial. El chuchú circula por los pasillos: «Por lo visto, le han dicho que puede pedir lo que necesite, que están a su disposición, pero que vaya con cautela, que la gente a la que investiga es muy peligrosa».

Cascano es la esperanza del cuerpo para limpiar la política local de corrupción, arriba están muy interesados, siempre preguntan por las cosas que saltan aquí. La gente está harta. Y el mejor material, el más sensible, acaba siempre en sus manos. Tiene muchas carpetas, puede que diez, disimuladas en la caja negra de la corrupción. Es un grandioso incendio lo que allí guarda. El fiscal finalmente asume que precisa de una estrategia, debe ir haciendo secuenciar las investigaciones de forma sucesiva y de menos a más, necesita rodearse de gente fiable, hermética, para evitar las fugas. En esas, aparece en escena un espontáneo. Un veterano periodista de sucesos algo desfasado y sin mucho crédito, que se ocupaba de las relaciones externas de varios colegios profesionales, se vuelve de pronto brillante y arrojado y es capaz de convencer a los jefes de *El Nacional* de que con él pueden ir a por todas, sin miramientos, con portadas explosivas. Al cabo de tantos años de irrelevancia, resulta ser un informador resabiado con unas fuentes de primera categoría. El puñetero Domingo Uclés —así se llama el reportero del que nadie esperaba ya nada— sorprende a todos de golpe, provoca el pasmo general, publica escándalos con mucho impacto, arrasa, nadie sabe cómo ha vuelto a resurgir y cuáles son esos contactos que le convertirán en unos meses en el mejor periodista de investigación de la época. Dará mucho que hablar Domingo Uclés.

6

Fisgonea la fiel ayudante por la puerta entreabierta, apenas un palmo. Considera que la verdad está ahí dentro, la honradez personificada en los ciento cincuenta metros de la estancia presidencial, en esa mesa de roble macizo cuyas patas torneadas lucen con las armas de las glorias de la región, con sus héroes y las leyendas de un pueblo valiente y venerable. Piensa que quizá algún día aparecerá labrada en algún lugar sobresaliente la cabeza de este President, que en los diez años que lleva trabajando para él se ha ido quedando descubierta, sin pelo y despoblada. Diez años acompañándole en un vertiginoso ascenso por un poder algo fácil, veloz, con el favor del partido, sobre la fantástica ola electoral que le llevó de ser un aplicado asesor de la Alcaldesa a concejal, consejero, diputado, delegado del Gobierno y, por último Molt Honorable President de la Generalitat. Un viaje meteórico, un tránsito fulgurante mecido entre el éxito, el halago y la obediencia.

El President es un elegido, algo tendrá cuando ha alcanzado tanto. Se considera obligado, responsable, lo ha tenido todo: coche oficial, escoltas, protocolo, presupuesto, servicio personal, elogios desmedidos, el orgullo huero de que te llamen jefe o President. Es un vanidoso simpático y algo altanero, la vida le ha premiado con triunfos, también conoce lo difícil que es llegar, ubicarse;

muchos lo pretenden, pero los afortunados escasean. Y uno tiene que valer, no solo es cuestión de estar entre los mejores; hay que saber manejar la suerte, las relaciones de poder, atender a los superiores, a aquellos que te pueden impulsar, hasta en lo más pequeño, incluso en la radio local: no se puede faltar al programa del extravagante Palomar. Y luego están la envidia, las rencillas, los pulsos soterrados, los codazos, la manera sibilina de dañar a un competidor interno, de rebajar sus opciones o darle una estocada con mano ajena. Habita en un confort personal amable e incombustible donde nunca hubo hueco para la codicia o el lucro, pero sí para la existencia regalada: «Sí, President; President, por aquí; por supuesto, President; lo que mandes, President».

Y estando en lo más alto, sin esperarlo, el Palau se le derrumba. La fiel ayudante conoce las debilidades del gran jefe, qué le van a contar a ella, las ha visto todas desde que guarda la puerta de acceso a los despachos. Ahora le tiemblan las manos mientras entrega la prensa del día, esa carnicería que ha sustituido las alabanzas de antaño. Le hormiguean los brazos sobre los que destaca la portada del diario madrileño con el que el President contaba como apoyo si llegaba la ocasión de pelear por la presidencia nacional del partido: si Mariano cayera o decidiese dar un paso atrás, nadie estaba mejor colocado que él. Sueños de poder. Ahora, el diario afecto lo que lleva es un titular explosivo: «El sastre afirma que el President nunca pagó los trajes». La fiel ayudante incluso ha pensado quitar esa cabecera del montón de la prensa, no entregarla, como una manera piadosa, infantil, de proteger a su jefe, que no se merece lo que está sufriendo; para que la inmundicia informativa no penetre en el oráculo del Palau. La noticia ya es conocida, y reflexiona si llevarle esa primera página supone de alguna manera participar en el crimen, colaborar en el daño. Podría molestarse con ella, pensar mal, como que no está a la altura, que es insensible o descuidada. Pero el President bien puede considerar lo contrario, que le esconde la indigna portada porque hasta la fiel ayudante cree en la veracidad de esa noticia, sí, también ella sopesará que lo mismo es culpable, otro gorrón más.

Duda, se vuelve a sentar. Pone los codos sobre la mesa y apoya la cabeza en el pedestal de las manos. Piensa rápido y resuelve. Se levanta al fin, estira la falda, encoge el abdomen y emite un suspiro hondo, penitencial. Toma el montón de la prensa y coloca al fondo *El Nacional,* el diario más prioritario para el President hasta hace pocas semanas, aquel que le estaba labrando una reputación de líder en Madrid, pensando en el futuro, quién sabe, porque *El Nacional* puede dar esos impulsos que la limitada prensa local es incapaz. La fiel ayudante entra diligente, mira de reojo, le ve inclinado hacia atrás en su silla, atento a los mensajes del móvil, tenso y calámbrico, ni la siente llegar. «President, le dejo la prensa». Él da un respingo, le ha asustado, no la ha oído entrar, con voz destemplada ordena que lo tire, «no quiero eso aquí dentro». No desea tan cerca las pruebas del vilipendio, ya le ha pasado otras mañanas, se le van las horas abriendo y cerrando los periódicos, releyendo varias veces las mismas páginas, buscando fantasmas, mentiras, inconsistencias, las huellas de los rubalcabas, el rastro de Eduardo, las necedades de los opinadores más próximos que no aciertan en una defensa consistente; se pasa el rato protestando, con la cabeza descalabrada, ideando en su mente mil respuestas a los infundios, llamando a unos y otros, por el teléfono fijo, con el móvil, de viva voz, con el estómago estragado, cada vez le entra peor la comida, el cuello estrangulado por la corbata, una estúpida protrusión en las lumbares le está haciendo ver las estrellas desde hace semanas y ahora no puede operarse ni desaparecer, está somatizando el estrés, ya se lo han avisado dos médicos amigos. Llama una y otra vez a sus colaboradores para debatir en cómo reaccionar, les lee decenas de mensajes de apoyo procedentes de toda la región, los remitentes refuerzan su confianza ciega en él. Y debe coger el teléfono cada poco para dar explicaciones a Génova, a los de Madrid, a los otros barones, que le devuelven palabras amables, casi cordiales, pero no lo suficientemente empáticas ni comprensivas, con una exigencia latente, un retintín que no le gusta, eso es nuevo, un «a ver cómo lo arreglas, President»; «tenemos que parar esto, President»; «nos viene muy mal»; «aquí en Madrid la cosa está muy caliente, las tertulias no paran y no sabemos qué contestar, President, y nuestra gente se pone nerviosa y hace preguntas, son acosados; que alguno de los tuyos hable con los de aquí y les dé datos, President, y acabamos con todo de una vez»; «alguien podrá hacerse con esas facturas, President»; «sí, ya sabemos que la cadena Milano ha cerrado sus tiendas, es una fatalidad, pero todavía se podrán pedir copias de los pagos sin que suponga una injerencia en el proceso judicial, ¿no te parece, President? Podrán revisar su contabilidad…».

Todo resulta íntimamente humillante, acosado por pequeñas miserias. Cada conversación, cada llamada, cada aclaración le hunde en un pozo ingrato, resguardado en el despacho por los tapices de las glorias regionales, los maestros del siglo XIX cedidos por el Museo de Bellas Artes y el fulgor del arte moderno del museo autonómico. Y ese impresionante artesonado mudéjar del techo a cuatro metros de altura. Para dejar la mente vacía a veces cuenta las losetas del suelo, diferenciadas entre mármol rojo y blanco, como casillas de un tablero de ajedrez; también imagina el trabajo de aquellos infatigables canteros, hace siglos, pero entonces esa palabra le recuerda las barbaridades que circulan sobre los chanchullos del Canterito y el diputado Frasco y le vuelve el malestar. Se fija en la piedra labrada que ejerce de soportal de las puertas interiores, el impresionante gótico civil de su arquitectura y el paciente trabajo geométrico de los ebanistas sobre ventanas y contraventanas. El Palau es un sueño imperial, es su sueño. Se evade un rato, lo intenta, pero el honrado President, hasta ahora incombustible, no sabe cómo cortar la polémica de raíz, lo ha intentado de mil maneras. Eso cree. En realidad ha confiado en que se apagaría sola, pero cada día le obliga a bregar con una nueva carreta de porquería.

Ahora le toca salir disparado a un acto oficial. Escapar del Palau supone un agobio. Ha pedido que el coche bloquee la entrada lateral que da a la placita, pegándose a la puerta, para acceder desde dentro, casi sin pisar la calle. Por allí circula menos gente, así evita a los agitadores que le manda la oposición. Luego tendrá que enfrentarse a los puñeteros periodistas, dejándose apabullar por los cuatro sicarios que toman la iniciativa siempre con las mismas preguntas airadas. Ya nunca le piden declaraciones para nada que no sean los puñeteros trajes; le creen un paria de la política. Zapatero ha quebrado el país, Europa nos va a intervenir, pero el criterio de este President ha dejado de importar para cualquier noticia que no lleve la marca Milano. Resulta insufrible.

Y cada vez que especulan con los malditos trajes se siente desnudo, lanceado, víctima del oprobio y la exhibición. Piensa, como todo el que se ve atado a una injusticia, que algún día lo hará pagar, tendrán que desdecirse, rectificar, ya volverán a llamar a su puerta y quedarán las cosas de nuevo en su sitio. Eso piensa. Eso necesita pensar. Madura escenarios futuros. En el confesionario de don Camilo, su consejero más político, casi un capellán, sobrevuela la sombra de Eduardo. ¿Estará o no estará el Fundador tras la operación de derribo? Pero entretanto tiene que tragar sinsabores y desprecios. Anoche coincidió con un espabilado en la entrega de unos premios, uno de esos fontaneros que hicieron dinero en los tiempos de Eduardo asesorando al partido. No hablaron abiertamente del lío, pero, entre banalidades, en un aparte, le dijo que él sabría salir de aquello: «Tenemos pocos políticos con más olfato y experiencia que tú. Acuérdate de los inicios, Paco, cuando por fin ibas a ser concejal, te pusieron de número ocho en la candidatura de la Alcaldesa y fuiste a Madrid con el secretario del grupo, creo recordar, para que en Génova aprobaran la lista, y durante el camino por la A-3 algunos de los veteranos se movieron para colocarse ellos y bajarte a ti hasta el número diecisiete, no pudiste ser concejal a la primera, pero eso no te noqueó, seguiste adelante». El President, cada vez más atónito, no daba crédito a lo que le estaba soltando aquel caradura y lo cortó de golpe: «Estás equivocado, Miguel: a mí nunca, jamás en la vida me han bajado de una lista, nunca he sido defenestrado. No sé dónde has oído eso».

La verdad: lo había olvidado por completo, hasta que se lo recordó ese personaje, concho, que todavía no sabe cómo se atrevió a tanto. Es igual, en cualquier caso. El solo hecho de que alguien insignificante se atreva a recordarlo ya es un insulto, una provocación. Y estas son las cosas que le hacen los días insoportables. Salió de inmediato de la recepción y ordenó a uno de los escoltas que no volvieran a ponerle al lado de ese rufián, que no permitieran que se le acerque siquiera. Rumia su malestar mientras anda pendiente del móvil, revisando los últimos mensajes. Está a punto de abrir la aplicación de Twitter cuando se da cuenta de que hace unos días la desinstaló del teléfono, para evitar la tentación de revisar infamias. El Coordinador del Partido ha solicitado verle, prefieren no hablar por teléfono, les graban las conversaciones, están convencidos, ya lo comprobaron con aquel «amiguito del alma» y ese «te quiero un huevo». No se puede hablar con nadie ni decir nada, no se fían. Ordena que lo convoquen para el día siguiente, pero piensa que también tiene que medir lo que le cuenta al Coordinador del Partido, que luego salen publicadas por ahí versiones equívocas, raras. No quiere pensar mal, hacerse mala sangre, pero hace semanas que ya no aborda nada con él, todo lo resuelve con evasivas. También del Coordinador del Partido se está publicando que le regalaron trajes y otras mercedes. Vaya, vaya.

7

Pulpón está exultante. Se ha quitado de encima un potencial director que no era suyo, mejor relacionado, sugerido desde la central de Total Quórum, un periodista con nombre, demasiado famoso, muy pegado al poder, muy caro, con excelentes vínculos, que conoce la ciudad a fondo. Se ha librado de él, para poner a Yelbes, un recién llegado de fuera, joven, con hijos pequeños, que deberá hacerse con el sitio, dejarse aconsejar, y además lo suyo es reorganizar redacciones, para eso se le ha fichado; deberá pasarse muchas horas dentro de *El Periódico,* desatendiendo la calle, las conexiones externas. Y encima le ha salido por la mitad de precio.

Lleva Pulpón poquísimos meses en el sector de los medios de comunicación, pero, acostumbrado a los despiadados tiburones de las promociones inmobiliarias, los ejecutivos de la prensa le parecen unos principiantes con demasiados escrúpulos, un rebaño acobardado ante la crisis, no soportan medio guantazo, están agarrotados frente a la caída de ingresos. Los torea como quiere el nuevo Jefe de Operaciones. Va sobrado de astucia financiera, hace juegos malabares con la contabilidad y gasta labia de encantador de serpientes. En tres meses ha despedido a decenas de periodistas, uno por día, y está cerrando todas las actividades deficitarias mientras no oye más que llantos y lamentos de los carcamales de la prensa escrita, tanto en el consejo de administración como en el equipo de dirección. Parecen ancianitas asustadas por el hombre del saco. Cuenta con el respaldo eufórico de la compañía en Madrid, deslumbrados por sus agallas y su velocidad. Con buenas palabras y medias verdades ha echado a la mitad del consejo local, poniéndolos a reñir entre ellos, sin enseñar ni un papel: todo lo ha conseguido con su incansable parloteo.

Ha logrado que la presidenta de *El Periódico* le ceda casi todos los poderes de representación: «Para protegerla, doña Amparo, que vienen malos tiempos y no conviene que los despedidos la señalen a usted como responsable; los conoce de toda la vida, doña Amparo, ha trabajado duro por *El Periódico* y es injusto que ahora quede como culpable de los sacrificios que nos toca asumir. Para eso estoy yo, me hago cargo». La presidenta del consejo titubea, le parece que no está bien quitarse de en medio, pero es que es muy doloroso. Y Pulpón, además, se ha interesado por sus otros negocios particulares, le ha aconsejado cómo ponerlos en orden, dónde invertir, qué abandonar, es un lince este Pulpón, se las sabe todas, incluso le ha pedido a una amiga que diseñe de manera altruista un plan de recursos humanos para el personal saliente. «Ella lo hará encantada y aquí hace falta un profesional, un psicólogo que reconduzca las tensiones de los afectados, esto no se puede hacer desde el plano emocional, con gente que se conoce de toda la vida». Y todavía más: todo sin cobrar un euro, ¿eh? «Doña Amparo, por favor, para eso estamos. Esto a mí no me cuesta nada, llevo toda la vida haciéndolo, ni piense en que me debe algo».

Pulpón está en todo. Nunca se vio tal nivel de compromiso y celeridad en la historia de *El Periódico*. Se sabe el nombre de hasta el último becario, pasea por todas las mesas y secciones, bromea, no lleva corbata, si puede hasta aparece en camiseta y zapatillas, cuenta sus pequeños trastornos domésticos y se entera el primero de que Laura, la reventona, quiere casarse en otoño y de que a la madre de Raquel le han detectado un tumor feo y antes de operar van a darle varias sesiones de radio. Sale a darse una vuelta con el coche nuevo que acaba de comprarse Rafael y lo felicita efusivo, «menuda máquina el Opel, fabuloso», le dice con una risa enorme; abre toda la boca cuando ríe, es otro de sus tics que producen reparo, como si se dispusiera a tragarte entero, retrae la mandíbula como el lobo feroz y luego la cierra a modo de cepo, de golpe, ríe con unas carcajadas enormes pero sordas, guturales, una risa hambrienta y gestual, como la de los personajes de Disney. Pasea de grupo en grupo y graba todo en su cabeza. La reventona Laura, la boda, la radioterapia... y el coche nuevo de Rafael, quien mira al Jefe de Operaciones como a un colega y no como al jefazo que es; se ha negado a subirle el sueldo y ahí sigue en los novecientos euros congelados, un bendito el Rafael, pero Pulpón también es un fenómeno, se lo ha dicho de tal manera, con una cercanía y un afecto..., le ha contado que, fíjate, su hija de diecinueve años acaba de romper con su novio, un drama, en el primer año de universidad, y están todos en casa encima de ella, apoyando, sobre todo los mellizos, «y eso es lo que queda, Rafael, lo importante de la vida», y ha salido Rafael del despacho sin la subida de cien euros que tanta falta le hace para la letra del Opel, pero alegre al menos de tener un superior que es un amigo, un tío fenomenal, que ahí está para cuando haga falta algo de verdad, con la puerta abierta, que se puede hablar con él, que se detiene a saludarte y te da otras recompensas. Con lo mal que andan las cosas... Podría haberle echado sin más y no lo hace, otros se han tenido que ir de la empresa, despedidos, pero no él, y para que su trabajo resulte más valioso, indispensable, Pulpón le ha añadido algunas tareas, funciones que antes solventaban los que se han marchado. Así lo dice Pulpón, con delicadeza aunque un poco fúnebre, «se han marchado». Y Rafael ahora va más agobiado, eso es indiscutible, sale más tarde de trabajar, pero se ve reconocido y Pulpón es un jefe y también un amigo.

Cuando llega la fecha de presentar a Yelbes como nuevo Director, Pulpón de nuevo está en todo, controlando el despliegue. Eso sí, no le ha abonado la habitación del hotel, está reservada pero no pagada, técnicamente todavía no es empleado de *El Periódico* como tal, solo es la víspera. Luego por supuesto se hará cargo de la estancia durante el aterrizaje, le busca un tres estrellas turístico junto a la estación de autobuses, reformado en los años setenta, allí se hospedará tres semanas, hasta encontrar casa propia. Se verá en una situación extraña, rodeado de viajeros con gorras, mapas y chanclas, baratura playera con jaleo permanente en las habitaciones, muy divertido. Pulpón también vive lejos y gasta muchas noches de hotel en la ciudad, pero prefiere descansar en un super cuatro estrellas para ejecutivos de una zona céntrica, donde te dejan la prensa a la vista y cuentas con salas de reuniones y un bar muy chic por si necesitas quedar con alguien a última hora. La imagen lo es todo; en los hoteles de turistas no te concentras ni parece que estés trabajando. Pero los periodistas son distintos, dice Pulpón que esos tíos se adaptan a cualquier ambiente, tienen mucha mundología y aprenden a ubicarse en todas partes. Pulpón repite, como un halago, que le toca los huevos esa facilidad de los periodistas y se aviene a reconocer que «son envidiables».

Pulpón recoge al flamante Director para la presentación oficial y se le ha olvidado el contrato, pero es igual, de palabra vale, almorzarán en las afueras con doña Amparo y los tres primos, sus consejeros afines. También acudirá el Consejero Principal, llegado desde la central de Total Quórum para la ceremonia inaugural de la nueva dirección con el consejo de administración local. El Consejero Principal, un diligente y joven abogado, mide a Yelbes: habituado a tantear los talentos de las buenas familias, los apellidos con hidalguía, no acaba de estar seguro de que este sea el tipo que espera encontrar. «Parece demasiado periodista». «Ser demasiado periodista» es una de las amenazas sutiles empleadas para señalar los problemas de reconversión de la prensa. El Consejero Principal prefiere los profesionales previsibles, dóciles, y sigue sin estar seguro de que este sea el Director que necesitan, pero su Jefe de Operaciones se empeñó en cambiar al elegido en el último momento. Una cosa es llevar un diario pequeño y otra entregarle a este Yelbes un transatlántico, lleno de complicaciones y sutilezas políticas. Duda porque ya ha sufrido precedentes que le inquietan y no quiere más errores con los jodidos directores de las cabeceras. Para él, lo que hay que hacer está clarísimo: casarse con el poder, amancebarse, y a todos les irá bien. Nunca lo dirá así de claro, por supuesto, hay otras formas de expresarlo; se trata de poner orden, así es como lo explica: poner orden.

«He hablado con Paco», asegura el Consejero Principal, y los demás le miran interesados porque para todos Paco es el President de la Generalitat. «Le he dicho que debe mantenerse firme, que lo suyo con los trajes va a decaer, que está cogido con pinzas, es una tontería, un montaje, no va a ningún sitio y nosotros le vamos a sujetar». El Consejero Principal jamás ha escrito una información, ni ha cubierto un suceso o una rueda de prensa, nunca ha puesto un titular ni se ha topado con una noticia frente a sus narices. Él no es periodista, ni falta que le hace. No sabe perseguir una información, rastrear una pista, contrastar una versión ni analizar fuentes contradictorias; él solo sabe que los periodistas confiables son los que dan masajes al poder y así luego se puede mandar a otro a pasar el cepillo. Los periódicos fueron un negocio colosal hasta la irrupción de internet y el desplome de la publicidad. Ahora apenas representan el diez por ciento de la facturación de Total Quórum, pero mantienen una atractiva influencia institucional. Total Quórum es la sucesora de la vieja Sociedad de Diarios Reunidos, una alianza de prensa independiente que en sus buenos años tuvo el acierto de comprar una mutua laboral en crisis. Fue el germen de un imperio en la rama de la salud: seguros, clínicas, hospitales, laboratorios, fármacos…, mezclados con los viejos periódicos y las eternas sagas de editores, todos juntos, lo que hoy resulta una excentricidad. La antigua unión societaria de editores de prensa fue rebautizada como la mercantil Total Quórum con la incorporación de inversores de fondos internacionales, y desde entonces vive en la pugna entre los ejecutivos que quieren centralizar las decisiones y concentrarse en las nuevas actividades y la minoría nostálgica que reclama la sagrada autonomía editorial de cada marca informativa.

El Consejero Principal tiene clarísimo que las sospechas contra el President carecen de importancia y conviene pasarlas por alto. Ignorarlas. Que la competencia pueda continuar con el asunto, aventarlo, dejándolos en mal lugar, tampoco le inquieta: «Nuestros lectores no quieren eso», asegura, firme. Además, perjudica a la división sanitaria del grupo. Y él tampoco lo quiere. Él se está construyendo un futuro amarrado al poder, no distingue la diferencia entre política y periodismo y ha planificado su destino con una brillante hoja de servicios, para que cuando los de Paco ganen las elecciones generales le concedan alguna canonjía con la que pueda juntar «un montoncito» en la cuenta del banco. Acciones, bonos, *stock options…,* algo, lo que sea, porque una nómina no sirve para asegurar el porvenir. Por eso le tienen prometida la presidencia de una de esas empresas públicas que acabarán privatizadas y nadando en capital extranjero. Pero todavía estamos en una fase temprana; paso a paso. Por eso le gustan los periódicos, le gustan mucho, porque son una llave para acceder al poder, aunque les encuentra una debilidad insoportable: «Es una lástima que hagan falta periodistas para hacer periódicos». De hecho, serían perfectos si no fuera por eso; ya empieza a fantasear con la idea de que la incipiente digitalización posibilite una realidad nueva y formidable: los periódicos hechos sin periodistas. «¿Has pensado en eso, eh, Pulpón? Ja, ja, ja, ese día ya no nos resignaremos a tener que soportar a directores tocapelotas».

El caso es que el Consejero Principal lo ve todo clarísimo. Ha hablado con Paco, van a ir a verle enseguida para que esté tranquilo, para que conozca al nuevo Director. Por cierto que Yelbes se está enterando sobre la marcha de las intenciones del Consejero Principal: tapar la corrupción, sin ruido, sin mancha. Desde luego, Pulpón no le puso en guardia; solo le dijeron vente al Mediterráneo, que tenemos un diario que es una joya, querido y respetado durante más de un siglo, pero que ahora está en baja forma. Otros ejecutivos de la compañía le avisaron de que *El Periódico* languidecía porque estaba entregado a los poderes públicos y los lectores ya no se lo tomaban en serio. Lo que nadie le dijo a Yelbes es que el Consejero Principal quería contratarlo para ir allí y dejarlo todo como está. Así que el Director escucha y reconoce, inconfundible, la musiquilla de los recién llegados a la prensa que están matando su credibilidad. Es un soniquete que ya ha oído antes. Mira y calla, mira su copa y ve que ya va por la mitad, mejor parar ahí. Y al Consejero Principal tampoco le gusta ese silencio. «A ver si este va a ser gilipollas, a ver si el nuevo la va a liar», se inquieta. Yelbes medita que apenas faltan unas horas para tomar posesión y enterarse de una vez de lo que se está cociendo dentro de *El Periódico*.

Entretanto, el Consejero Principal y el Jefe de Operaciones se lo pasan en grande durante el almuerzo. Se reconocen como iguales. Dos tardíos jugadores de golf (ahí se identifica que el estatus es sobrevenido) que saben de palcos, de todoterrenos y de esquíes; la mejor hora para subir a Baqueira sin follones de tráfico, la tienda con los cinturones más molones y la marca de agua con gas que nunca produce flato. Ambos se turnan pastoreando a doña Amparo y a sus parientes, los tres primos, a quienes les quedan pocos días en el consejo de *El Periódico,* Pulpón ya está en ello. Doña Amparo, soltera y mayor, sin un pelo de tonta, pero una bendita, educadísima y ajena a toda malicia, representa al apellido que fundó el diario varias generaciones atrás. Está sola, sin hijos ni sobrinos directos. Ha llevado adelante su vida asistida por los primos y Abelardo, el abogado para todo; los primos son tres y tampoco cuentan con descendencia. La saga se extingue, el padre de doña Amparo tuvo una premonición y se incorporó al consorcio de editores para garantizar la continuidad de la cabecera, pero nunca pudo imaginar que el espíritu fundacional acabaría siendo asaltado por aguerridos ejecutivos farmacéuticos. En fin, que doña Amparo nació en un mundo en el que los tiburones no tenían acceso al salón de su casa y no puede percibir que entre el Consejero Principal y el Jefe de Operaciones, a pachas, se están quedando con sus heredades. El Molt Honorable President ya no la convoca a cenar como antes, la vieja propietaria ya no recibe esas llamadas para estrechar relaciones, afinidades, cuando le decía que esto iba más allá del trabajo, de la política, eran amigos, sí, el President la llamaba querida amiga cuando la recibía acompañada por alguno de los tres primos. Ya no pierde el tiempo con ella, funciona el olfato sanguinario de la alta política. Ahora llama al Consejero Principal, que viene expresamente desde Madrid y le cuenta los secretos de Génova, las intimidades de Mariano, de Soraya, de María Dolores. Y el Consejero Principal le informa de quién sube

y quién baja en la escalinata del poder genovita y si el President,
va para arriba o para abajo. «Para arriba, Paco, vas para arriba, no
lo dudes; Mariano es el primero, el *namberuán,* pero si un día no
estuviera no dudes de que te encuentras en la rampa de lanzamien-
to». Y el President recibe un chute de dopamina y, sentado como
está, empieza a cimbrearse de cintura para arriba, como el barco
que se maneja por las mareas, y hace remolinos con los brazos y las
manos, se exalta en el embriagador perfume con el que es obsequiado. Así es el excitante juego del poder. Yelbes lo supone, ya lo ha
visto en otras plazas y confía en sortearlo. Lo primero y primordial
es que el Consejero Principal se suba cuanto antes a un avión para
Madrid, hale, a salvar España. A trabajar por el país, por sus empresas y por los grandes principios del capitalismo triunfal y la
santa economía de mercado: los grandes dogmas de los ejecutivos
capitalinos. Los valores de la fe y la moral pública, en cambio, los
ha ido orillando, se los deja a doña Amparo; se pierde tanto el
tiempo con las cosas de la Iglesia… Bastante tienen ellos con impulsar empresas, inversiones, crear empleo, pagar más y más impuestos, sufragar los servicios públicos; son gente moderna,
exitosa, manejan un pastizal, podrían trabajar igual en Londres o
en Nueva York, triunfando, pero han decidido apostar por España, son patriotas y tampoco hacen falta catecismos ni monsergas
del cura, son otros tiempos. ¿Curas? Si ya no los invitan ni a las
monterías, piensa. Doña Amparo ha perdido el control de la mayoría de las acciones, sabe que su diario está ya en otras manos,
pero quiere que sean buenas manos. Ahora se entiende con este
consejero arrojado que llegó hace dos años, un gran fichaje. Y es
amigo íntimo del próximo presidente del Gobierno. ¿Os parece
poco?

   La presidenta del Consejo coge del brazo a Yelbes y lo aparta. «¿Tú crees que *El Periódico* tiene futuro? ¿Puede salvarse?». Y

este le contesta que por supuesto, si hace bien su trabajo, si vuelve a lo que siempre hizo, desde que lo fundara el bisabuelo; tiene futuro si cuenta a los lectores las cosas que pasan, porque es un gran diario. «Qué bien que te hayamos encontrado, querido Director», responde doña Amparo. Lo que calla todavía el Director es que *El Periódico* debe actuar en sentido contrario al rumbo que pretende imponer el Consejero Principal, decidido como está a que *El Periódico* haga suyos los problemas de otros, como los marrones del President de los trajes. Cree el Director que ni ella querrá enterrar el periódico que lleva su apellido ni él se ha cruzado la península para darle el responso a un diario centenario. En cuanto al Consejero Principal, lo mejor es llevarle al aeropuerto y darle el cabezazo de respeto hasta la siguiente reunión del consejo de administración. Y entre consejo y consejo, a la faena. Piensa que le va a doler la cabeza cuatro o cinco veces al año, siempre que el Consejero Principal baje de Madrid, pero hay cosas peores.

—Pues qué bien, Director —concluye doña Amparo—, me alegro de que lo veas así. Menos mal que tenemos a Pulpón para ayudarte.

—¿Conspirando a solas tan prontito? —justo interrumpe Pulpón poniéndose en medio, con esa boca inmensa, alegre y satisfecha, abierta como las fauces del león de la Metro.

—Nada —responde doña Amparo—, le estaba diciendo al Director que os tenéis que entender, le tienes que ayudar. Necesitamos periodistas diligentes, buenas historias, columnistas independientes y críticos, gente atrevida, que moleste al poder.

—Exacto, doña Amparo —señala el Jefe de Operaciones—, es lo mismo que acabo de decirle al Consejero Principal, ese es el periodismo que a él le gusta, lo estábamos comentando mientras le acompañaba al coche. ¡Vivan los periodistas! Ja, ja, ja.

8

Se ha marchado el Consejero Principal, pero Pulpón todavía quiere avivar la reunión, el espíritu familiar. Pide *gin-tonic* para todos en copas de balón. «Venga, va, un ratito más, que no tenemos muchas ocasiones para vernos y hoy hay un nuevo director». Su copa es idéntica a las demás, con una diferencia: mucho hielo, mucho frío, limón, pero dentro solo lleva tónica, nada más, ni una gota de ginebra. Disimula y lo celebra como si bebiera lo mismo que el resto. De hecho, nadie se da cuenta de la artimaña. Nunca bebe alcohol cuando sale con el radar activado, y al parecer en ese momento lo tiene encendido. Va tomando notas mentales mientras pregunta muy zalamero a doña Amparo y a sus primos por sus recuerdos más antiguos sobre *El Periódico.* Pregunta por la abuela, también llamada doña Amparo, se amontonan las anécdotas, los episodios, el orgullo por un noble legado de historia e imprenta. El Director disfruta con los relatos, está empezando a querer la cabecera, ama los diarios y además se ha quitado la tensión de tener pegado al Consejero Principal. Hasta consigue relajarse. Pide un segundo *gin-tonic,* ya se siente mucho mejor.

Cuando consigue cansarlos a todos, Pulpón los manda para casa y ya sin estorbos a la vista, sin moros en la costa, se marchan a la redacción de *El Periódico* para presentar al Director a la plantilla. Pulpón habla ante unos trabajadores confusos: es la primera vez que en un acto de este tipo no aparecen doña Amparo ni los primos. Acaban de despedir a la mitad del personal —caras escépticas, interrogativas, susceptibles—, y Pulpón les suelta el mismo discurso de consultor entrenado que empleó antes entre vendedores de coches de segunda mano o de material de cocina, porque son ideas que nunca fallan: trabajo en equipo, espíritu deportivo, empatía, entusiasmo por la calidad. Ahí resurge el *coach,* el mánager y Pulpón va haciendo recuento de los rostros mientras habla, buscando con el rabillo del ojo a los gallitos para tenerlos identificados cuanto antes, bien ubicados. Yelbes toma la palabra mucho rato después, le ha parecido una alocución interminable, empieza a preguntarse si el Jefe de Operaciones va a resultar un marciano. Conforme a su manera de ver, Pulpón ha evacuado un montón de necedades, entre el paternalismo y la amenaza sibilina («el que no tenga Twitter dentro de un año tampoco podrá ser periodista»). Decide hablar poco, ya ha visto las caras, indescifrables, le parece percibir distancia y desdén, o sea, gente a la que uno no se la gana con palabrería, sino con hechos, gente en guardia ante la charlatanería. Lo ha visto claro mientras este Pulpón braceaba entre su perorata, tan presuntuoso de sus habilidades sociales que no ha percibido la hostilidad latente. En el futuro será el punto flaco del Jefe de Operaciones: su querencia por el parloteo, hasta el ensimismamiento, escuchándose a sí mismo, haciéndose sonar las llaves en los bolsillos, mirándose la punta de los zapatos mientras charla, gozando con la sacudida de sus pensamientos liberados. Sobre todo ante públicos escogidos, a Pulpón le nacía una pulsión irrefrenable por hablar sin contención, desbordando sus impulsos locuaces, con su manía de sentenciar y esa cháchara sonora de vendedor con diploma del IESE.

La concentración de periodistas junto a la mesa de la Redacción se disuelve rápidamente nada más acabar los discursos. Yelbes, una vez que le presentan a quienes serán sus principales colaboradores, los convoca a la reunión de portada, una hora después. Y salta la primera perplejidad. «No, Pulpón, perdona, esa reunión es para los periodistas, los ejecutivos no podéis entrar». «No, Pulpón, tampoco podéis asistir como oyentes, no es una conferencia, se tratan temas reservados». «No, suena raro, parecerá una interferencia, la reunión de portada tiene algo de ritual en el oficio, es un acto litúrgico, está vetado el acceso, tienes que pertenecer a la hermandad, haber jurado los códigos». Pulpón insiste, no se enfada, aparenta no enfadarse nunca, pero tampoco se da por vencido, quiere seguir hablándolo, debatirlo: «Debatir no es malo». «Parece algo superada una norma que es así solo porque siempre se hizo así. La reunión de portada en el futuro debería abrirse a otros departamentos de la empresa». Al fin y al cabo, Pulpón se califica como «un poco periodista». «Si ahora trabajo aquí ya soy un poco periodista, y además, antes de abandonar el seminario fui director de su revista y hasta el último minuto estuve a punto de estudiar Periodismo en lugar de Químicas».

«¡La madre que lo parió! —se sorprende el Director—. Definitivamente, he subestimado a este hombre, va a ser mi mosca cojonera, eso ya está claro. Resulta que el Consejero Principal se ha ido dejándome un forúnculo».

Al cabo de unos días, Pulpón zanja el tema:

—Está bien, no entraré en las reuniones de portada. Solo soy el Jefe de Operaciones para ti, un chupatintas, vale, hagámoslo como quieres. Lo único que te pido, y esto creo que no me lo negarás, es que me llames por las tardes, ¿te parece bien hacia las ocho?, para contarme lo que va en portada, solo quiero saberlo, no te digo que tenga que autorizarlo, pero al menos saberlo, al fin y al cabo soy el primer ejecutivo de *El Periódico*.

El Director, incrédulo, no sale de su asombro, asume que está bien jodido, que el forúnculo tiene la determinación de ejercer como tal sin descanso y así será para siempre. Piensa: «Este tipo, si estuviera en un hospital, querría entrar en los quirófanos y decirles a los cirujanos cómo hacer el cateterismo». Yelbes tiene adosado un gestor que se ha pasado la vida en un emocionante conteo de azulejos y metros de aglomerado y ahora ve la oportunidad de jugar a ser el puñetero Kissinger. Se excita solo con pensar en la idea de enredar con las noticias, con la política, con el poder y la influencia. Está disfrutando en primera persona de lo que hasta ahora no había visto más que en la televisión.

—No. No. No. Vamos a ver, Pulpón, que acabas de llegar a este tinglado, pregunta por favor a tus colegas cómo funciona esto. Hay otros veinte Jefes de Operaciones en la compañía, tantos como periódicos. Que lo sabe todo el mundo, y tú vas sobrado de inteligencia para entenderlo. Tú eres el primer ejecutivo, en efecto, llevas el negocio, la empresa, los números, los contratos, la publicidad, los ingresos; no creo que te parezca poca tarea. Tu sitio está ahí. Yo soy el Director y llevo *El Periódico,* los contenidos. La empresa es tuya, *El Periódico* es mío; el reparto funciona así. Y el Director no tiene a nadie por encima para recibir órdenes.

—¿Cómo que no tienes a nadie encima, si yo soy el Jefe de Operaciones?

—A nadie. Un director no tiene por encima a un jefe de operaciones, tiene superiores que le contratan y le despiden, nada más. Por ejemplo, en mi caso tengo un consejo de administración que decide cuándo me trae y cuándo me echa, y entretanto me marca las líneas generales. Tú también das cuenta al consejo y deberías saber cómo funciona esto.

—Creo que no estás informado —aclara Pulpón al Director— de que en los estatutos de la compañía se dice explícitamente que los directores están sujetos a las órdenes del Jefe de Operaciones. Me lo ha dicho el Consejero Principal.

—¿Puedo leerlos? Llevo quince años en esta compañía, este es mi tercer diario y me estoy enterando ahora.

—Pues ya lo sabes. Es más, en mi contrato pone que soy el responsable editorial último, que también tengo las competencias editoriales.

—Joooder, Pulpón, ¡te han engañado!

—¿Cómo que me han engañado?

—Lo que oyes. Con lo listo que eres, ¿cómo no te has informado antes de aceptar el empleo? La prensa no funciona como los coches de segunda mano. Aquí y en todo el mundo, el Director es el último responsable de los contenidos, es a quien llama un juez para sentarle en el banquillo, el responsable legal y editorial final de todo lo que se publica, el interlocutor público y social. Pero hombre… ¿Y dices que dirigiste la revista del seminario? Mira ahí fuera, a la Redacción, ¿los ves? Toda esa gente trabaja sin horario, dobles jornadas todos los días, ganan poco, no ven a sus familias y tienen muy mala leche cuando a cambio de todo ese sacrificio vocacional identifican a los intrusos, a los enterados o a los que vienen a meter presión desde fuera y a decirles que no saben hacer su trabajo, que llegan otros que les van a enseñar. En fin, que tú conocerás la portada a la misma hora que los lectores, ni un minuto antes.

—Bien, si así te sientes más cómodo, no te voy a obligar. Pero que sepas que tus colegas lo hacen todos, con naturalidad y sin montar un drama.

El Director le mira a los ojos, sonríe y asiente.

—Pues tú no tienes esa suerte.

Lleva apenas unos días en el puesto y acaba de confirmar lo que hasta ahora solo eran vagas sospechas. El Jefe de Operaciones es un mentiroso compulsivo, un trolero de categoría, peligrosísimo. Los demás directores se reirán cuando se enteren del embuste. Pero a él le viene de inmediato a la cabeza la surrealista conversación en la habitación del hotel la noche en la que se conocieron, cómo se trajinó al otro candidato para que renunciara, cómo maneja al Consejero Principal para que baile a su gusto, su interés por los chismes y confidencias, sus manejos para manipular a doña Amparo, y se da cuenta el Director de que va a tener problemas graves, importantes, con el Jefe de Operaciones. Que no ha medido bien dónde se ha metido.

9

Transcurren algunas semanas, llega cierta calma. El President decide convencerse de que lo suyo ha pasado a ser segundo plato. El gran consejero político, don Camilo, con tanto ascendiente y autoridad que suele bromearse con su falsa condición arzobispal, le tranquiliza: calma. Ha hablado con su gente de la policía, con los villarejos en Madrid, esto se va a parar, le dice, pero no le quitemos ojo al Fundador, no anda lejos de este enredo con los comandos rubalcabas. Ser segundo plato resulta un alivio. Acaba de saltar un nuevo escándalo, más trascendente: el yerno del Rey, nada menos. Beneficiado por diversos contratos públicos en las islas gracias a su condición de miembro de la Familia Real. El país se conmociona. Y el President concluye para sí que nadie se va a ocupar de cuatro trajes cuando se investiga al marido aprovechado de una Infanta de España. Un golpe de suerte del destino. Llama a su Jefa de Personal. Da rienda suelta a su frenesí. «Mira esto, lo nuestro no es nada, al fin podremos volver a ocuparnos de las cuestiones importantes, verás como no tienes que marcharte a ninguna parte, te quedarás aquí, conmigo, seguimos haciendo mucha falta, nos esperan días grandes». La Jefa de Personal escucha y toma nota mental. Sigue preocupada. No cree en las buenas noticias que llegan sin más, regaladas. Hace sus indagaciones y aumenta su preocupación. Vuelve a la tarde. Y se lo dice, a bocajarro:

—President, una radio va a difundir mañana que nosotros también le dimos contratos al yerno del Rey, por aquello de los Juegos de la Juventud. Esto también se vuelve en nuestra contra.

—Que no, que no —le quita hierro el President—, nosotros no hicimos nada malo, todo está bien, en orden, lo que se hizo fue legal, con papeles, contratos, todo limpio. Te voy a decir más: el Rey me aprecia una barbaridad, me lo ha demostrado muchas veces, sabe que somos leales y discretos.

—¿Estás completamente seguro, President? ¿No vamos a padecer con esta historia? —interroga la Jefa de Personal.

—Está clarísimo, perfecto, bien hecho, impoluto, irreprochable, fetén, todo lo que se hizo fue bueno para la Comunidad, concho.

La Jefa de Personal sale del despacho. Ha aprendido que con el President ya no se puede razonar sobre ningún asunto; acaba comportándose como si las cosas no hubieran sucedido. Cada vez se le hace más cuesta arriba seguir en el puesto, siente que no le hace caso, no va a aguantar mucho más oyéndole repetirse con eso de que las cosas están bien, estupendas, siempre todo está bien. «Pero el President es un inocente, especialmente en lo que toca a la Casa Real». No olvida cómo tuvo que abortar otro proyecto peligrosísimo cuando todo eran alfombras de rosas para el President. Años atrás, un lunes llegó al Palau después de un puente corto y se encontró al líder exultante de felicidad. Le contó su inesperado fin de semana, propio del hombre que flota en la cumbre, codeándose con la élite mundial de los poderosos. Envanecido. Contó que acababa de volver de un viaje sorpresa a Setúbal. «Qué bien, President, qué bonito Setúbal». «Espera, espera —le dijo él—, que eso es lo de menos, la historia no es Setúbal ni Lisboa». Explicó que el miércoles por la tarde le llamaron al móvil desde la secretaría del Rey para invitarle a la inminente gala de los Premios Mundiales del Diseño, únicos. El President acudiría como invitado personal del Rey, que quería tenerlo a su lado.

«In-vi-ta-do-per-so-nal-del-Rey-de-Es-pa-ña, imagínate mis nervios», le contaba el lunes siguiente a su Jefa de Personal. El President organizó el billete de avión y el alquiler del esmoquin, la habitación de hotel ya estaba resuelta y allá que se marchó, a la aventura. «Oye, qué maravilla, una locura, toda la gente importante estaba allí, todos, dime un nombre de una celebridad internacional, la que quieras, y ya te digo que allí estaba, en Setúbal». Terminando la cena, el secretario real le pidió al President que se acercara a la mesa de don Juan Carlos. Cuando lo hizo, una señora rubia impresionante, aristocrática, que estaba sentada al lado del Rey se levantó. «Ahora te veo —dijo él—, que necesito hablar un momento con Paco, el mejor presidente autonómico de España, quédate con su cara. ¿Cómo estás, Paco?». El Rey le soltó una de esas célebres palmadas en el hombro a un Paco que se veía «fenomenal, la región está imparable». Pero el Rey sentía algo de urgencia: «¿Te has fijado en lo impresionante que es todo esto? Te he mandado llamar para que lo vieras, President, he hablado con los organizadores para que la próxima edición se pueda celebrar en tu tierra, Paco, lo he consultado para ti, para que te luzcas. Está hecho, es todo tuyo, siempre que te apetezca, claro». El arreglo quedó resuelto justo cuando la rubia restallante que acompañaba a don Juan Carlos volvió a su lado. Y el President todavía tenía mucho que contar a su Jefa de Personal sobre su último triunfo:

—¿Lo puedes creer? Este ha sido mi fin de semana. Qué te parece cómo se mueve tu President, es que esto no para…

—No sé, President —interrumpió la euforia la Jefa de Personal—. Montar una gala de este tipo puede costarnos varios millones de euros, solo por entregar unos premios.

—Que no son los tres millones, o los que sean, que no son los premios, concho, ni que lo vean por televisión 460 millones de personas en todo el mundo. Es un guiño, una apuesta del Rey de

España por nosotros, por esta tierra, somos su niña bonita, quiere lo mejor para nosotros y nos tiene un afecto y una cercanía sin precio. Eso es lo que valen tres millones de euros, o los que sean. ¿Tú te imaginas cuánto pagarían los catalanes por una relación así con el Jefe del Estado? Eso es lo importante para lanzar la comunidad y ponernos a la cabeza, ahora mismo somos la envidia de los demás. ¿En qué avión crees que volví a Madrid? No me hagas decir más, que no debo, pero no fue en un vuelo de Iberia, ya te lo digo. Y como veo que dudas, que te conozco, te digo más: ¿cómo crees que he conseguido que me reciba Zapatero? Porque me va a recibir Zapatero y me va a dar el apoyo tácito a la reforma del estatuto de autonomía. Ya te lo digo: el apellido de tu presidente va a pasar a la historia constitucional dando nombre a una cláusula estatutaria que nos situará en la primera división. ¿Qué precio crees que tiene todo eso?

Pero la Jefa de Personal había sido educada en la austeridad de la época preinmobiliaria, en la modestia de las antiguas clases medias, antes de que irrumpiera la especulación administrativa. Solo pensó que tres millones de euros —o los que fueran— a cambio de una palmadita real en el hombro del President quedaban fuera de toda mesura. Ya le había pasado en otras ocasiones. Esto lo pararía ella. Había que romperlo desde fuera, sin que el President lo advirtiese. Primero encargó un informe jurídico que resaltara la inconveniencia de financiar una entrega de premios con fondos públicos, se debía optar por inversores privados, pasando la gorra entre los adjudicatarios habituales; eso era distinto, aceptable, aunque pudiera surgir alguna polémica. El tema quedó encarrilado y después, a mayores, intervino la divina Providencia. El President recibió unos meses más tarde otro mensaje del secretario del Rey, de parte del soberano: al final, el cotarro de los premios se iba a celebrar en Barcelona, estaba decidido, no había nada que se pudiera hacer, pero habría otra compensación para él en el futuro. El President se sintió herido en su orgullo, desilusionado, una verdadera decepción, se lo quedaba Barcelona, ¡Barcelona! Otra vez los catalanes. Le dolió y, como siempre cuando algo le dolía, lo olvidó de inmediato. No fue derrotado, porque esto tampoco había ocurrido. El President nunca estuvo en Setúbal ni fue el invitado personal del Rey.

Ni siquiera hablaría de la afrenta con la Alcaldesa; se lo guardó para sí. El President tendría nuevas ocasiones para conocer el carácter voluble del monarca. Los reyes son maniáticos, caprichosos. Conviene no darle demasiada importancia. Por eso ya no le cogió por sorpresa cuando unos años después, durante la cena oficial de la Copa América, la Alcaldesa y él recibieron la consigna de que no debían seguir colaborando con el yerno del Rey. El President, conforme a su mecanismo defensivo, procedió al borrado: lo que no se recuerda nunca sucedió. Y del Rey le sobraban los recuerdos entrañables, las ocasiones triunfales, qué cercanía, cuánta impresión. El monarca lo decía todo y no decía nada cuando estaba con ellos, les hacía bromas, con su ancha sonrisa borbónica. Aquello pasó, claro que sí, varias veces además. Pero nunca se cruzó la raya, nunca. Negará siempre de manera tajante la leyenda de que ambos hubieran desayunado en la Zarzuela para encontrarse con Iñaki y su socio y oír una oferta apetitosa. El yerno, experto deportivo con una agenda internacional demoledora, les había contado sus planes. Sea como fuere, nivelazo, estatus, relaciones al máximo nivel… Se pusieron manos a la obra: unos Juegos de la Juventud y un congreso deportivo internacional, por qué no; todo estupendo, reglado, legal, por supuesto, algo de lo que estar orgulloso. Bien, vale, pero aquel proyecto maravilloso no empezó en los salones de la Zarzuela, que quede claro de una vez. Basta ya de insidias y especulaciones.

Hasta la inauguración de la Copa América, años después, cuando la Alcaldesa y el President se quedaron de piedra. Debían dejar de contar con Iñaki. Lástima. Con lo bien que iba saliendo todo… Una pena. La Alcaldesa, más resuelta, le quitó el agobio al President. «A otra cosa, Paco, esto nos iba a costar varios millones y solo nos hemos gastado trescientos mil euros. Y tenemos al guapo todo el día aquí trayendo gente, hablando de nosotros, llenando los restaurantes. ¿Qué más quieres?». Paco quería más, quería al yerno del Rey de embajador, actuando como entusiasta partidario, pero no pudo ser. Y el que no se conformó fue el yerno; por allí no volvió a aparecer, ya andaba avisado, pero mandó a su socio con insistencia, había incurrido en muchos gastos, había pérdidas, se les tenía que compensar, pero la Intervención General de la Generalitat avisó de que no se podía pagar con fondos públicos algo que ni se había hecho ni se pensaba hacer; eso sería malversación, ojo. El President se lamentó, carecía de gente imaginativa para resolver las complicaciones, eso a Eduardo no le pasaba, siempre se las ingeniaba para sacar los proyectos adelante. Ay. Por fin le presentaron una solución. El yerno estaba muy pesado y convenía sellar un acuerdo aceptable, y además allí se necesitaba mucho capital para afrontar tantos desafíos, eran unos años llenos de oportunidades, iban a salirse del mapa. Hasta que el Secretario Institucional llenó de gozo al President con lo que quería oír:

—Mira, President, se lo he oído muchas veces al Conejo; perdona que le llame así entre nosotros, pero el mote lo clava. Dice el Conejo que hoy en día lo caro de verdad son las ideas. El problema viene cuando no se tienen ideas, porque el dinero siempre aparece, pero las ideas escasean. Y digo yo, ¿no tenemos cajas de ahorro, no tenemos clubes de fútbol de primera división, no tenemos concesionarias de servicios públicos, grandes empresas, proveedores? Ellos pondrán el dinero, tú preocúpate por traer grandes ideas.

10

Tras algunos meses de apaleamiento, el President decide pasar a la ofensiva. Quiere arrinconar a *El Nacional,* el antiguo diario amigo; pide un dosier con la documentación más reservada y ordena que lo coloquen en algún medio de la competencia para publicarlo con máximo impacto, al objeto de contribuir al periodismo de investigación del que tanto presumen esos plumillas. Piensa en *El Periódico:* es el momento de probar la lealtad del nuevo Director, un recién llegado que parece prudente y buen chico. Un comisario del Palau, con un pie dentro y otro fuera, en realidad un empresario buscavidas bien conectado con la Administración y experto en sus cañerías, se presta a ejercer de intermediario y portavoz; recoge una montaña de papeles y se va hasta *El Periódico* una noche tardía, casi a la hora en la que arrancan las rotativas. El guardia de seguridad le lleva al despacho del Director sin cruzar la Redacción, por un pasillo lateral conectado con el departamento de administración. Todo como de cine negro. A partir de esa cita, Yelbes encuentra al que llamará el Confidente, su mejor fuente dentro del Palau.

—Esto te va a gustar. Aquí está todo.

—¿A qué te refieres? —pregunta el Director al enviado presidencial.

—Los papeles sucios de tu competidor. Sé que tenéis una guerra abierta con *El Nacional,* una guerra mediática. Ahora puedes destruirlos de una vez, con lo que te traigo aquí.

—¿Qué es lo que tienes?

—Mira esto: han ingresado diecinueve millones de euros del Gobierno autonómico mediante la adjudicación de programas para Canal Nostre, programas concedidos a dedo, sin concurso, para los amigos. Te puedes hinchar con la documentación, mira este programa, lo llamaron *La risa* los cachondos, qué descarados, les pagaron veintinueve mil euros por capítulo. Mira, otra bomba, otro programa: *La sandía,* toma, cincuenta y un mil euros por capítulo. Y será por programas, más de veinte, los tienes ahí, *El espía, Caso cerrado, La tienda del chiste...* Les han financiado a estos listos de Madrid una productora de televisión grandiosa...

—Vaya, muy interesante... Veo que me has traído copia de los excel de la contabilidad de la televisión pública.

—Sí. ¿Y esto otro qué? Mira. ¿Te acuerdas del convenio firmado con el yerno del Rey para congresos deportivos que ahora parece que resulta irregular, con gran escándalo en la prensa? Está siendo investigado por la Fiscalía Anticorrupción de Palma, se lo dio la empresa pública de grandes eventos, mira, mira. El acta del consejo de administración, este es el punto del orden del día con la partida para el yerno, y en el siguiente, mira, mira, por los mismos conceptos y con similar procedimiento, aquí se ve clarito: para promocionar la actividad náutica deportiva le regalan casi medio millón de euros no al Iñaki, no, sino a *El Nacional,* el diario que va por ahí abanderando la ética contra la corrupción y por detrás es una caja registradora. Se han llevado de aquí el dinero a capazos. Y estos son los que os acusan a vosotros de aprovechados y oficialistas. Nadie ha succionado más teta de la Generalitat que ellos.

—Esto está muy bien, ya lo creo, pero, una cuestión: todo este dinero se lo habéis dado vosotros, son contratos firmados con vosotros.

—Conmigo nooo, yo estoy prestando un servicio, un favor, entiéndeme, Director, yo soy independiente, pero valga tu afirmación. Dentro del Palau piensan que todos moros o todos cristianos. El escandaloso convenio con el yerno para la celebración del congreso deportivo fue de cuatrocientos cincuenta mil euros y está ocupando las páginas del mismo diario que trincó por su cuenta la misma pasta a cambio de nada. O moros o cristianos, Director.

—¿Y ahora queréis denunciar algo que habéis provocado vosotros?

—Yo exactamente nooo, pero vale. Antes eran amigos, ayudaban, más que tu antecesor por lo que me dicen; también les comprábamos dos mil quinientos periódicos diarios desde la Diputación, ya ves, para tirarlos en cualquier sitio, y desde la Feria de Muestras, y los convenios escolares, esa es otra, pero ya los ves ahora, son unos cínicos, nos acusan de corrupción y no hemos hecho nada distinto a lo que les hemos dado a ellos. Con esto podéis destruirlos y quedaros con todo el mercado de la prensa conservadora para vosotros.

—Lo que pasa es que esto es un problema que vosotros tenéis con ellos, una venganza, si me lo permites, la ruptura de una alianza. Pero no es un asunto de *El Periódico*. No es cosa nuestra que hayáis reñido con vuestro antiguo aliado, que os sintáis despechados, defraudados por el diario favorito que trajisteis de Madrid para convertirlo en vuestro órgano oficial, para que os hiciera la campaña de promoción en caso de abrirse la sucesión en la cúpula nacional del partido.

—Yo lo que veo es una noticia. Un escándalo. A vosotros os

viene bien publicarlo y nosotros conseguimos desacreditarlos, quedar mejor que ellos.

—A veces los políticos utilizan a los medios de comunicación y a veces los medios se dejan utilizar, si les interesa o les parece que así consiguen algo relevante. Lo que ocurre aquí es que esto solo os sirve a vosotros para salvaros, para desviar la atención de los trajes y de los chanchullos de la trama y meternos a nosotros en una trinchera que no es nuestra y en unos problemas que son vuestros.

—¿Me vas a decir que esto no es noticia?

—No hasta el punto de que nos dejemos manipular. Yo no tengo manera de saber que estos papeles son ciertos, y nadie me lo va a confirmar. Otros podrán publicar documentos sin verificar, nosotros no lo hacemos. Si un juez o un fiscal admite la denuncia, entonces lo difundiremos.

—Por eso ellos suelen dar grandes exclusivas y vosotros no, perdóname la franqueza. Tú sabrás. Te estoy regalando algo realmente bueno.

—Mira, eso alguien tiene que ponerlo en un juzgado, o en las manos del fiscal. Y cuando una investigación oficial acredite su trascendencia entonces yo lo contaré. Pero no voy a empezar una casa por el tejado para quedarme después colgado de la brocha, convertido en un apéndice del Palau. Ni de broma.

—Bueno, veo que no te fías de mí ni del President, como veas. Quédatelo de todas formas, te lo dejo. Tengo más copias. Pero el problema es que otros medios publican de todo contra nosotros, sin mirar ni preguntar nada, y los demás les seguís la corriente, no les hacéis frente, y así siempre ganan los mismos.

—Querido, esto que me traes no es contra un medio adversario, es contra vuestro medio de referencia hasta hace pocos meses. Erais uña y carne.

—Pero si a vosotros os dimos una televisión. Os dieron, quiero decir.

—¿Nos disteis una televisión? Hombre, una frecuencia, como a otros, yo no estaba aquí todavía, pero ¿es que era vuestra la televisión, o se adjudicó en un concurso público y transparente? ¿A quién se lo ibais a dar? ¿Había otro con más méritos que el periódico de la ciudad, con casi siglo y medio de existencia diaria en los quioscos? El segundo periódico más antiguo de España, líder en internet, con más avales y garantías de financiación que nadie, integrado en la primera red de prensa nacional. Claro, se lo podríais haber dado a esos amigos recientes de los que ahora me traes papeles para denunciarlos por detrás, o a los nuevos ricos, empresarios nacidos al calor del poder, del floreciente hormigón, que no saben nada de periodismo. Ah, espera, espera, un momento, ¡que también les disteis a ellos frecuencias de radio y televisión digital! Y ya que estás aquí, me puedes contar algo de ese Canterito que moja en todos los pucheros.

—No he venido para discutir contigo, Director. Te dejo aquí los papeles, quizá un día quieras usarlos. Nunca se sabe. Y, anda, busca fecha para que podamos comernos un arroz del cortijo en la plaza del Arzobispo. Le daré aviso a Serafín para que se venga; no sé por qué, pero tienes a ese consejero comiendo de tu mano.

—Eso está hecho. Si te apetece, para que este viaje no haya sido en balde, todavía estamos a tiempo de tomar algo en la barra de Unsur, cierra tarde y allí nadie mira a los lados. Así me pones al día acerca de don Camilo, del que todos me hablan y dicen que ejerce de confesor del President, y si es verdad que a un miembro del Consell se le empieza a conocer con el mote de «el Conejo».

—¿Qué? Nosotros pertenecemos a un Gobierno de orden, o de gente ordenada. Lo más probable es que mi mujer ni me abra la puerta a estas horas, son las doce y media de la noche. ¿Los periodistas no tenéis casa ni familia?

Yelbes acompaña al Confidente a la salida y vuelve al despacho. Cierra la puerta por dentro y echa la persiana al ventanal que da a la Redacción, donde no queda nadie salvo el Editor de Cierre. Quiere echar un vistazo a esos papeles, son dinamita. Deja solo la luz del flexo. Necesita mirarlo con sosiego, es buena hora para leer un rato sobre las miserias de la Administración y la prensa. Mete una mano por detrás de una fila de libros hacia el fondo de la estantería y palpa una botella, la saca con cuidado. Es una DYC 8, frunce el ceño, de ninguna manera va a tomar eso, ¡no son horas! El DYC 8 únicamente lo bebe cuando tiene que pelearse con alguno, para ganar ferocidad y agilidad en las respuestas, él es un tío lento en la refriega y si no se ayuda con algún destilado no le nacen las ganas de abofetearse con el provocador de turno. Ese DYC 8 le proporciona una energía vigorizante, «me vuelve temerario como si fuera un Montanelli», se ríe él mismo con su ocurrencia. No estamos ahora en eso. Vuelve a meter la botella, tantea hacia la derecha y ahora sí, se trae consigo la botella de Walker Black. Esto es otra cosa, el etiqueta negra resulta ideal para ganar lucidez de una manera relajada, tranquila y luminosa; te despeja la mente, es mejor que una ducha fría, te carga de electricidad y reflejos y enciende el juicio. Winston Churchill lo tomaba incluso para desayunar. Lo llamaba «su enjuague bucal».

Se sienta con la botella y un vaso de chupito; las buenas esencias, mejor en dosis pequeñas. Mira los papeles, los repasa y no saca nada en claro. Se sirve el chupito de un trago, toma otro seguido y un tercero, rápidos y seguidos. Da un repullo con la cabeza. Y vuelve a la documentación. «¿Qué voy a hacer con todo esto?». Porque no lo va a publicar, eso nunca, en una guerra de medios pierden todos, pero es un material explosivo, fabuloso, carnaza para el lodazal de las insinuaciones. Escribe un mensaje con lo más suculento de la documentación, a modo de cotilleo, a dos periodistas amigos y a un político de la oposición. Antes de doce horas circulará por toda la ciudad que *El Periódico* tiene en su poder las vergüenzas de *El Nacional,* las pruebas sobre el precio de su amistad rota con el Palau. Se acabaron de golpe los ataques rastreros contra *El Periódico.* Se ha dictado la tregua.

11

Yelbes ha salido deprisa de la Redacción esa tarde para ir a comprarle una bicicleta al hijo pequeño. El niño es cansino, reclama ser atendido, ve poco al padre y andaba pesado con tener una bici. Es por tanto un momento importante y delicado. Le está enseñando a montar por las anchas aceras de la avenida de Francia. Delante de casa la acera es anchísima, de esas que ahora ponen en los barrios ultramodernos y futuristas de las ciudades molonas. Septiembre, nuevo hogar, nueva ciudad, nuevo colegio, nuevos amigos. Y no es la primera vez que cambian de vida. Una hora malísima por tanto para que llame el Secretario Institucional del Palau. Saluda cortés y trata de manera directa, sin darle mayor importancia, conforme a lo acostumbrado en el trato con los periodistas.

—Hola, hola, Director. Te llamo porque estamos viendo algunas cosas… y, la verdad, estamos preocupados con *El Periódico*… Confiábamos en que la relación podría mejorar con tu llegada, pero lo que vemos no nos gusta, nos inquieta, ya sabemos que no eres tú, que no es cosa tuya, que acabas de aterrizar y no conoces los temas, pero, claro, nos gustaría… Sabes…

—…

Se produce un silencio largo, extraño, incómodo. Yelbes no contesta, no quiere interrumpir, le deja continuar, ahogarse en sus palabras, que él mismo tenga que detenerse al comprobar que no es interpelado, que termine sin aire, consciente de que cada palabra empeora el argumento. El Secretario Institucional hace otra pausa a ver si el otro le dice algo, y ante el silencio se ve obligado a seguir hablando, explicándose, deshinchándose, perdiendo fuelle, sin gasolina…, justo hasta que le da por pensar que lo mismo está hablando solo, que se ha cortado la comunicación, un error de líneas.

—¿Estás ahí, Director?

—Sí, aquí estoy. ¿Tú te has creído que ocupas mi silla? Colapso.

—Nooo, claro que no…

Ahora sí, ya no le deja continuar. Vuelve a preguntar:

—¿De verdad no te crees el Director de *El Periódico*?

—No es eso…

—Sí lo es. Nunca más, ¿me oyes?, nunca me vuelvas a hacer una llamada como esta.

—Perdona, pero no me has entendido. Te quería trasladar mi opinión, solo intentaba compartir contigo nuestras sensaciones sobre un asunto que nos preocupa mucho.

—No necesito conocer vuestras impresiones. Mi trabajo no consiste en intercambiar valoraciones contigo. Ni negociar las informaciones. Soy capaz de presuponer vuestras opiniones, incluso vuestras sensaciones, aunque no me las transmitáis; no me interesan y debo ignorarlas por completo, limitan mi autonomía. No sé por qué razón consideráis que yo debo estar al corriente cuando algo no os gusta o discrepáis de *El Periódico*. No necesito saberlo. Prefiero no saberlo, de hecho, puedo presuponer cuando algo os va mal sin que tengáis que llamar para quejaros.

Una bomba colosal. El periódico histórico de la ciudad está comunicando que las reglas han cambiado, en el fondo y más aún en las formas. El Secretario Institucional, en realidad un buen tipo, profesional, experto, se educó en una relación distorsionada entre prensa y poder, con el dinero fluyendo a manos llenas desde la Administración a los medios, no conoce otros códigos que los de pedir contraprestaciones a cambio de apoyo publicitario. En aquellos meses, el Secretario acabó como otra pieza más arrasada por la presión. En su locura defensiva, el President había disparado la tensión entre sus colaboradores y muchos de ellos quedaron rotos, trastocados, más pendientes de hacerle el mantenimiento al jefe que de cumplir su trabajo con eficacia.

Algunos años después, cuando todo hubo pasado, Yelbes y aquel secretario del Palau entablaron cierta amistad, ya sin el peso de la tensión.

—Hay algo que quiero preguntarte —le dijo el Secretario en una ocasión posterior—. Cuando te llamaba en los años de los líos, nunca sabía si me ibas a coger el teléfono o no; unas veces lo hacías y otras no había forma de que me respondieras. ¿Esto era una percepción mía equivocada?

—No, no lo era. Unas veces te cogía el teléfono y otras no, sin más, no era cuestión de andar ocupado o no, ni siquiera de estar enfadado, era una manera de bajar los humos al Palau, de no ser accesible ni ponerlo fácil. Lo hago también con otros, son mecanismos de protección. Los políticos os habéis vuelto demasiado fuertes, y los medios, débiles y dóciles. Nos conviene marcar distancia, por mera supervivencia.

—¿Y cuál era el criterio para aceptar o no la llamada?

—Ninguno. La clave era provocar la máxima discrecionalidad, despistar sin más, crear incertidumbre, forzar especulaciones, que nunca llegases a confiar en que nos teníais controlados, amaestrados, a la orden, en posición de revista. Yo sabía que si no te cogía el móvil a continuación llamarías a la Subdirectora, y si le decía a la Subdirectora que tampoco te atendiera, entonces lo intentarías con el editor de Política. La cuestión era obligarte a bajar por el escalafón, para equilibrar la relación de fuerzas entre vosotros y nosotros.

—Jooder. Eso que dices es fuerte. Muy duro. Lo planteas como si fuéramos animales. Éramos gente que solo hacía su trabajo, no era un tema de adversarios o enemigos, teníamos muchísimos problemas.

—Bueno, era la manera de reforzar la posición de *El Periódico* frente a la presión excesiva del poder. Teníais una fuerza intimidante, coactiva, y estabais muy nerviosos.

En aquella posrelación fraternal, cuando los conflictos ya eran rastro del pasado, aquel consejero se echó a reír.

—So cabronazo. No sabes lo importante que llegó a ser para mí lo que ahora me estás reconociendo. Nosotros estábamos agobiados, acojonados, y solo queríamos la ayuda de algunos amigos. Y tú lo medías todo en términos de choque entre políticos y periodistas. Cabrito, voy a pedir más cerveza, tú querrás otro lingotazo de esos, no me extraña que tanto *whisky* te haya anulado los sentimientos.

Esa conversación llegaría cuando todo era pasto de la hemeroteca. Pero la tarde en la que el hijo del Director aprende a montar en bicicleta en una anchísima acera de la avenida de Francia, el Secretario Institucional simplemente suelta un sonorísimo «gilipollas» al cortar la llamada en su móvil. Y remarcó lo de pedazo de gilipollas. Eso no era lo esperado. Hace menos de un mes que tuvo lugar la presentación de rigor. Reservó el comedor privado del Palau de la Generalitat para que el President agasajara al nuevo jefe de *El Periódico* y al Consejero Principal venido de Madrid. Ese sí era un tío comprometido, con genio, bravío, un gestor afín al President; entre ellos se cruzaban claves, consignas, afectos y los chismes del partido.

La comida de presentación tuvo lugar con un arroz espantoso, inmasticable y amarillento. Mediocre, con la desagradable textura de una masa untuosa. Era de esos arroces que se venden preparados, pese a que el Palau contaba con una cocina anexa muy bien equipada. El comedor del Palau, que el Director visitaría los años venideros con el sucesor del President y con el sucesor del sucesor, y aún más allá con inquilinos posteriores del Palau, porque los presidentes irían cambiando, pero *El Periódico* seguiría allí, en su sitio, igual que el *maître* que también ejercía de camarero y servía los platos y la cocinera a la que aquel mediodía habían dejado desocupada. Esa era la gloria del oficio, el punto invencible del periodismo, alguna vez se lo contaba a la Subdirectora: «El poder nos va pasando por delante y nosotros permanecemos, porque no formamos parte de él, solo somos testigos que hemos venido a mirar y a preguntar, y a certificar cómo nace, crece y muere el poder en cada época. Igual que ese señor, el *maître* del comedor del Palau, de quien no conozco ni su nombre y al que he visto con cuatro presidentes, apenas le he oído hablar más allá de las palabras de rigor, pero le he observado envejecer, cómo su pelo iba perdiendo lozanía, tiene mi edad, siempre con el mismo traje de trabajo; cortés, reservado, parco, profesional, él sí tiene las claves de la fugacidad del poder, de su frágil vaporosidad, de su endiosamiento, de la caída ineludible de todos aquellos que se consideraban perpetuos. Una vez nos cruzamos por la calle de San Vicente y nos sonreímos con un gesto de cabeza, no nos dijimos nada porque apenas sabemos el uno del otro, pero compartimos una experiencia parecida y algo secreta que nos vincula».

Pero en la primera visita al comedor privado del Palau, organizada por el Secretario Institucional, todo daba la impresión de ser duradero, incuestionable. El President continuaba muy acosado. Sospechas e irregularidades ceñidas a unos trajes que se habían salido de madre, que copaban periódicos, radios y televisiones y expulsaban al President de la realidad. Sobrevivía muy nervioso, aunque intentaba ocultarlo y su cabeza, a modo de Quijote enajenado, fantaseaba sobre su precario estado. Sin embargo, aún no temía por su caída, ni por el ostracismo, o por que alguien le pudiera derrotar. Era el todopoderoso President, concho. Por aquellos años, su lenguaje todavía no se había viciado con las palabras malsonantes; le llamaban el Curilla por su oratoria algo épica, de catecismo escolar. A fuerza de persecuciones y pesquisas judiciales dejó de decir «concho» y llenó su vocabulario de hijoputas; al principio decía hi-jo-de-pu-ta, cargando la boca de fieras vocales y consonantes, como siendo muy consciente de su bárbara intencionalidad injuriosa, pero a fuerza de reiterarse lo abrevió en hijoputa, dicho muy rápido, muy veloz, muchas veces. Hijoputa hijoputa hijoputa. Los juicios, los ataques desmesurados le empujaron a un lenguaje agrio, rocoso, áspero. Pero en su primera comida con el Director todavía andábamos en la etapa del concho beatorro e imperial. Todavía estaba sentado en el comedor privado del Palau, quería ser encantador con sus invitados, aumentar las afinidades con *El Periódico* y con su amigo el Consejero Principal, un patriota que con tanto mimo cuidaba su reputación en Madrid. El President asumió el protagonismo de la comida, Yelbes le estaba conociendo en esos momentos, hasta entonces para él solo había sido un político que había visto por televisión. A la salida, el Consejero Principal le preguntaba, entusiasta, «¿qué te ha parecido?», y Yelbes le respondía con evasivas. No era capaz de tener una primera impresión firme, demasiado apresurada, había reparado más en las formas que en el fondo, en la aparente seguridad, en el nerviosismo ambiental disimulado, en su engolamiento oratorio. Más que hablar, invocaba las palabras, grandes palabras bruñidas, cepilladas, que acompañaba con un arqueo flotante de brazos y manos en una danza gesticulante, algo teatral y excesiva, que acentuaba la métrica y musicalidad de sus expresiones. Mucha ornamentación y poca densidad conceptual, como un cómico antiguo sobre las tablas. El Director saldría de allí como el que sale de un cóctel, de un acto social, de una visita formal. El Consejero Principal, por su parte, estaba disfrutando, había visto fuerte al President, sin miedos. Pensó: «Esta vez sí va a sacar adelante el concurso de las frecuencias de radio».

No hubo prisa por terminar. El President seguía exultante, decía que se sentía feliz, sí, feliz, utilizaba esa palabra, estaba feliz por poder estar comiendo juntos. «Esto es la amistad». Sería la primera vez que Yelbes le oyera entonar el canto a la fraternidad, amigos y afines, gente que quería lo mismo, «el bien, lo mejor para España». Incluso se daba algunas palmadas de asentimiento sobre el muslo de la pierna derecha, palmadas conclusivas, reafirmantes. El Director habló poco, casi nada, veía delante de él muchos problemas y dejó correr el malentendido, sería lo mejor de momento. Esa relación tan cordial entre su Consejero Principal y el President no iba a traerle más que complicaciones, trabajo añadido a la dificultad de publicar noticias en condiciones adversas. «Este hombre —se dijo— está rodeado de innumerables conflictos, y a *El Periódico* le coge en medio». Y volvía a toparse con lo que ya había visto otras veces: políticos en apuros que pretendían traspasarle sus problemas, o sea, que *El Periódico* asumiera la porquería ajena como propia. «Y eso no va a pasar, no he venido para eso». Pese a esa verborrea de afectos y sentimentalismo que no había escuchado antes en veinticinco años de profesión, asombrado, Yelbes comprobó cómo el Molt Honorable no refirió una triste palabra a su parca realidad, a su sufrimiento y quebranto, estaba bien jodido y sin embargo desplegaba una representación de Rey Sol en sus aposentos con una simpatía expansiva, afectada, que envolvía el encuentro en un aire de ceremonia palaciega. Se alargó en exceso este primer encuentro, algo incómodo y pesado, donde no había nada que ganar. Y por fin terminaron. Bajaron por las escaleras de piedra tallada hasta el fabuloso patio gótico de la entrada, donde tenían lugar las declamaciones institucionales y las fotos de los grandes momentos. Se despidieron en fila, sin corrillo, como si fuera el cierre de una recepción, y fueron dándose la mano entre ellos, de más a menos. El Director extendió su palma, frente a frente.

—President, un placer, hablamos pronto.

—Por supuesto. Para lo que quieras, aquí tienes al Secretario Institucional. Es un tío estupendo.

Acababa de permitirse un sutil ejercicio de autoridad. Más o menos le había dicho: yo ya me entiendo con tu Consejero Principal, que para eso es tu jefe, y tú ya hablarás con mi Secretario Institucional, que te atenderá encantado. Ni siquiera se intercambiaron los móviles. Mejor así. Yelbes sonrió para sí. Disfrutó del golpe de suerte, no tenía ningún interés en desgastarse con alguien abrumado de problemas sin nada que pudiera aprovechar a *El Periódico*. A más distancia, más salud. En cuanto al Secretario Institucional, que se busque la vida: *El Periódico* tenía cien periodistas para lo que pudiera necesitar el Palau de la Generalitat. De hecho, pasaron bastantes días sin saber nada de ellos. Hasta la inoportuna tarde en la que llamaron al Director mientras enseñaba a su hijo pequeño a montar en bicicleta.

12

Yelbes observa el ritual de las primeras reuniones de portada. Deja hablar. Pide opiniones. Cada sección acude con su oferta de noticias para coronar la primera página. En quince minutos —o treinta, no más— aflora todo, lo bueno y lo malo de cualquier redacción. Quince minutos y cada jefe queda retratado, incluso quienes intentan parapetarse, protegerse, no descubrirse ante el nuevo Director, «hasta ver antes de qué va este». El talento y el oficio asoman con facilidad en las reuniones de portada de todos los diarios del mundo. Con el primer reparto de cartas se despliega el espectro completo: el criterio agudo, el valeroso, el inseguro, el excelente, el retador… Basta con hacer una reunión de primera página para que empiece a fluir el caudal de energía de las redacciones: quienes se conocen los temas a fondo, los que esconden sus bazas o sobrevuelan, los que tantean el terreno para acertar con lo que espera el nuevo Director, el que sacude titulares como si embistiera, el que tiembla con la información complicada, el virtuoso, el sagaz, el visionario… Todos acaban retratados en el zoco maravilloso de la primera página.

Son las cinco de la tarde, faltan dos horas para la reunión de portada y el Editor de Economía entra por primera vez al despacho de Yelbes. Está manejando una información sobre el mayor grupo empresarial de la región, una nimiedad poco significativa; llamarlo noticia parece un exceso, no es algo que se tenga que contemplar para la primera página, y ya es extraño que lo quiera consultar antes de la reunión. Le explica el asunto al Director asépticamente, pone cara de inocente, de santito, intentando no traslucir ninguna posición, no quiere darles sesgo alguno a los datos, no conoce al Director y va con cuidado, como si estuviera desactivando un explosivo, para no equivocarse —¿corta primero el cable rojo o el azul?—, pero sobre todo está midiendo al nuevo, la Redacción desea saber cuanto antes por dónde respira este Director, para actuar en consecuencia. De ahí la cara de falsa ingenuidad del Editor de Economía. Yelbes se da cuenta y le responde de igual manera, como no dando importancia: ordena una nota a dos columnas con un sumario en portada, gestualmente le viene a decir al subordinado que le ha interrumpido con algo irrelevante que debería haber decidido por sí mismo, sin ayuda. Además, el periódico tiene jefes para ocuparse de esto, pero el responsable de la sección quería olisquear al recién llegado en su despacho para luego contarlo en los pasillos. En fin, Yelbes le da la consigna y deja de mirarle, se gira a su izquierda para seguir revisando noticias en la pantalla del ordenador. La supuesta información delicada es poco relevante: la delegación del Gobierno ha negado un permiso de agua para la nueva sede del grupo empresarial, trámites administrativos… Un tostón. El Director se olvida del tema. Pasa una hora. Son las seis. ¡Vuelve el Editor de Economía con la misma historia! Ahora le ha llamado el responsable de comunicación de la empresa afectada, un anunciante importante de *El Periódico*, acostumbrado a mandar. Se trata del conglomerado industrial del Canterito, así lo conoce todo el mundo, operan en todos los sectores, mueven cientos de millones. Y su ejecutivo de relaciones públicas se ha atrevido a preguntarle a un periodista por el titular que va a poner en la noticia ¡y el periodista se lo ha leído! A continuación le ha sugerido que lo cambie, ha pensado en otro que le parece mejor, más preciso. Y ahí el periodista, sin decir ni sí ni no, se ha dirigido al despacho del Director. Vuelve a contarlo todo. De hecho, lo tiene que explicar dos veces porque Yelbes le ha pedido que lo repita, para asegurarse de que se están entendiendo; los matices de las palabras concretas diferencian una provocación de una nadería. El Editor de Economía mira al Director, toda la sección anda pendiente de la conversación, en un rato correrá por todas partes. Yelbes se calienta, le molesta perder el tiempo con estos juegos infantiles. Le pregunta cómo se llama el fulano de esa empresa de canteras y cuál es su número de móvil. Le aclaran que no es una empresa de canteras, que hace de todo, que el dueño es uno de los hombres más ricos del Mediterráneo y que le llaman Canterito porque su primer negocio fue comprar una cantera de áridos. El Director hace la llamada directamente, sin pasar por la secretaria. El Editor de Economía se queda de pie, esperando, cotilleando en realidad, para asistir a la escena que va a suceder a continuación, sea la que sea.

—Campoy. ¿Eres Campoy? ¿Qué tal estás? Soy el nuevo Director de *El Periódico*. Vente, que empezamos la reunión de portada en veinte minutos y no te veo por aquí.

—Holaaa —suelta Campoy enseguida, mientras piensa qué decir—. ¿Cómo? No te comprendo, perdona.

—Vente ya, que empezamos. Porque tú debes de ser mi editor de Economía, puesto que llamas a mis periodistas para ponerles los titulares.

A Campoy se le aflojan las piernas. Esto no le ha pasado antes. Las relaciones vidriosas con los periodistas nunca se abordan con ese descaro tan directo, y él carece de precedentes para reaccionar.

—No, no. No, no. Es un malentendido, no pienses mal. He llamado, sí, pero… Perdona, perdona.

Campoy sigue desconcertado. Necesita pensar. Ha pisado una mina con la mayor ingenuidad. Algo ha cambiado de repente en *El Periódico.* Hace solo seis meses, un sábado a las diez de la noche, se presentó en la Redacción para elegir la fotografía que debía publicarse en la noticia sobre la boda de la hija del Canterito, su potentado jefe. Sorprendente, pero el responsable de fin de semana del diario le enseñó las fotos y le dejó optar por la que más le agradaba. Sorprendente, pero nadie le tiró por la ventana cuando se presentó con tales ínfulas. Se publicó la imagen elegida por el responsable de comunicación, no por el periodista.

Piensa Campoy que algo inesperado ha fallado. Una hora antes, vistas las reservas del periodista de Economía cuando le preguntó por el asunto de la licencia de agua, no se atrevió a llamar al Director recién nombrado sin conocerle, sin saber si le cogería el teléfono. Pensó que no hacía falta, que llamaría directamente a Pulpón, el primer ejecutivo, un tío estupendo. Le contó que en la sección había notado algo raro cuando hablaron del tema de la licencia. «Pero es una chorrada, Pulpón, eso estará arreglado en unos días, no va a ser noticia, si no lo publicas, mejor». Y le pidió que hablase con el Director para frenar la información. Pulpón estuvo tentado de hacerlo, pero ya había tenido varios encontronazos, había visto señales negativas; su instinto le hizo dudar. Se desdijo. A su ego le costó, pero se contuvo y le respondió a Campoy que esas eran cuestiones del Director, que debía hablar con él. Y entonces Campoy, entrenado para poner a la gente en su sitio, le atacó: «¿Pero tú no decías que eras el jefe de todo?». Pulpón notó el peligro, activó su cerebro a prueba de cabronazos, no podía presumir, decirle al otro lo que le gustaría oír, que iba a quitar la noticia, tampoco podía prometerle algo que podía no cumplirse y quedar después peor, desautorizado para siempre como un chafardero con el primer anunciante de la región, y mucho menos quiso decirle la verdad, que no tenía autoridad para hacer lo que le pedía. Así que improvisó la única respuesta posible para salir del paso: «¡Campoy, joder, no me toques los güevos!». Y le colgó.

A la mañana siguiente, sin pedir cita, Campoy se presenta de improviso en la puerta del Director. Se ha colado otra vez. Ha eludido incluso a conserjes y recepcionistas. Se conoce la Redacción como la palma de su mano, y sabe orientarse y esquivar obstáculos como si formara parte de la plantilla. Se disculpa. Se disculpa varias veces.

—Hombreee, qué malentendido, en la vida se me ocurriría… Lo siento, lo siento mucho, pero si este es el diario que se lee en la casa de mi jefe, en la casa digo, no en el despacho o en la empresa: en la casa. Cómo voy a ir yo y… En la vida se me ocurriría, noo… No, no.

Yelbes acepta la disculpa, sonríe para rebajar la tensión del interlocutor, las cosas han quedado claras y no hace falta darles más vueltas. Lo recibe de pie en la puerta del despacho, como la improvisación que ha sido, sin hacerle pasar, dos minutos de charla y enseguida se libra de él:

—Perdona, pero me has cogido con lío y me están esperando.

Campoy huye escopeteado, por fin tranquilo. Reparado el cristo de la tarde anterior, todos amigos.

A continuación, el Director entra deprisa en el consejo editorial para preparar el día. Le están haciendo señas. Algo ha pasado.

—Va a dimitir Frasco —le dicen.

—¿Quién es ese?

Le aclaran que es un diputado con mucho ascendiente en la política regional y en el Palau, antiguo colaborador del President fundador. Hace meses que circula ruido y suciedad sobre él.

—¿Cómo nos hemos enterado? —pregunta.

—Lo está dando la radio —contesta el corresponsal político—. Los nuestros no han podido hacer nada.

Ahora lo sabe todo el mundo. Pero, antes de que las redacciones de la ciudad se enteren de la jugada, Frasco ha llamado a una persona para adelantarle la decisión: al Canterito.

—Diiime cosas.

—Oye, que voy a dimitir.

—¿Por… por qué?

—Porque sí.

—¡Venga ya!

—Mi escaño lo coge Silvia.

—Juuu. ¿Se queda Silvia?

—He puesto esa condición.

—O sea, en serio, no me lo creo.

—Lo vas a oír en dos horas.

—Vale, pues os felicito a los dos.

—A ver si ahora te vas a olvidar de mí… No puedes, porque yo me voy pero me quedo, no sé si me entiendes.

Y, nada más colgar, el Canterito no pierde el tiempo. Hace una llamada urgente:

—Señooora diputada. ¿Quién te dijo que pronto serías diputada, eh? Espero que ahora me quieras un poquito más.

—Yo ya sé que a ti hay que quererte a la fuerza, bribón.

—¿Sabes qué me acaba de decir Frasco? Me ha dicho: «Oye, estarás contento, se queda Silvia, acércate a ella, es una *crack* y va a dejar a la Alcaldesa en nada. Silvia va para arriba».

—Pues ya lo sabes, toma nota, no digo nada, salvo que si se entera la Alcaldesa de vuestras gracietas tú acabas volviendo a la cantera.

—Sí, tomo nota. Yo sé que tú sabes que yo sé lo mucho que vales.

—Hale, bonito, con trabalenguas a Frasco.

—¿Cuándo nos vemos, reina? ¿Desayunamos un día de estos en el barco?

—El barco si quieres me lo dejas un domingo, con capitán y todo, y me llevo a mi madre a darle unas vueltas, o como se diga en marinería. Pero tú y yo solos nanay, que tenemos mucho peligro.

13

El fiscal más joven y prometedor de la ciudad revisa nuevas remesas de la UDEF con los pinchazos al móvil del Canterito, buscando conexiones. Prueba a escuchar algunas grabaciones agrupadas bajo el epígrafe «Enchufes». En las primeras conversaciones habla con su mujer.

Una:

«Cari, si no estás reunido te cuento algo, pero si no me vas a escuchar te llamo luego».

«Diiime cosas».

«Mi amiga Vicky...».

«¿La silicónica?».

«Calla... Sí, esa, no la llames así, pobre, sabes que se separó con dos niños pequeños, el impresentable de su ex, ese amigo tuyo...».

«Amigo mío no es».

«Bueno, déjame hablar. Vicky necesita un trabajo y ahora salen plazas para la fundación que controla Frasco».

«Ahí no hay problema».

«Es una fundación política y acaban de poner a un gerente. Habría que decirle algo sobre Vicky».

«Vaaale, dile que no hay probleeema, que tenemos amigos ahí».

Dos:

«Diiime, cariño».

«Cari, lo de mi amiga Vicky que te conté: para una cosa que te pido… No has hecho nada, qué vergüenza me has hecho pasar».

«Escúchame».

«Que la han rechazado, que llamó y se presentó a una entrevista y pasó una humillación… Allí nadie sabía nada de ella».

«Pero si estaba yo con Frasco cuando llamó para darle el nombre al gerente: Victoria Peinado».

«Ella se llama Victoria Ruiz; Peinado es el apellido del ex. Qué vergüenza, de verdad».

«Pero ¿me puedes escuchar?».

«Que está en el paro, ya no necesita nada de ti, y nos conocemos desde la EGB y ahí la tengo todo el día llorando».

Tres. Cascano, el fiscal, sigue pulsando grabaciones del Canterito:

«Diiime cosas».

«Buenas. Le voy a pasar con el presidente de la Diputación».

«Hombree, pues así lo felicito. Pásame».

«Ahora mismo».

«Enhorabueeena, Alfonso, qué alegría tengo con tu éxito. Eres el mejor presidente del partido que puede tener esta provincia».

«Che, campeón, tú felicitas a cualquiera que gane, tú no me engañas, eres como yo, un triunfador, no te paras en nada».

«Una mieeerda. ¿Tú sabes el tiempo que me ha costado acercarme a ti para que ahora pongan a otro?».

«¡En eso te creo! Oye, un favor te pido».

«A ver, diiime cosas».

«Tengo un sobrino que acaba de terminar la carrera y necesito que hagas algo con él, que mi hermana es muy pesada».

«Vaaale, ¿y qué ha estudiado?».

«Fíjate que ni lo sé. ¿Es importante eso?».

«Hombre, para ver dónde ponerlo, no le voy a llevar a barrer».

«A mí con que tenga un horario y una nómina me vale, muy espabilado no es el chico, te pido el favor pero sin engaño: es un poco zote».

«Bueno, le metemos por ahí, algún sitio habrá».

Cascano ya es el fiscal estrella. Percibe cómo su nombre se ha encumbrado en la Ciudad de la Justicia. Ha sido cuestión de pocos meses. De pronto ha ganado muchos partidarios. La veterana fiscal jefe, bien conectada con el sector progresista de Madrid, le ha dado consejos útiles y apoyo moral. El caso de los trajes ha llegado a buen puerto, el Tribunal Superior de Justicia lo está instruyendo y está encarrilado. Los trajecitos ejercen de liebre de los demás sumarios. Dos de las causas de Cascano ya han sido activadas. La Policía Judicial trabaja intensamente conforme a sus directrices. El Jefe Superior de Policía acaba de despachar con el fiscal de moda, ha acudido para garantizarle la plena colaboración y autonomía de los agentes adjudicados.

—No sé de dónde salen las filtraciones, pero pongo la mano en el fuego por mis hombres. Son profesionales, ninguno habla con la prensa —asegura el Jefe Superior.

El mando policial está saliendo de las dependencias de la Fiscalía cuando recibe un mensaje de Yelbes para comer un rato después, donde siempre, en el rinconcito del Hotel Inglés. Cascano se queda aliviado tras ver salir al Jefe Superior de Policía. «Ese es una tumba, no filtrará nada —se dice—. Se le nota a kilómetros el canguelo que les tiene a los políticos del ministerio».

14

Cascano ya casi nunca abre la jornada con el café mañanero, y la camaradería con su colega, Hutch, se va enfriando. Han surgido celos y recelos. Cuando se cruzan por los pasillos se comentan algunos asuntos domésticos, de la familia, se cuentan los suspensos de los hijos, que alguno acabará en un colegio interno ese verano; disimulan la preocupación por sus mujeres: una se ha quedado en el paro, a la otra le ha salido algo en el pecho, una mancha, quizá nada, y la madre ha principiado un proceso de alzhéimer. Eluden las pesquisas profesionales, las cosas de la caza. Cascano le lleva mucha ventaja, demasiada. Se ha hecho célebre y famosete, y hasta ha ganado popularidad entre funcionarios y abogados de la defensa. Es una época en la que vive para su trabajo, con plena dedicación. Se lleva la faena a casa por las tardes. Mucho que leer y ordenar; necesita tiempo para pensar sin distracciones: el hospital no construido en Haití, los contratos de la exconsejera de Turismo, el lujo aparente en el que vive algún político conocido.

Ya no se junta con los otros fiscales, y ellos se pasan el tiempo hablando de él, de sus andanzas. Cascano está demasiado ocupado, es demasiado reputado, ahora hasta especulan por si tuviera desayunos discretos con representantes del poder. Hutch se ha quedado sin Starsky. Se ha buscado otro colega para el café y casi todo el tiempo se lo pasan hablando del viejo Starsky.

—Cascano no para. Ahora lleva algo nuevo, potente, no lo comenta, es muy suyo, no tiene tiempo para nadie, ya ves, pero al final todo se sabe. Se dice que la Generalitat también ha metido mano en la Ópera. Lo que oyes. Por lo visto, tiene un documento con todas las claves; se llevaron el dinero de los patrocinios entre la Intendente y varios empresarios amigos, de una manera descarada.

—Arrea —suelta el nuevo compañero de desayunos—. Eso tiene muchísimo alcance, trasciende lo que se ha visto hasta ahora. Va a provocar una gran polémica internacional en el mundo de la cultura, nuestro amigo va a levitar. Sorprende su habilidad para encontrar tantas cuevas de ladrones.

—Parece que Cascano ya ha tomado declaración al testigo. Se lo sabe todo, es una fuente directa, era el director financiero y lo despidieron cuando empezó a quejarse de los enjuagues. La Intendente fue un capricho del President, la pusieron a dedo, y desde entonces hace y deshace sin dar cuentas a nadie, sin supervisión real, ni siquiera responde ante el Gobierno autonómico. Con una auditoría interna aflorará todo. Era lo que le faltaba a Cascano para crecer otros cinco centímetros.

Los demás fiscales, picados, se sienten lelos cuando se enteran entre sorbo y sorbo de café de que Cascano todavía guarda en su mano más cartas de triunfo. No deja nada libre para los colegas.

—No sé de dónde saca el tiempo y cómo tiene tanta suerte, le llueven los chollos. Por lo visto, también investiga algo sobre un cártel de empresas de extinción de incendios, precios amañados en varias autonomías; al de aquí le tenían comiendo de su mano. A ver qué saca. Le han indicado los de Madrid que busque en la línea de los trajes y los regalos encubiertos. Al consejero llevan años pagándole cacerías y hasta le agasajaron con una escopeta de mil ochocientos euros, igual que el relojito de la otra. Se dice que ha aparecido una factura entre los papeles, procedente de algún registro.

—Los demás vamos a parecer tontos a su lado, parece que es el único capaz de seguir el ritmo. Los jefes están muy insistentes con lo de la limpieza. A mí también me llegan las insinuaciones de arriba; que lo han ensuciado todo, que hay que limpiar, que para eso estamos. Limpiar es la consigna. También he oído que la oposición política está dispuesta a ayudar, pero esos se han demostrado bastante inútiles todos estos años, no han sido capaces de desvelar nada. Ahora quieren llevar los temas a la prensa, hacer declaraciones, preguntar en la Asamblea y forzar debates, ir calentando; es hora de que vayan moviendo el culo, pero papeles no tienen, al menos a mí nunca me ha llegado nada de ellos, tendré mala suerte. Yo con los de la oposición pienso que no vamos a ninguna parte, han estado dormidos y se las han colado todas mientras disfrutaban de unas vacaciones eternas y bien pagadas en los escaños de la Asamblea. Con esos no vamos a enterarnos de nada, pero es verdad que pueden dar aire en los medios a las causas que vayamos sacando desde aquí.

Y al fin mencionan el asunto que ha disparado las envidias en el edificio de los juzgados. Cascano ha sido portada de *El Nacional* con una entrevista de varias páginas en la edición general. Se ha convertido en una estrella indiscutible, parece el puñetero Eliot Ness, ya es casi famoso en toda España, se escribe mucho sobre él en Twitter. Y los compañeros andan picados.

—Por cierto, no sabía que Cascano tenía tan buenos amigos en los medios de comunicación, pedazo de entrevista se ha marcado para toda España. Qué foto, tío, hasta en la primera página, se habrá muerto de gusto, en la vida he visto a un fiscal de provincias en la portada de un periódico nacional.

—Dice que una cosa llevó a la otra, que les estuvo dando largas durante meses, pero al fin pensó que iba a ser bueno para impulsar las investigaciones, colocarlas en otro nivel, para que nos den más medios. De hecho, también me insinuó que le han llamado para hacer un programa de esos de La Sexta.

El compañero se queda sin palabras, extasiado:

—Pero, leche, este no va a dejar nada para los demás… Otra cosa, ese Domingo Uclés que le ha hecho la entrevista ¿es de fiar?

—No le conozco, veo que publica buena información, ya me entiendes, pero por aquí no le he visto pasar, las apariencias pueden engañar. Uclés trabaja para un medio nacional, que todavía les da más potencia a las noticias. Yo lo que te digo es que de la prensa local no te puedes fiar, se conocen todos, demasiados intereses cruzados. Ten mucho cuidado con contar nada a nadie.

15

El Jefe Superior de Policía va directamente al restaurante donde ha quedado para comer. Lleva poco en la ciudad y no conoce a casi nadie, que le vean almorzando con el Director de *El Periódico* no le viene mal. Se saludan.

—¿Qué tal, alguna novedad? ¿Has saqueado alguna casa recientemente? —pregunta Yelbes.

—Ya lo creo —contesta el policía—. He levantado quince cajas en un pisito de Marqués de Turia, de una señora que acaba de fallecer.

—¿Buen alijo?

—Bah, bueno, una curiosidad: la colección completa de Marcial Lafuente Estefanía.

—Pues sí que debía de ser mayor. Los leía mi abuelo, que murió hace treinta años.

—Te los dejo a buen precio.

—No es mi estilo. Algo más habría.

—Algunos libros de física, primeros años cincuenta, el marido de la viuda debía de ser ingeniero o algo así. Esta vez nada de nada, morralla para reciclar.

—Vaya afición rara que tienes. ¿Cuánto has pagado por eso?

—Sesenta euros y al de la furgoneta. Solo al peso, dejando

aparte las novelitas de vaqueros, voy a sacar cerca de doscientos euros. Lo que no hago es perder, esto no me puede costar dinero o mi mujer me pide el divorcio. En el piso almacén voy guardando lo poquito que tiene algún valor, de por aquí y por allá, para venderlo por internet. Te aseguro que es un sobresueldo que está bien, y además me entretiene mucho. Menos arriesgado que jugar a la Bolsa.

—Oye, hablando de estilos literarios: ayer leí el último informe de la UDEF contra la Generalitat y parecía escrito no te digo que por el mismísimo Marcial Lafuente Estefanía, el de los pistoleros, pero sí por un escritor de novelas de detectives. De verdad, lo tuve que releer, no parece un trabajo policial, está lleno de elucubraciones, hipótesis convertidas en augurios, sin evidencias ni pruebas. A mí me valdría para hacer los editoriales, pero como dosier policial parece aventurado y poco riguroso. Un día alguno de los tuyos se va a poner rojo como un tomate, muchas de las cosas que se denuncian pueden no llegar a ningún sitio y eso creará un problema de credibilidad a las fuerzas de seguridad. No sé si me explico. En ningún momento demuestran las conclusiones que apunta el informe, carece de rigor pericial.

—Ya sabes que yo no dirijo esas operaciones, que los agentes responden directamente al fiscal, con total autonomía e independencia. De hecho, yo ni pregunto, así no tengo problemas, porque esto de que se filtre todo lo que firma la UDEF no había ocurrido nunca. Por tanto, no es la policía la que está soltando los papeles, son otros y podemos suponer quiénes son, pero no lo oirás de mi boca. Aparte de que, si a mí no me cuentan nada, nadie puede tenerme por sospechoso y puedo comer aquí contigo con total sosiego sin que se piense que andamos con trapicheos. Pero ya te digo que estás equivocado, esos informes están blindados. La policía pone el foco de las indagaciones en los puntos fuertes que previamente le señala el fiscal, para reforzar sus líneas maestras, con lo cual aquí nadie se va a quedar colgado de la brocha, porque se hace lo que nos reclama el fiscal del caso. Desarrollamos y extendemos las tesis de la Fiscalía.

—Pero una cosa… Eso que me dices es muy raro. Me sorprende muchísimo. A ver, visto desde fuera, para los no juristas, lo lógico parecería que, cuando ocurre un delito, la policía, sin apriorismos y con todas las opciones abiertas, haga un trabajo justamente policial, de investigación desde cero, y en función de vuestros hallazgos el fiscal tome un camino u otro; en fin: que el fiscal se base en lo que ha encontrado antes la policía, no al revés. No se comprende que se empiece justo al contrario, intelectualmente supone trabajar con una subjetividad enorme, me parece hasta peligroso, viciado de origen, porque puede dar lugar a investigaciones muy torcidas.

—Tú es que viste muchas películas de detectives de niño. El método de trabajo desde hace años es el que te cuento. Lo otro, además, se haría eterno. Los tiempos van por donde te digo.

—Ya, vale, pero eso implica que se pueden cometer errores de perspectiva, incluso que puede haber delitos que se escapen si al fiscal le falla la intuición. Pero sobre todo, para lo que nos toca hoy, pueden darse muchas instrucciones falseadas de origen y, aún peor, llevarse por delante a gente inocente, de forma injusta, acusada y señalada durante años.

—Como dicen que dice Cascano sobre sus interrogados, si es inocente ya lo demostrará en el juicio. Y no pongas esa cara, yo te digo cómo funciona esto, no dicto las reglas.

—Pero es que es una coña, vais a montar un circo enorme con esa metodología.

—Te aseguro que este es el procedimiento moderno en todas partes, no solo en España. Es más eficiente y rápido.

—Ya que mencionas a Cascano…, ¿lo conoces bien?

—Humm, solo de referencias. Nunca he estado con él, le habré saludado en alguna ocasión, nada más, pero es la estrella actual en la Ciudad de la Justicia, el sistema entero se ha puesto a sus pies. Debe estar bien bendecido por arriba.

El Director se queda intranquilo con lo que ha escuchado durante el almuerzo. Le sigue pareciendo una temeridad el nuevo método de trabajo policial, cree que *El Periódico* debe preparar un editorial avisando del peligro de este procedimiento de investigación. No es un especialista, decide documentarse, husmea por internet pero no encuentra fuentes para sustentar la crítica, hace alguna llamada sin resultado. Pasará una década hasta que uno de los juristas más acreditados de España, Manuel Marchena, como presidente de la Sala Segunda del Tribunal Supremo, avise en una obra doctrinal contra unas prácticas tan arriesgadas, lo que bautizará como «informes de preimputación»:

> La alteración funcional de la Policía Judicial que, por medio de unidades altamente especializadas, pasa a convertirse en una suerte de instructor paralelo es fruto, en la mayoría de las ocasiones, de una iniciativa de los propios mandos de la Policía Judicial. Están alentados por jueces de instrucción —también por algunos fiscales— que invitan a los agentes a que formulen sus propias conclusiones.
>
> Se pide así que la policía ilumine al instructor a fin de que desbroce el camino para el desenlace de la causa y el paso a la fase intermedia del procedimiento.
>
> Los informes de Policía Judicial solo se ajustan a su genuina funcionalidad cuando se mueven en una dimensión fáctica,

cuando se limitan a la exposición de hechos que han de ser luego valorados por el órgano jurisdiccional. Un informe de preimputación suscrito por los agentes que han intervenido en la investigación aleja a la Policía Judicial de su verdadera parcela funcional y, por supuesto, precipita un retrato del juez de instrucción que no dice mucho a su favor.

«Amén», dijo para sí Yelbes tras subrayar estas palabras cuando las leyó diez años después. Cuando ya era demasiado tarde.

16

El Periódico conserva un comedor de época de escaso valor, ni antiguo ni moderno, solo pasado de moda y con cierto toque *vintage*. El comedor de la abuela, lo llaman. Muebles de hace sesenta años, con apariencia de antigüedad y suficiente tono para utilizarse en comidas institucionales. Va a acudir la Alcaldesa a comer con el *staff* del diario y vuelve de Madrid el Consejero Principal, a cumplimentar. La Alcaldesa carece de verdadero poder presupuestario, pero tiene halo y autoridad. Y la fuerza de una personalidad arrolladora. Ella sí es una verdadera reina: gobierna con mensajes cortos y directos, es mandona y simpática a rabiar, ingeniosa, torrencial, con un desdén enorme hacia los adversarios políticos, intocable para Génova, reserva un afecto íntimo heredado hacia doña Amparo y sus parientes. Sus padres ya eran amigos. La Alcaldesa no pide tonterías, se impone con facilidad, lleva veinte años al frente de la ciudad, una ciudad que es suya y se le rinde con entrega y devoción. Controla las claves de fuera, de la política nacional, porque ninguna puerta en el partido le está vetada, empezando por el presidente nacional e inminente jefe de Gobierno (ya se huele en Madrid el adelanto electoral). No acepta que se mueva nada en sus lindes que no sea para engrandecer a la alcaldía y a la ciudad, o sea, a ella misma. Ha rechazado ministerios, solo quiere honores y dinero para su ayuntamiento. No ha juntado un duro en toda su vida política, vive al mes, financia parte de sus gastos domésticos con la ayuda de su madre octogenaria, todavía vive de alquiler en la casa que antes fue de sus padres, no ha comprado ni invertido patrimonio, se ha gastado la vida desde los puestos políticos, sin ahorrar, sin acumular, sin rapiñar de ningún sitio. No conoce la codicia personal, han ido muchas veces a por ella sin encontrarle nada oscuro. Por eso a la Alcaldesa no le interesa el Consejero Principal, todas las semanas recibe a gente importante que viene a rendirle pleitesía en el salón pompeyano del Ayuntamiento. Desde presidentes de banco a embajadores y ministros extranjeros. La Alcaldesa es práctica y muy directa, bebe al estilo de los hombres, manda mucho mejor que ellos y es descarada en la conversación práctica. Es invencible, insaciable. Devora para sí lo que la rodea, se lo apropia y lo convierte en algo mejor, siempre conforme a sus intereses. Necesita poco del poder lejano, es pragmática, pide y, si no se le otorga, se olvida del asunto y se enfoca en otros frentes. Si recibe atenciones, sabe devolverlas, es un animal dotadísimo para el trato. Este mediodía derrocha cariño hacia los propietarios locales de *El Periódico* y se mide con el nuevo Director. Le ha caído bien a la primera:

—Pero, Director, por lo que cuentas, no estás haciendo un diario para mí, ya te estoy pillando. Tú quieres hacer el periódico de «la no izquierda».

—Alcaldesa —le responde Yelbes—, acabas de hacer una definición perfecta de lo que nos proponemos, has encontrado una síntesis que ni yo mismo habría imaginado. Es exacto. De hecho —prosigue entre risas—, parece un lema estupendo para una campaña de promoción.

—Pues que sepas que eso a mí no me interesa nada, y yo soy de las que lo quieren tooodo.

—Pero es que *El Periódico* no es mío, no te lo puedo dar.

—Huy, me parece que tú eres muy borde —suelta con una gran carcajada.

Así termina el almuerzo con doña Amparo y otros como testigos divertidos. Se levanta de la mesa, sale del comedor, se acerca al Director y por primera vez le corresponde con el rito más afectuoso que preserva para la gente que de verdad le agrada. Se arrima, pone una mano en el antebrazo y, agarrados, caminan juntos, despacio, hacia el ascensor. La Alcaldesa gustaba de ese arte pasado de moda, muy sutil, de apoyarse en el otro para pasear mientras conversan con discreción, algo distantes y alejados del resto. Es una delicadeza que el Director recordará con añoranza en el futuro. En esos apartes, ella cambiaba de registro, se quitaba la máscara y lo convertía a uno en su confidente, fuera escudos, más vulnerable, salían sus claves, sus dudas y las necesidades francas de una guerrera imbatible.

—Ay, este Paco, este President… Te lo reconozco, me da miedo pensar en lo que viene.

Yelbes no puede evitarlo. En ese mismo momento ya está convencido de que va a reñir muchas veces con esa mujer, que resultará dura y correosa, pero le ha gustado tanto descaro, ego y autenticidad. Ha encontrado un político que no navega en las apariencias ni en los fingimientos. Puro material informativo. La Alcaldesa es de las que se conforman con ir ganando; sabe que existen periodistas que no se dejan agobiar, que no aceptan órdenes, son los más difíciles porque van por libre, pero también los mejores porque cada concesión suya vale más que las demás. A esos hay que irles sacando alguna ventaja poco a poco, sin presiones ni pretender echarles un pulso, sin que se den cuenta.

A la Alcaldesa, por ello, quien le interesa es el Director. Se ha olvidado del nombre del Consejero Principal, porque el Consejero

Principal viene a pedir dinero mientras que el Director hace las portadas, cada día una portada nueva. Y suspira para sí: «Ay, si yo pudiera hacer una portada cada día». Al despedirse, intenta encelar al nuevo.

—Que sepas que ya no os leo. —Mientras dice esto, se gira a doña Amparo y le guiña un ojo—. Ahora solo veo el programa de 13TV, no necesito más, me encanta. Esos sí son de los míos.

Es mentira y todos lo saben; ella repasa cada mañana hasta el último breve de *El Periódico,* su ciudad depende de lo que sale en esas páginas. Y lo que intuye es que *El Periódico,* ahora más independiente, menos atado a los presupuestos de la Generalitat, refleja mejor los impulsos de la calle, tiene más nervio y puede ejercer un servicio más sólido. Siempre que ella, por supuesto, no salga perdiendo.

17

El Consejero Principal sigue inquieto con el nuevo Director. Le llegan a Madrid mensajes confusos, elude llamarle directamente porque las dos veces que lo ha hecho no le ha gustado la experiencia; brota una desconfianza mutua electrizante, una fricción, se recelan, la conversación no fluye, la química falla, los polos se repelen con disimulo. «No sé si este es gilipollas», insiste el Consejero Principal a los suyos. Le empieza a mandar recados a Yelbes a través de terceros. A Pulpón le encanta ejercer de intermediario. Percibe el Consejero Principal que *El Periódico* no está ayudando lo suficiente, no es ardoroso, le hace ascos al President. No le convence su manera de enfocar las noticias. En un pronto, resuelve pedirle al Jefe de Operaciones que contrate a un consultor para auditar el rumbo de la nueva dirección, bajo el enfoque de la gestión, para que se le puedan parar los pies y utilizarlo en el consejo de administración si resultara necesario. Pulpón se excita, al fin una oportunidad. Esa misma tarde, en cuanto baja del avión, cede al impulso y llama al Director con voz de cordero, le tiende otra trampa en forma de aviso amistoso, le advierte, ojo, de que lleva pocos meses y ya empieza a ser cuestionado, que el Consejero Principal le ha cogido ojeriza. «Tenemos que ser los dos cuidadosos, sobre todo tú, apoyarnos entre nosotros, entiende que me han dado la orden de que tengo que controlarte, que estás fuera de la vía». Yelbes no entiende nada y anda apurado de tiempo, como siempre. Se olvida del asunto, lo atribuye a nuevas maniobras del incansable Pulpón.

A cambio, empiezan a fluir aliados difusos, sobrevenidos, retornan exlectores que vuelven a coincidir con el nervio de *El Periódico*. Una mañana, Yelbes recibe la carta de una exsuscriptora muy conocida, una dama patricia que solicita que le vuelvan a enviar *El Periódico*. Es un gesto fino de la Alcaldesa, firma la carta una amiga personal. El Director no aprecia mucho el detalle, le faltan claves sociales y es torpe e insensible a estos movimientos delicados, sutiles, de urbanidad, que sirven para reforzar o debilitar una posición. Pero a doña Amparo le alegra el día enterarse, ella sí sabe identificar el valor de una deferencia como esa, conoce a la buena sociedad y la intención de la suscriptora revela que se están produciendo importantes reencuentros con los sectores más críticos e influyentes de la ciudad. *El Periódico* gana predicamento. De repente, llueven los elogios y las invitaciones de la burguesía local, «este vuelve a ser nuestro diario, el de antes, el de toda la vida», están retornando a él, se reconocen en él; lo que no necesitan es un vocero sin personalidad que repita los mandatos del poder político, agradecen el regreso del diario que han leído seis generaciones de sus familias. *El Periódico* que refleja la cosmovisión de las clases medias. Se suceden las felicitaciones. Estas Navidades, doña Amparo está contenta y orgullosa de su apellido.

El diario reencuentra su sitio, pero la basura emerge y empieza a flotar según se van abriendo las compuertas judiciales. Y *El Periódico* todavía no está liderando nada. Tampoco se presta a ser la alfombra donde el poder oculta sus vergüenzas y desidias. En definitiva, se está quedando sin espacio. Ni le sirve al poder como altavoz para negar la corrupción ni tiene opciones de aventar las miserias de ese poder. Las exclusivas que hacen temblar el sistema salen de otras cabeceras, *El Periódico* ve con frustración pasar las polémicas delante de sí sin abanderar ninguna. Ya toca moverse. La Redacción ha ido viendo las señales. Comienza a creer que algo está cambiando, que se puede hacer periodismo sin necesidad de ejercer de marioneta de la conspiración. No es fácil, es lento, pero comienzan a llegar algunas exclusivas a las mesas de los editores. Al fin están metiéndose en algunos líos, empiezan a ser algo relevantes, comienzan a respirar. Importante es que este cambio no se perciba en Madrid, que no le lleguen alertas al Consejero Principal. No resulta difícil: en los temas más golosos, los que comenta la gente, siguen a por uvas. Ha pasado el otoño y todavía ignoran lo que se está cociendo en el conspiranoico despacho del fiscal Cascano. El caso de los trajes ya alcanza al sistema de financiación del partido gobernante en la región, no es algo particular del President, el tumor se ha extendido, varias empresas se han beneficiado de contratos públicos a cambio de ocuparse de la organización de los actos electorales. El partido está infectado, la cuestión es hasta dónde alcanza el virus. Génova principia a poner distancia.

El President es un pájaro disecado en su jaula de oro, ya no parecen solo cuatro trajes. ¿Qué ha estado pasando más abajo del President, con su conocimiento o sin él? Yelbes ve una salida a la falta de pegada de *El Periódico,* secuestrado entre dos masas tectónicas: la conspiración para derribar al poder y la reacción de este para repeler el ataque. El Director no quiere estar en ninguno de los dos bandos; los de la conspiración no confían en *El Periódico* y el poder solo ofrece una suerte de chantaje emocional, una carta perdedora. Y en medio de la nada, en medio de los dos bloques enfrentados, no hay posibilidad de jugar ningún papel destacado; quedarse ahí supone perdurar en la irrelevancia. Concha Barrado escucha todas estas reflexiones y está de acuerdo. Lleva veinte años en *El Periódico,* coordinando secciones desde el puro combate informativo, como una periodista de raza, y ahora ha sido elegida como Subdirectora, la número dos de *El Periódico*. Conoce el paño, conoce su tierra, conoce el lodazal que suele esconderse bajo las alfombras de la política y el periodismo, ama su diario sobre todas las cosas, lo ha visto flaquear, confía en el nuevo Director. Se ha vuelto a ilusionar.

—Entonces, a ver si te estoy entendiendo, ¿qué es lo que propones?

El Director se explica:

—Con lo del President hay que seguir a la orquesta, a ver qué va pasando con los trajes. Eso camina solo. Se librará del caso o tendrá que sentarse en el banquillo. Con que no mintamos ni escondamos información a los lectores nos basta, más no vamos a tener, las exclusivas ya están publicadas, las cartas se repartieron hace rato y nos quedamos fuera. Vale con que cumplamos honestamente con nuestro papel, contar lo que va saliendo y opinar con firmeza y sin titubeos acerca del asunto. Me dolerá la cabeza, pero no hay más salida. Ahora bien, esto no se va a parar aquí y no podemos seguir siendo comparsa, eso sería la muerte de *El Periódico,* la constatación de su irrelevancia actual. Tenemos que empezar a marcar agenda. Apuntando algo más abajo, al segundo del partido, al Coordinador que hace y deshace, más allá del asunto de los trajes. En ese nivel, ya se va viendo, todo parece podrido. Es un punto de partida para nosotros. Huele mal, y por fin tenemos algo con lo que empezar a investigar.

—Ni una palabra más —concluye la Subdirectora.

El Coordinador del partido es la mano derecha del President, quien gestiona el día a día, la financiación, la organización y los números. Las últimas semanas están siendo calamitosas para él; parece haber recibido diversos regalos de la trama de los trajes. Tiene una distinción algo pija, va vestido con primor, podría estar posando en el escaparate de una firma de lujo en la calle Colón, es un poco señorito moderno, atildado y algo superficial, eso que tanto incomoda al votante medio, al lector corriente. Y puede estar sucio. Por lo que informa el corresponsal político, va a quedar de inmediato a la intemperie si se confirman las irregularidades. Yelbes entiende que su defenestración va a resultar obligada, es cuestión de tiempo. Los periodistas deben profundizar en sus secretos. Y lo hacen, en aluvión, durante unas semanas. La dirección nacional del partido se alarma con esa munición y comunica al President que debe hacer caer la ficha del Coordinador, que vaya poniendo fecha, pero este se hace el desentendido. *El Periódico* amanece un domingo con una portada demoledora y definitiva. Acto seguido, Génova hace al Coordinador responsable directo de las irregularidades internas. El afectado responde atacando. Ante la pasividad del President, hace llegar treinta comunicados de apoyo desde todos los rincones de la región bajo el lema «Estamos contigo». Un acto de fuerza. *El Periódico* no se achanta y publica otra portada que descubre la presión del Coordinador a los dirigentes comarcales para cerrar filas con él. Esa tarde, el número dos del President llama por primera vez al Director. Cauto y temeroso, intenta una última impostura para detener la cobertura, una jugada disuasiva: «Los lectores se pueden poner en vuestra contra si seguís con estas informaciones». La conversación acaba enseguida, algo abrupta. Nada más colgar, el Director ordena doblar la apuesta: más madera para la siguiente edición.

El poder tiene que recibir un mensaje inequívoco: *El Periódico* no le tiene miedo, soportará las tensiones. Se suceden nuevas exclusivas. El Coordinador incluso acude unos días después al despacho del Director, baja del coche oficial y se humilla paseándose por una Redacción que le ha desafiado. No se habían visto nunca en persona, ahora pide árnica, ofrece paz, busca una solución, al fin cuenta su versión, es una víctima, un mandado, lo dice con su voz nasal de chico bien arreglado, acostumbrado a ser mecido y cuidado allí por donde ha ido pasando; no es un mal tipo, solo alguien que ha tenido una vida fácil, acunada, una buena vida, y de repente le han convertido en un villano y le están lloviendo los guantazos. Se va en el coche oficial. No lo sabe, pero le queda poco tiempo para disfrutar ese privilegio. Visto que no se ha ganado a Yelbes, se ha despedido con un lacónico «os vais a quedar solos», lo ha dicho tranquilo, intentando transmitir una confianza que le falta. Se quedará solo él, muy poco después, muy pronto. Algunas portadas más y Génova ordena más taxativa la destitución, pero el President sigue remoloneando, accede pero no da el paso, avivando la confusión, el ruido, alentando el escándalo y nuevas portadas, cada vez más crueles.

El President necesita volver a ver al Director. Hace tres meses le instó a entenderse con su Secretario Institucional, y ahora tiene que invitarle a comer por segunda vez en el Palau. *El Periódico* ha destrozado la reputación de su número dos y él se ha quedado sin escudo, desprotegido. Las cosas no funcionan, pero tampoco se lo puede decir así de claro. Y por lo que sea, el Consejero Principal, amiguito del alma, no le está metiendo en cintura. Le ha comentado a su Secretario Institucional que Yelbes parece un hombre muy hosco. «Y mira que lo recibimos con cariño aquí, qué más querrían otros que un trato tan afectuoso, privilegiado». Hay que acudir al encuentro, qué remedio, se dice el Director, otro mal trago, forma parte del cargo, la interlocución conviene mantenerla abierta, no vaya a entenderse como una guerra personal. Al menos el Consejero Principal ya no le llama, usa a terceros. Para el Consejero Principal, de hecho, resultó una sorpresa enterarse de que el President estuviese cediendo para cortar la cabeza de su número dos, se quedó algo descolocado cuando se lo contaron en Génova. «A ver si este Paco no es tan fuerte como yo pensaba», se dijo.

18

La ciudad se levanta de fiesta, es el día patriótico de la región: procesión cívica, la *real senyera* pasea por las calles, *Te Deum* en la catedral, entrega de medallas insignes, conmemoración del Antiguo Reino, recuerdo de la Europa de la Reconquista y la Cruz, los espíritus se inflan, en el taller y en el campo resuenan himnos de paz y cantos de amor, en todos los pueblos se entona el glorioso himno regional. Es la fecha más simbólica y emocionante para el President de la Generalitat, para toda la ciudadanía local. El gran día, empañado ahora por la mancha de la corrupción. El ambiente es electrizante. La oposición ha despertado, muerde los tobillos del Gobierno regional después de lustros sesteando a la sombra de la Asamblea. La prensa sigue con los trajes de Milano, un caso menor y efectista que consume cientos de horas de televisión. Es la punta del iceberg. Ese día de fiesta todavía no resalta la foto global del enorme fregado que el President retiene bajo sus pies. La tierra se va a remover bajo su pisada para tragarse al grueso de sus colaboradores. Un terremoto les espera. De momento, le están atacando por algo inmerecido: la falta de honradez personal. «¿Usted se paga sus trajes?», le preguntaron unos meses antes en un desayuno informativo. Él dijo que sí. Un jurado, dos años después, lo acreditará, dejándole absuelto, inocente: se pagó sus trajes. Pero la penitencia apenas se ha iniciado todavía. Solo los asesores más próximos, quienes más le tratan, conocen sus auténticos puntos débiles: la fantasía y la vanidad jactanciosa. ¿Codicia? Ninguna. Apenas guarda novecientos euros en su cuenta bancaria, sin patrimonio, aparte de un piso pagado a medias con su mujer (más por ella que por él), ni siquiera un coche de segunda mano, nada; aparece entre los diputados más tiesos de la Asamblea, le cuesta llegar a fin de mes mientras le inventan una biografía de ladronzuelo.

El President no gestiona como los demás barones autonómicos. Gobierna desde un castillo, desde arriba, desde el mito; reina más que gobierna, da directrices pero no ejecuta ni audita, proyecta ambiciones colectivas, se ilumina en la Historia, imagina epopeyas y dignidades. Se mueve en la simbología. Y los de abajo se aprovechan de la liviandad presidencial. Le corren el gusto. Le tienen tomada la medida. Nadie controla el corral en su nombre mientras él fantasea desde la torre del Palau. Deja hacer, no pregunta, tampoco le agrada que le vengan con problemas sin resolver, la relajación administrativa se extiende. Y los pillos, pocos y contados pero al acecho, se aprovechan de su carácter, de la escasa diligencia. Algunos se están forrando en la cara del President, ante su completa ignorancia: que pueda haber robos escapa a su entendimiento, en todo caso piensa que eso serán corruptelas de tiempos previos a él. Para eso sí es firme y vigilante, para los exámenes de lealtad; ha exigido vasallaje a todos los antiguos colaboradores del Fundador, adhesión sin fisuras, alineamiento, fidelidad y obediencia ciega, como su único señor. Y los otros le jalean a la manera de los monarcas medievales, le dan en el gusto al señor.

Los trajes ondean las vergüenzas del President durante la fiesta, pero al menos las alcantarillas siguen selladas. El Director asiste asombrado a su primera celebración regional. Toda la clase política y civil aguarda sentada en el salón de reyes de la planta alta del Palau, esperando los discursos. De pronto, todo el mundo se pone en pie y empieza a aplaudir con fervor. «¿Qué pasa?». El President acaba de hacer acto de presencia. El monarca local recibe un sonrojante homenaje en forma de aplauso unánime y cerrado, medievalista, antes incluso de pronunciar los buenos días. Algunos de los que más palmean son los pillos que van a provocar su caída en desgracia. Los aprovechados se están choteando del soberano. Uno de ellos es el Conejo. Ha hecho desaparecer cinco millones de euros de su consejería, nunca más se sabrá dónde acabó aquel dinero que iba a servir para construir un hospital para los pobres de Haití. El President tampoco podrá imaginar que ese consejero, su mejor fontanero para los asuntos feos y delicados, quien aparentemente mejor sabrá sujetarle en los turbios meses que le esperan, ya es conocido con ese sobrenombre del Conejo en los bajos fondos del hampa política. Aplaude también Alfonso, el jefe provincial del partido y señor de una de las diputaciones, cuenta con su propia estructura de poder e intereses, algo rústica y opaca, tiene picapleitos a su servicio y un montón de partidarios trabajando como zombis en la Administración: cobran sin acudir al puesto de trabajo. Recuerda a un jesusgil en versión enlatada, le imita, también quiere ser presidente del club de fútbol si encuentra a otro que ponga el dinero, no va a ponerlo él, y presume de ser rico en abundancia, de que se hizo millonario antes de los cuarenta años, de que se le cae el dinero del bolsillo. Luego se verá que no es para tanto, montó un par de tiendas en su pueblo y ahí se acabó su emporio industrial; fuma Cohibas para almorzar, es socarrón, farda de un Ferrari que tiene treinta años —pero eso nadie lo sabe—, es un listo de pueblo que piensa que el President es un tonto de ciudad. Espabilado, sí, pero menos inteligente de lo que imagina. El Conejo lo maneja como quiere, alimenta el ego de sus ambiciones y a cambio recibe protección de ese jefe de la diputación al que utiliza para desequilibrar

116

el poder del President, un juego discreto y maquiavélico. Aplaude mucho la presidenta de la Asamblea, a la infeliz le esperan nueve años dentro de una cárcel; fue una negligente consejera de Turismo y lo va a pagar con creces, apenas una bien mandada sin voluntad que no se enteraba de la jugada, una pobre mujer que todavía ignora su terrible horizonte. Le regalaron un reloj de dos mil cuatrocientos euros, y con ese reloj pudo contar durante años las horas que le quedaban para entrar en prisión. Al jefe de otra de las diputaciones provinciales le acaba de volver a tocar la lotería nacional, será la décima vez; es muy famoso en toda España por su gracia contando chistes y tiene un pacto de sangre con el Gordo de Navidad, que no se cansa de sonreírle. Otra docena de los presentes ha mejorado de casa en los últimos años, lucen buenos trajes hechos a medida, llevan a sus hijos a carísimos colegios privados, son grandes hormiguitas a la hora de sacarles partido a unos sueldos que no pasan de los tres mil euros mensuales. El monarca del Palau desconoce en ese momento que hasta el gerente de una depuradora pública, otro hombre del partido, se está haciendo de oro con las aguas fecales; faltan veinte millones de euros de la planta de tratamiento de Pinedo y nadie se ha enterado todavía, el dinero ha desaparecido entre las bacanales de gambas rojas y las bacanales con prostitutas a las que pagaban con dinero público bajo el epígrafe contable de «traductoras rumanas».

Todo está por descubrirse. Las alcantarillas siguen cerradas, no por mucho tiempo. Al fiscal Cascano le faltan horas para escarbar en la montaña de informes que le van llegando desde sitios insospechados. Tiene el fiscal sin duda un ángel de la guarda que le consigue verdaderos tesoros, pero prefiere no darle muchas vueltas al origen de su suerte. Cascano todavía no ha abierto el grifo de la mugre, ocurrirá pronto. Ni el President ni su equipo lo sospechan. De momento, España solo está pendiente de la talla de pantalón del President, hacia qué lado vuelca el paquete, si usa cejilla y qué tipo de tiro estila. Una humillación insoportable. Todas las televisiones de España le están apuntando esa mañana. Génova espera. Porque no son cuatro trajes. La financiación del partido anda bajo sospecha. Las fieras huelen la sangre. El President echa balones fuera, no lidera, se le escapa el control de la crisis, no ha parado la ofensiva, va a peor, ha desoído todas las sugerencias. Conviene cortar alguna cabeza. Tiene que ser ya. Y, aprovechando la fiesta autonómica, mandan al Emisario desde Génova. Alguien tiene que lanzar un mensaje inequívoco a la opinión pública, a las tertulias, a las televisiones. El Emisario hace un aparte con la Alcaldesa mientras bajan por la escalinata del Palau hasta el patio gótico, ella le susurra algo muy breve y concreto al oído y zanja: «Dilo». El Emisario asiente y a continuación se acerca a los periodistas para dar un canutazo ante los micrófonos: «Tenemos toda la confianza en el President, toda. Hoy es fiesta, pero la fiesta se acaba a las cuatro. Después toca tomar decisiones».

«Hijo de la gran puta». Será la primera vez que el atildado entorno del President oiga de golpe un lenguaje tan soez y arrastrado. Aquel día de fiesta se acabaron los «concho» para siempre. Los concho son el pasado, los trajes son el presente, llegaron a su vida igual que han llegado los hijos de la gran puta. El President empieza a odiar al Emisario, fue su consejero, fue su amigo, fue el compañero de la universidad y de la tertulia deportiva del bar del Agujero. Le ha dicho que se le ha acabado la fiesta, que destituya al Coordinador del Partido de una vez, pero él no quiere hacerlo; se empieza cortando una cabeza ajena y se acaba perdiendo la propia, lo sabe. Si mata a su número dos, antes o después también caerá él. No quiere hacerlo, pero obedece, qué remedio.

«Que Paco haga algo, por el amor de Dios». Ese es el grito privado de la Alcaldesa que circula aquella tarde. Sea.

19

Lleva diez días encerrado, hasta que pase el chaparrón. Es jueves y ha abandonado la capital autonómica, se ha vuelto a la casa de sus padres, lejos del ruido, buscando horas apacibles. Es media mañana, observa a algunos funcionarios municipales que salen a desayunar. El Coordinador del Partido, excoordinador ya, todavía estrenando la treintena, está sentado en la cafetería principal de la plaza, pero es un particular. Mira el teléfono móvil, mortecino sobre la mesa, junto al café, nadie llama, ni tampoco abundan los mensajes de texto. Viste impoluto, con un traje bueno, casi nuevo, cortado por Puebla, como todos los suyos, no le ha dado tiempo a gastarlos en el poder. Mira la barra, al camarero, a los transeúntes, por el ventanal, y se siente algo aturdido; nadie precisa ya de su consejo, de su aprobación. La dirección nacional lo ha matado y el President ha consentido, lo ha dejado caer. Ha sido infame. Tampoco le llama nadie de Génova, ni de ninguna parte. Algún periodista sí lo hace, husmeando, pero él no está dispuesto a contar nada.

Será un espectro, vale, pero también es un tío de verdad, o eso quiere creer. Todavía lo desconoce, es pronto, pero el tío de verdad acabará largando todo, incluso lo que nunca sucedió, incluso lo que le insinuarán que declare y que tan convincente parecerá, tan conveniente, sea o no verdad. Dentro de cinco años, igual dará la verdad que la mentira, para entonces el tío de verdad se habrá vuelto una liebre acobardada, con ganas de llevarse por delante a todos los que le dejaron tirado si así obtiene alguna prebenda del fiscal. Reconocerá todo lo que le pidan para salvarse de la cárcel —¡de la cárcel!—, pero esta mañana de octubre, fría, desapacible, en esas jornadas nubladas que tan inhóspitas vuelven los paisajes mediterráneos, parece un espíritu lánguido. Porque lo que no acaba de encajar en su cabeza es qué carajo va a ser de él, qué va a hacer el resto de su vida. Acostarse temprano, eso seguro. Sonríe con la ocurrencia. Recuerda *Érase una vez en América,* cuando Noodles vuelve a Nueva York treinta y cinco años después de huir creyendo que por su culpa habían matado a sus amigos; el viejo Moe le pregunta qué ha estado haciendo todo ese tiempo y el mafioso contesta justo eso: «Acostarme temprano». El excoordinador del partido medita si, como a Robert De Niro en la película de Sergio Leone, le están haciendo creer que va a ser el responsable del sacrificio de todos sus compañeros de partido.

Da por hecho que se le van a cerrar las puertas, no es tan estúpido como para considerarse un objeto valioso, un diamante para el sector privado. Le han dejado sin cargo, sin sustento y sin dignidad, hasta le han suspendido de militancia, por negarse a acatar las órdenes de arriba; le han declarado proscrito, rebelde, y todavía no intuye la fama que le acompaña, las ganas que tantos tenían de verle caer. Lee las últimas novedades de *El Periódico* en el bar. «Cerdos —musita—, me habéis abatido porque no os habéis atrevido a apuntar al President».

¿Y ahora qué? Llegaban a la política siendo unos críos. Dieciséis, diecinueve, veintiún años. Infantería inexperta entrenada para obedecer a los líderes ciegamente, sin reflexión, sin criterio, imberbes, pura gleba para el combate, como los quintos que un siglo antes se llevaban a la guerra de África; no sabían nada de nada, estaban obnubilados, dispuestos a matar por su jefe inmediato, otro pardillo, y disimulaban una ambición de mil demonios. El excoordinador del Partido empieza a rebobinar su pasado. Antes de llegar a la universidad ya se paseaba por la sede, pegaba carteles, hacía recados, conducía coches o furgonetas, echaba la llave a la puerta, escribía consignas en los foros de internet. Lo que fuera, y era el mejor de su generación, un poco tontín, vale, pero el más espabilado y trabajador. Nunca tuvo un empleo propiamente dicho y ya le costó graduarse, la política exige mucha dedicación, pero ascendió veloz. Porque el partido te cuida, te cuidaba, te premia, te premiaba. Y todo era fácil, cristalino, previsible. Aplicarse, obedecer y merodear. Como el propio President. Y antes de que te des cuenta ya te están pagando un sueldo: asistente, asesor, concejal, jefe de servicio, jauja. Ahora vuelve en sí, deja de rebobinar. Sigue sin comprender lo que ha pasado, ha caído por cuatro portadas de *El Periódico*, creía que ese diario ya no mordía, se le habían caído los dientes, casi no se le oía ni ladrar, y a él le han matado con cuatro portadas. Se considera un buen chico; el mejor, lo sabe todo el mundo. Por eso le confiaron el control de la organización, siempre pendiente de todo, y era la rehostia de bueno, eficiente, que sí, joder, y ahora tiene que pensar si algún amigo le puede dar trabajo, porque ingenuo no es y sabe que ya no va a tener un Alvarito con bigotes, un amigo, un esclavo, un siervo, ese a quien avisar hasta cuando se pincha una rueda del coche. El Coordinador puso firmes a las vacas sagradas del partido, ni le piaban, a él no, le lamían la mano hasta para que los pusiera en las primeras filas en los mítines, incluso los consejeros le llamaban, cerdos, para que por favor los colocara en la segunda fila al menos, tras el cogote del President; así, quebrando un poco la cabeza, salían sus caras satisfechas en los informativos de Canal Nostre.

Una mujer de mediana edad pasa mirando por delante, por la acera, se fija en él, ¿le habrá reconocido? Más bien le llama la atención su figura, parece un maniquí en el escaparate. A eso ha quedado reducido. Ya puede dejar en casa la corbata y la americana. Es un parado, o peor aún: es un apestado social. Solo el intrigante capellán se ha atrevido a mandarle un mensaje, sin muchos rodeos. «Quédate tranquilo, hazme caso», le ha escrito don Camilo. Para ser un recado de parte del President, no se han esforzado demasiado. Un simple «desaparece».

Al rato se da cuenta de que no está pensando en nada, tiene la cabeza ida, en blanco. Hasta que se toca el bolsillo interior de la chaqueta y nota la citación. Se acelera. La vuelve a leer. Se han dado prisa, piensa. Quieren tomarle declaración, un interrogatorio. El circo se ha puesto en marcha. Todavía necesita creerse que es un tío de verdad.

20

Han pasado ocho meses desde su llegada. Yelbes sube a conocer el Ayuntamiento. Accede desde la plaza de España, por la puerta principal, bajo el inmenso pórtico que soporta el balcón municipal de las grandes ocasiones, allí donde la Alcaldesa cumple el rito festero: «*Senyor pirotècnic, pot començar la mascletà*». El acceso está protegido por unas imponentes puertas de forja y cristal de cuatro metros de altura con diseño geométrico. Al principio de la anchísima escalinata se encuentra el control de seguridad, luego se parte en dos mitades, a derecha e izquierda, como las patas de un pulpo ascendiendo. El vestíbulo superior distribuye la planta, hacia la fachada frontal quedan las dependencias de la alcaldía, escasamente preservadas, y en el centro se sitúa el salón de las magnas celebraciones; frescos en las paredes, una lámpara de cristal de varios metros de diámetro, mucho ribete dorado, mucho cortinaje rojo, luminosos ventanales superiores, suelo de mármol blanco con cuñas negras y anaranjadas... En definitiva, un buen salón de recibir.

Llegan las grandes fiestas de la primavera. La ciudad se ha enjoyado. Hace unas noches, la Alcaldesa recorrió las calles junto a un grupo de invitados, después de una cena de fraternidad. El acto de encendido de la iluminación estaba a punto. Visitaron los barrios, las plazas, los rincones engalanados. La alegría de vivir envolvía la noche. La Alcaldesa, con chaqueta roja, pantalones blancos y botas de montar, le tiraba petardos al último jefe interino de la oposición, y este respondía con más petardos a los pies de la edil. La ciudad reía, ajena a los demonios que se movían en el subsuelo, las conspiraciones de las alcantarillas. Los invitados tomaban mistela en los casales, se hacían fotos, no era instante para rivalidades políticas. No había enemigos, era el Mediterráneo de juerga. Luego vendrá la recepción en el Ayuntamiento. El salón de honor abierto de par en par, *catering* frío, relente de marzo en el balcón municipal. Cuando pasan las horas y quedan los íntimos, se trasladan al inmenso despacho de la Alcaldesa, doscientos metros cuadrados con vistas a la plaza grande de la ciudad, frisos de madera tallada en la pared hasta media altura, una chimenea aristocrática sin uso y un suelo cerámico de vistosos colores instalado en el siglo XIX por el industrial Nolla, precisamente bisabuelo de la Alcaldesa; el azar está jugando con el destino familiar. La noche avanza sin prisa. Después, en la madrugada, tras los fuegos artificiales, cuando apenas quedan cincuenta partidarios, la Alcaldesa procede a un rito consagrado durante su largo mandato. Se quita los tacones, tira los zapatos a un lado, con un aire jocoso a lo Ava en el Madrid de Chicote, y se queda descalza, con sus pies hinchados al aire, a la vista de sus entusiastas invitados. Es la señal definitiva y feliz del fin de la fiesta. Ella se sienta en una butaca, rodeada de amigos, y lanza los zapatos. Se quedará así durante un par de horas, porque su trabajo ha terminado, la celebración se ha cumplido, ha salido bien, pide un vaso con hielo y mucho *whisky*. Ese será también el último año de paz completa en las fiestas de la ciudad, quién lo iba a suponer entonces, nadie había muerto todavía. Ni se había desatado la furia total contra la corrupción, apenas una amenaza. Fue un tiempo inolvidable sobre el que poco después se soltaría un infierno de intrigas judiciales. Todo estaba bien aún, apenas se echaba en falta la inminente llegada de la línea del AVE para catapultar hasta el cielo los sueños imperiales de una generación política.

Quedaba remoto en la memoria aquel deshonroso cartel a la entrada de la urbe que saludaba a los conductores de paso hacia la costa, con un inaudito lema promocional: «Bienvenidos, pueden visitar la ciudad en tres horas». A modo de reconocimiento marquetiniano de la insignificancia: pare un rato aquí, apenas le llevará nada, aproveche para echar gasolina, estire las piernas, cómase un bocadillo de atún con aceitunas, descanse antes de llegar a la playa y ya podrá decir que conoce la tercera ciudad de España. Ahora todo ha cambiado. Las fiestas grandes son un reclamo internacional para el visitante, miles de extranjeros quieren aprender español y matricularse en las universidades y academias de la ciudad, los toros de marzo recuperan su fulgor, barrios nuevos, futuristas, inmensas playas limpias con todo tipo de servicios y flamantes museos de arte contemporáneo y edificios arquitectónicos, un jardín inmenso que conecta las dos orillas de la ciudad por donde antes discurría un cauce de polvo y barro, un palacio de la Ópera, carreras de Fórmula 1, competiciones náuticas, congresos internacionales, un nuevo barrio en la fachada marítima, la ciudad más festiva y molona del Mediterráneo a punto de estrenar un AVE y una obscena cantidad de dinero circulando a toda velocidad entre las corrientes de aire. La Alcaldesa ha reinventado su territorio, con orgullo; la ciudad es su obra maestra. Aquella noche, todo ese patrimonio sigue activo y vital. La Alcaldesa lo único que siente es un fuerte dolor de pies y se descalza. Don Camilo ha sido de los primeros en retirarse, aunque siempre deja a algunos de los suyos presentes, conviviendo con los cachorros de la Alcaldesa. Yelbes ha visto a unos metros a su confidente del

Palau, entre el grupo de privilegiados finalistas. ¡O sea que también tiene mano dentro del ayuntamiento! Se saludan con un cabeceo imperceptible. Suelen ignorarse en público, para no dar pistas a los intrigantes. La Alcaldesa pisa el suelo de su bisabuelo Nolla, abre un ventanal, la noche refresca. Mira al Director y le suelta:

—Te va a gustar esta ciudad, esta ciudad te va a hacer suya. Y además…, me gustaría salir mañana en la portada de *El Periódico*. Ja, ja, ja. Vamos a tomar una copa.

21

El canto del cisne de aquella época alegre y confiada viaja en un flamante tren de alta velocidad. La inauguración de la línea de AVE que enlaza la ciudad con Madrid supone el epílogo eufórico de una modernidad quebrada, prólogo del desmoronamiento inmediato. La que iba a ser la conexión definitiva con la prosperidad se convertirá en el último estertor de un modelo político al que le estaban esperando los grilletes y los autos de imputación. Un viaje a las profundidades.

La oposición, tras varios lustros perdiendo elecciones, empieza a sentirse preparada para el asalto. Una ofensiva judicial le está haciendo el trabajo de zapa, abriendo los surcos que la llevarán hasta el triunfo en las urnas. Van a caer todos, pero todavía no se advierte.

Todavía las cajas de ahorro pueden hacer dinero, les quedan dos años de vida.

Todavía fluyen los presupuestos de las Administraciones.

Todavía no han quebrado las empresas públicas.

Todavía queda algo de ahorro privado en los bancos.

Todavía la Ópera prosigue con sus magnas representaciones.

Todavía Zapatero no ha pronunciado la palabra «crisis».

Pero Yelbes, mientras cruza la ciudad entre su vivienda y la sede de *El Periódico,* ve alargarse las colas en los locales de Casa de la Caridad. Son sus vecinos, que se van quedando en paro, o los que trabajaron en la economía sumergida y carecen de derecho a la prestación por desempleo, los niños sin abuelos que puedan acogerlos a almorzar al salir de clase, todos los que están conociendo de primera mano el comedor social y los *packs* para llevarse la cena a casa; la vergüenza pública. No son los pobres de antes, ni inmigrantes; visten como cualquiera y pasan por el trago de guardar fila en silencio en el centro de la ciudad, a la vista de todo el mundo. La pobreza ha cambiado de rostro.

Muchas familias, de pronto, ya no pueden pagar sus hipotecas, van a ser embargadas. Las construcciones nuevas se quedan sin terminar, por la ciudad surgen fantasmales edificios a medio construir. El gran club de fútbol tampoco concluye su futuro estadio, inmenso, pretencioso, faraónico, ruinoso. Los proveedores han dejado de cobrar. Los autónomos cesan su actividad. Los restaurantes de cien euros el cubierto bajan la persiana, otros cambian la carta por un menú económico. El Canterito empieza a preocuparse, tiene muchas promociones residenciales en el precipicio, pendientes del crédito de los bancos y de que le salgan compradores. Pulsa el número de su banquero de confianza, y cuando le escucha su agobio crece:

—Ten máximo cuidado, esto es la polla, no hay quien lo aguante. Llevamos un mes devolviendo todas las solicitudes de renegociación de los créditos, todo son calamidades, muchos promotores con patrimonio pero sin un duro, no tienen ni para pagar los intereses y no pueden vender nada porque nadie tiene dinero para comprar. Se van a la tumba, empezando por Taboada. Ese va a ser el primero en caer, pero creo que tú estás más enterado de eso que yo.

—Oye, mamón, déjame de Taboada, eso no va conmigo, ¿verdad?

—Tú estás fuera del *ranking*, contigo no podrán, pero ojo, que J. P. Morgan y Lehman Brothers se han ido al hoyo y eran un poquito más grandes que tú, je, je.

—No me jodas, ¿eh? No me jodas, que yo voy a necesitar seguir enchufado al crédito o puedo tener problemas.

—Ten cuidado, de verdad. Si te sirve, escucha a Curro, mi paisano, un sabio que se ha jugado la vida cada tarde en la plaza durante cincuenta años. Él siempre dice: «Educación es comer despacio cuando se tiene hambre». Escucha y come muy despacio, o te atragantarás.

—Madre mía, qué cabrón eres.

—Perdona, perdona, me están llamando del Palau. Ya hablamos.

Una nueva realidad emerge, inhóspita, y el poder político sigue sin enterarse. Solo lo hará cuando empiecen a llegar las citaciones judiciales, cuando los autos del fiscal y los informes de la UCO o de la UDEF aparezcan visiblemente destacados en la prensa. Los vientos de la calle han virado. De golpe, un malestar hosco, real, brota bajo los adoquines, el sistema activa sus mecanismos de defensa, la justicia se torna más exigente, más hostil, y cambia la manera de auditar al poder político. Jueces y fiscales levantan las alfombras, encuentran demasiada inmundicia y, cuando no la hallan, alguno la estimula. La picaresca sustituye las poltronas políticas por el mazo judicial. Es un buen momento para que prosperen nuevos vividores, otra vez el patio de Monipodio, otros pillos vislumbran su oportunidad haciendo caer las torres del poder. El hartazgo es general; la oposición, hasta ahora desaparecida, al fin ve la oportunidad de recuperar un lugar negado por las urnas. El poder deja de ser envidiado para volverse envilecido, vilipendiado, aunque la música sigue sonando a toda pastilla. No se oye el canto del cisne desde el vagón número uno del AVE inaugural a la supercrisis en el que viaja todo el poder político de la región, un poder sordo y ciego ante lo que se le viene encima.

Mientras, el President no escapa de su fantasía. Cree seguir reinando en la tierra prometida, ese jardín bendecido por Dios, la gran huerta de promisión. Nada ve desde la proa del Palau, su Titanic. Nada le sobrevivirá. No quiere ver desmoronarse los presupuestos públicos. Lo perderá todo, se quedará sin plataforma económica, sin resistencia. Desaparecerá el sistema financiero regional y seguirá disimulando mientras sus responsables rinden cuentas en el banquillo. Los gestores de la banca pública autonómica le entregaron crédito a manta y mucha pleitesía a cambio de que el President no metiera las narices dentro de sus negocios.

«Yo te doy dinero para políticas públicas y te dejo el camino libre, pero no quiero interferencias». Un lince. Quince años ejerciendo como el banquero intocable. Cuando llamaba al director de un medio de comunicación se mostraba paternalista, indulgente, dejando claro que ya no era aquel concejal de Hacienda de diez años atrás. Llegó a verse como un Escámez, un Botín, dueño de un banco, amable, serio y profesional. Arjona, el banquero intocable, sobrevivirá al President, pero no demasiado. Se encuentra con un tiburón más dentado que él cuando son obligados a matrimoniar las dos grandes cajas de ahorro para evitar la quiebra de ambas. El socio de Arjona, otro viejo camarada del partido, le hace la cama. Arjona se quedará horrorizado un lunes, cuando en la portada de *El Nacional* se publique la noticia de que la filial presidida por él tiene un agujero contable de mil millones y la matriz no piensa cubrir esa falta de activos porque su valor en la Bolsa no llega a un tercio. Piensa que la filtración proviene de su socio, un camarada mutante que le ha matado con apenas el esfuerzo de espantar una mosca. Arjona dimite a los pocos días. Pronto le caerán casi dos años de cárcel, y el recurso todavía deambula por alguna estancia del Tribunal Supremo. Será condenado por falsificar una factura mediante la que cobró una comisión de medio millón de euros; usó el dinero para viajar, comprar joyas y reformar su casa, luego pretendió deducírselo como gastos de empresa y le pillaron. Demasiado estiércol. Ahora necesita explicarlo, no puede dar la cara, y uno de los mejores intermediarios que circulan por la ciudad, competidor directo del Confidente del Palau, llama a Yelbes para hacer el trabajo feo, o sucio. Pide árnica para el banquero intocable:

—Mira, Director, si me lo permites, estáis señalando a Arjona porque al ser un expolítico del partido da más alcance al ruido de la caída de las cajas, y porque así ocultáis a Parrita, el protegido de la burguesía local, que desde el banco hizo grandes favores a empresarios influyentes a los que no interesa que se les ataque. Estáis llamando a la puerta equivocada.

—Pero Arjona, tu representado, era el presidente del banco.

—Presidente no ejecutivo. Fue esa burguesía local tan estupenda que te lee tu página de los domingos la que utilizó a su protegido en el banco para recibir créditos baratitos a cambio de nombrarle a él consejero independiente en sus respetadas empresas familiares. Favor con favor se paga: son los mismos que ahora andan pontificando en muchos foros contra la impunidad política.

—Lo que pasa es que a esos no les ha entrado la policía en su casa ni en su garaje, como a Arjona.

—¿Qué pasa con su garaje?

—Circula que tenía aparcado allí un Porsche Cayenne, y que dentro de la rueda de repuesto había ciento cincuenta mil euros escondidos.

—¿Tú tienes papeles de eso?

—Si los tuviera, te lo preguntaría de otra manera.

—Sí, claro, qué papeles vas a tener. Verás qué sencillo, y esto que te voy a decir no puedes publicarlo. Sí, muy jugoso lo del garaje, pero allí lo que tiene es un coche más viejo que Matusalén que no vale nada, lo usa para cuando sube a Baqueira con la familia, ya está. Y sí, en la rueda de repuesto suele dejar algún dinero, poco, para cuando va a esquiar, o a lo que vaya, porque imagino que los esquíes no son lo suyo. Para pagar los gastos de allí, el mantenimiento del apartamento, a la señora que se lo atiende, los restaurantes, alguna compra, si hacen alguna excursión… Pero ninguna historia de ciento cincuenta mil euros, menuda mamarrachada, ¿ese es el periodismo de hoy? Ahora, si publicas que tiene ciento cincuenta mil euros escondidos en una rueda va a parecer definitivamente el puñetero Al Capone.

—No te he dicho que lo vayamos a publicar. No tenemos contrastada la cantidad exacta, he aprovechado que estoy contigo para preguntarte, ya que ejerces de mensajero o mediador, pero la Fiscalía ya lo sabe.

Arjona, el banquero intocable, fue uno de los reyes de las cajas españolas. Uno de los políticos que se aviaron un futuro mejor dentro del sistema financiero y en dos décadas reventaron unas instituciones reputadas con siglo y medio de historia, aquellas entidades que protegieron el pequeño ahorro de las provincias. Descubrieron que con el negocio bancario se sufría mucho y no se ganaba lo suficiente mientras el dinero llovía del cielo en el sector inmobiliario. Se echaron como locos a comprar terrenos, a construir viviendas; dejaron de ser banqueros, financiadores, para convertir las cajas en promotoras de viviendas. Llenaron las ciudades y el litoral de grúas y cemento, los precios se dispararon, la especulación se multiplicó y un buen día la burbuja pinchó de golpe. Brummm. El desplome. Se dejaron de pagar las hipotecas, las letras mensuales, los precios de los solares se hundieron, se secó el pozo del dinero, del *cash,* de la financiación, y las antiguas cajas de ahorros —convertidas ya en promotoras— quebraron al primer estornudo. Dejaron de ser solventes, no podían continuar prestando dinero. De hecho, el dinero desapareció, los depósitos se volvieron vulnerables y los especuladores quedaron al descubierto. Otro sueño convertido en pesadilla.

22

El President va sobreviviendo a la tormenta. Lo que desconoce es que la calma nunca llegará. Jamás amainará. Conserva lo fundamental: el apoyo de los votantes a las siglas, o a él. Las encuestas siguen favorables, y él se instaló hace tiempo en la irrealidad perpetua. Su equipo está devastado, pero la noche electoral arrolla. Esa es la palabra: arrolla a la oposición, otra vez. Se carga a otro adversario, el enésimo interino, horas después de cerrarse las urnas.

La amenaza de los trajes continúa, pendiente de la resolución del instructor del Tribunal Superior de Justicia, pero no ha sido suficiente para acabar electoralmente con el barón autonómico. No mientras sea solo una amenaza. En su fuero interno, el President entiende que debe tomar medidas, protegerse. Prepararse para resucitar, porque lo suyo tras la crucifixión es sin duda una resurrección. Ha de actuar rápido para sobrevivir. Tras el triunfo, forma nuevo Gobierno y saca del Consell a las figuras más arrasadas o menos comprometidas. El vicepresidente de vida disoluta, cuya desidia ha precipitado la quiebra del cuadro macroeconómico de la Generalitat, queda licenciado. Milagrosa Joyamía, afectada por los contratos de Fitur, fuera también del poder. El Conejo sale del Gobierno autonómico, igual que los cinco millones desaparecidos con destino a los pobres de Haití; le coloca como portavoz en la Asamblea. También cae el *conseller* de Presidencia, que no ha sabido bloquear los ataques de los adversarios. Y con ellos son expulsados dos docenas de asesores y personal técnico, la gleba que ignora que el alud judicial se va a cebar más en sus vidas menores y anónimas que en las de los dirigentes. Ellos constituirán la carne de cañón de una guerra librada desde los juzgados y las portadas de la prensa.

El President se considera desguarnecido, y lo está. Sitúa como presidente de la Asamblea a su tutor político, don Camilo, para que con la ayuda del Altísimo encuentren una respuesta institucional para controlar los daños y dar réplica a la inminente decisión del juez instructor en el caso de los trajes. Confía en que su padrino sabrá hacerlo; ha dirigido la Policía Nacional, conoce los métodos villarejos, las alcantarillas y las maniobras de distracción. Y ya no necesita a nadie más a su lado. Pero le desconciertan los últimos descubrimientos de don Camilo. Ha sondeado a sus fuentes en el Ministerio del Interior y le dicen que detrás del acoso por los trajes no solo están los rubalcabas y el amigo Eduardo, el Fundador, quizá también esté conchabada la planta primera de Génova, la de los madrileños, con intención de desviar el foco sobre otras sospechas más próximas. El President oye al padre Camilo y ya es capaz de creerse todo, toda esa porquería que rodea a Madrid, se dice para sí.

A las puertas del verano, el President se encierra más que nunca. Se encastilla en el Palau. Ahora sí ha dejado de leer la prensa, ya no necesita aliados de papel ni digitales. Ha demostrado que puede ganar con los medios de comunicación en contra. Desprecia los torbellinos. Es el jodido President, ha vuelto a ganar las elecciones, él solito contra todos. Como Jaume I, nadie va a poder con él. Tiene a Génova de su lado, o eso quiere creer. Necesita enarbolar el éxito de las urnas. Y queda a comer con el presidente nacional en el parador de Alarcón. Necesita presumir, reivindicarse.

Recuerda que tendrá que llamar al Director de *El Periódico*, qué pereza, hace tiempo que no hablan, no se entiende con este Yelbes, prefiere contactar con él a través de terceros, pero es un fastidio, a veces ni les coge el teléfono. *El Periódico* responde tibio tibio, no se entrega lo suficiente. «Y aun así ha ganado las elecciones, que se lo hagan mirar». Ya no puede ni hablar con el jefe del Director, el Consejero Principal, siempre tan atento, su amigo, un tipo fabuloso. Hace días que no acepta sus llamadas, está desaparecido, ni contesta los mensajes, no sabe qué narices pensar, pero ahora es cuando hace falta esa fraternidad con la que tanto se han obsequiado. Ay, Madrid, Madrid. «Cada vez son más fuertes mis enemigos —reflexiona—, pero aquí sigo». Todo eso le pasa por la cabeza, en desorden, y en un acto impulsivo resuelve llamar al Director.

—Holaaa, ¿cómo estás? Qué bien todo, ¿no te parece? Esta comunidad es formidable, tiene una gente fuera de serie, ya lo has visto en las elecciones. Estoy tan agradecido…

—Pues sí —titubea el Director—. Perdona, que con los líos no te escribí ni te felicité por tu victoria. Estás contento, claro.

—Muucho, se ha hecho justicia. Las cosas en su sitio.

—Te entiendo. Pero supongo que tendrás un plan previsto para cuando salga el auto del Tribunal Superior de Justicia, porque eso va a llegar pronto, parece.

—Yo ya dije que soy inocente y lo mantengo. Iré hasta el final, hasta donde haga falta para demostrarlo.

—Si pagas la multa, porque parece que todo se puede resolver con una multa, evitas el juicio y se acaba el proceso, según tenemos entendido.

—Eso es una posibilidad.

—Lo que pasa, President, es que una salida como esa se comprendería mal. Supondría reconocer que eres culpable, que te regalaron los trajes, que hiciste algo ilegal, y justo me acabas de repetir que eres inocente. Una cosa y la otra se contradicen. Y políticamente no sé si se puede sostener.

—A ver, la verdad es que eso no va a pasar. Yo a ti, o sea, yo, Paco, te lo digo: soy inocente. Soooy inocente.

—¿Y qué tal la comida de hoy?

—Muuy bien. Es que somos amigos Mariano y yo, esa es la cuestión. Hoy hemos comido dos amigos. Y hemos hablado de todo, pero no de estos líos que estamos comentando, no hace falta. Fíjate si estoy contento que hoy, con Mariano, mi presidente nacional, mi amigo, me he tomado el primer *whisky* de mi vida, con cuarenta y ocho años, el primero, ¿te lo puedes creer? Él se pidió uno y dije, venga, yo otro.

Lo que el President no cuenta, y el Director sabrá unos días después, es que el presidente nacional primero le dio la felicitación en un rincón apartado del parador de Alarcón, le trasladó su apoyo y alegría —«ojalá no pase nada, Paco, y todo salga bien»—, pero si pasara algo, le recordó el compromiso de principios de año. «Si lo del Tribunal Superior de Justicia se tuerce, Paco, tienes que dar un paso atrás». Y le recordó también los dos nombres que la Alcaldesa y él propusieron para sucederle durante la reunión posnavideña en el domicilio de Mariano. El President se presentó con una botella de vino y la Alcaldesa con unos habanos, y allí quedaron pactados los nombres y los tiempos de la sucesión. Toda una tarde a solas, los tres, con una jarrita de agua por todo refrigerio. «¿Te puedes creer que el puñetero no nos ofreció ni café?». Y eso fue lo que se requetepactó en el parador de Alarcón, hasta que cinco semanas después se produce la explosión nuclear. Al hacerse público un auto en el que el President resulta acusado, inequívocamente acusado. A la postre, habrá juicio oral contra el Molt Honorable President de la Generalitat. Lo nunca visto.

23

Tras saltar la noticia de su enjuiciamiento, el President no se deja ver más. El caso de los trajes estalla en toda su magnitud. Enclaustramiento total en el Palau. Una presión pública extraordinaria. La oposición sigue sin ser nadie, solo esa diputada Oltra que pone la cara del President en camisetas con la leyenda «Se busca». Se creerá graciosa… Y Génova aprieta. Los amigos mediáticos que le quedan permanecen callados, rebajan la gravedad del caso, pero ya no contraatacan. El poder ya no se defiende. Por la tarde salta una filtración desconcertante. El President está dispuesto a pagar la multa para eludir el juicio, aceptar la culpa y desactivar la ofensiva judicial. Cerrar el tema de una santa vez, esa parece ser la solución del padrino político del President pactada con Génova, con Federico, el motorista de la sexta planta. Al final resultó ser un motorista poco fiable: cada vez venía con un mensaje distinto, equívoco, contradictorio, lo que sumía al President en el desconcierto.

Yelbes llama a la Subdirectora y al corresponsal político, que le confirman la noticia. Es primera hora de la tarde, verano, calor y humedad. Luego se encierra junto al Editor de Análisis e idean un editorial que expone el enjuague que prepara el President. *El Periódico* se vuelve inflexible. El editorial se publica dos horas después en la edición digital, y al día siguiente marca la portada en los quioscos.

«El President ha repetido siempre que es inocente y que quiere explicarlo ante un tribunal. Si ahora no lo hace, está cambiando su versión sobre el caso. El allanamiento, aceptar su culpabilidad, el delito de cohecho impropio pasivo, no tiene nada que ver con lo que nos ha dicho hasta ahora. Pagar la multa supone dar un giro radical a estos dos años, implica admitir hechos delictivos, y por tanto ni es ni era inocente. El President debe muchas explicaciones, y si no piensa darlas ante un tribunal debe hacerlo públicamente, no puede cerrar el asunto por la puerta falsa, comprometiendo su credibilidad. Está política y moralmente obligado a dar explicaciones. Debe comparecer sin límites y fijar una versión definitiva de los hechos».

El Editor de Análisis expone un texto sin ambigüedades con las claves manejadas entre los jefes de la Redacción: la opinión de *El Periódico* es que está obligado a ir a juicio y demostrar su inocencia, conforme a la palabra presidencial dada los dos últimos años, aunque para eso deba renunciar al cargo. Si es inocente, no puede aceptar y firmar la conformidad con la acusación. Y si firma la conformidad está desmintiéndose a sí mismo y a los ciudadanos que le han creído hasta ahora. Demoledor el editorial, pero ya ni siquiera provoca las presiones de antaño. Impacta en el poder y el poder no devuelve el desaire con más coacciones, sino que lo encaja. El President bastante tiene con descifrar las sucesivas órdenes de Génova que porta el motorista Federico. Le están volviendo majareta.

Algo ha cambiado en horas. El partido entra en convulsión. Los cuchillos vuelan. Cuidado. En Génova leen los editoriales y reabren la discusión. Las opciones se han reducido. Mariano se olvida de lo que hablaron en Alarcón, o, al contrario, como recuerda perfectamente lo que hablaron en el parador, llama al President. «Deshonra o dimisión: elige». Le conoce, sabe tocarle la fibra sensible. El aprendiz de la Alcaldesa se derrumba tras 883 días de resistencia. El apaño de aceptar el delito, pactado con Génova días antes, no se sostiene, lo del motorista Federico era un disparate que ha vuelto loco al President. Pagar la multa por los trajes, aceptar una acusación que no tiene pena de cárcel pero que supone reconocer una ilegalidad, le deja sin crédito político para sostenerse en la Generalitat y con su palabra violentada para siempre. Pero hay más. El Emisario ha vuelto y lo pone en boca de otro: además, le deja con antecedentes penales y debilitado ante los hipotéticos juicios que vendrán más tarde, por ejemplo, por financiación ilegal del partido. Así que el President gira y gira como una peonza, víctima de sus dudas y vaivenes, pero sobre todo víctima de las vacilaciones políticas típicas del marianismo, que años después se volverían legendarias.

Es la primera vez en la historia del periodismo español que se está contando minuto a minuto la muerte política de un líder. El President está rodeado. Se le van agotando las ganas de pagar la multa y decir «aquí no ha pasado nada», porque nadie está dispuesto a aceptar que no ha pasado nada. Está rodeado, periodistas por todas partes. Pero a las 13 horas varía de nuevo y se inclina por ignorar las presiones y presentarse en el Tribunal Superior de Justicia para abonar la sanción. Ordena que el coche oficial esté preparado para acudir al tribunal. Vuelve a sus trece, parece que va a elegir la deshonra. A esa hora del mediodía apenas hay cinco minutos de tráfico entre el Palau y el Tribunal Superior de Justicia. Se deja llevar. Hasta que, justo en la entrada de la sede judicial, el coche da la vuelta. ¡Ha dado la vuelta, el President cambia de opinión por enésima vez! Ese es el grito de los periodistas a esa hora incierta. Regresa al Palau. Más desconcierto. El motorista

Federico sigue haciendo de las suyas. El Confidente del Palau hace una llamada urgente al Director: «El motorista, por encargo de Génova, está tratando al President con descargas de electroshock jurídico. Lo va a infartar». La muerte se sigue contando en riguroso directo. Las ediciones digitales no paran de contradecirse, cambiando la visión cada poco rato.

El President tardará años en aceptar la cadena de errores que cometió durante la larguísima crisis de los trajes. No logró superar una operación de acoso de verdad, planificada en los contubernios madrileños, nada que ver con las escaramuzas de la política regional. En su soledad nunca aceptará la menor autocrítica, aunque años después don Camilo, su padrino político, más dado a la confesión íntima, en torno a una paella en su alquería de Xirivella iría asumiendo la relación de errores. «Sí, menospreciamos el alcance de los trajes; sí, fue un fallo negar la relación con el Bigotes y las tontunas de Paco de llamar amigo a cualquiera; sí, estaba acostumbrado a esconderse de los problemas; sí, sus declaraciones alocadas nunca nos ayudaron; sí, fue enredado por unos pillos, unos vivales, unos mequetrefes; sí, la gestión para que el Coordinador del Partido dimitiera no pudo hacerse peor; pero es que tienes que entender el momento, entenderlo a él: no comprendía nada de lo que le estaba sucediendo».

El President procede a dimitir. Y por fin lo hace. Un alivio enorme, un alivio espectacular se expande por las rendijas del poder. Menos mal que ha cedido, nadie sabía ya cómo superar la crisis. Solo él podía hacerlo. Llama al presidente nacional del partido, recuerdan los nombres de los dos candidatos y el jefe elige al segundo de la lista, sí, es preferible el segundo, más alejado del President, apenas se conocen, no han tenido contacto, mejor así, nada que pueda atarlos o vincularlos, más seguro, menos riesgo de influencia o contaminación o de que empecemos con más líos.

Ponen de President de la Generalitat a un alcalde. El afortunado, que pronto deberá ser reconocido como el Nou President, es un *outsider* que vive y trabaja a cien kilómetros del Palau, un alcalde de capital de provincia, sin contaminar por las luchas intestinas. Una esperanza. El premiado está a punto de probarse unos pantalones en unos grandes almacenes cuando aparece en la pantalla de su teléfono móvil el número de la centralita de Génova y le dicen que le van a pasar con el presidente. El alcalde siente un hormigueo del estómago para abajo, se da cuenta de que está a punto de tocarle el Gordo. Apenas noventa segundos de conversación con Mariano y ya es el Nou President de la Generalitat. El pantalón se queda en el probador, olvidado.

El Periódico improvisa otro editorial urgente para la edición digital. Es un editorial de alivio, como el que recorre toda la región. Ahora toca celebrar la decisión, la grandeza de una renuncia, etcétera; vuelve el sosiego a la opinión pública, al interior del partido, etcétera. Mientras, el Palau es un velatorio improvisado, muchas lágrimas, algunas de pena, otras para dejar escapar la tensión acumulada durante más de dos años horrorosos. Esto no hay cuerpo que lo resista.

El Palau ha sido el escenario de un enredo con estrambote final. Todo se resuelve en una escena con pretensiones de histórica, en el patio gótico, a las 17 horas. El President hace también su gran declamación. «Dejo la presidencia, inocente de las barbaridades que se han dicho sobre mí, en un sacrificio personal, político y familiar». Y lo hace como un gran favor al jefe nacional del partido, para no ser un obstáculo a la hora de alcanzar la presidencia del Gobierno muy poco después. La Alcaldesa, detrás de él, como siempre sosteniéndole; su equipo, entre los nervios y la depresión.

En el Palau, sin grito alguno, se procede a la lógica de la sucesión. El rey ha muerto, viva el rey. El President debe desaparecer de inmediato. Quitarse de en medio. Dejar de tener los focos encima supone ya media victoria. Las relaciones de poder se alteran. El equipo del President está desconcertado, noqueado ante la evidencia de que ya no deben hacer nada, absolutamente nada, más que dejar caer los bolígrafos e irse a casa.

En mitad de ese vacío, una oscura asesora de la Presidencia llegada hace cuatro semanas, curiosamente desde la alcaldía del que será el Nou President, una secundaria arrinconada en los sótanos del Palau a la que no sabían qué tarea encomendarle, una mujer guapísima, imponente, con arrojo, más «echá palante» que juiciosa, pero nadie en definitiva hasta tres horas antes, esa nadie llama a un ujier y le ordena que ponga una mesa y una silla justo en la antesala del despacho presidencial. Y allí se sienta una vez que el caído President ha salido de la estancia. No va a permitir que nadie cruce esa puerta. Ella va a ser, desde ese mismísimo momento, la custodia del Nou President. Ella es la abanderada que ha tomado el poder en nombre del sucesor. La avanzadilla. La cancerbera. Así será durante cuatro años: la jefa absoluta del Palau. Esa mujer sin estudios superiores ni carrera profesional ha dado sin suponerlo el mismo paso rebelde que Miguel Maura en 1931, cuando se presentó en la Puerta del Sol y gritó a la guardia: «¡Abran paso al Gobierno legítimo de la República!». A ella se la conocerá como la Gobernanta del Palau durante el próximo mandato.

Nada más sentarse en su nueva ubicación aparece extrañada la Jefa de Personal del dimitido President y le pregunta a su subordinada, con la que solo se ha cruzado una vez, qué hace ahí. La respuesta la deja petrificada: «Comprenderás que las cosas han cambiado». Parálisis y perplejidad. Nadie se atreve a contradecirla. El instinto y la sangre fría de la enviada dejan a todos descolocados, ante su sonrisa y palabra afilada. Todavía no saben que están ante la persona con más poder del Palau en los siguientes cuatro años de gobierno. En apenas una tarde, antes de que se ponga el sol, se ha producido la caída de un poder institucionalizado y que parecía invencible. Empieza una nueva etapa, todavía más convulsa e inestable. Pero entonces nadie lo advierte, es un poco pronto. La ciudad se quita un peso de encima, lo celebra. El Rey ha muerto, viva el Rey.

SEGUNDA PARTE

COLAPSO

24

Finito, el President ha caído. «El siguiente soy yo —rumia el Director—. La cuestión ya no tiene arreglo, se acabó; bien está lo que bien acaba». Indica con una seña al camarero de la pajarita negra que le rellene la copa mientras espera a la Subdirectora en la barra del Hotel Inglés.

—Veo que a esta hora se decanta por el Walker Black, señor.

—Tiene usted buena retentiva… Sí, el etiqueta negra es para las noches, precisa de las estrellas, es cosa de caballeros y buena conversación, para gente civilizada que sabe ceder el paso en la acera y mirar sin prisa cómo caen las hojas en la Alameda.

—Ya veo. ¿Y el DYC 8 que suele tomar después del almuerzo para qué sirve? Supongo que es para el día, por la luz del sol.

—Amigo, el DYC 8 es para los soldados, para salir a combatir. El vibrante segoviano es como una armadura que se filtra por las venas y te prepara para lo peor. Acera tu espada y afina la vista.

—Su trabajo debe provocarle bastantes malentendidos, imagino. Siempre habrá gente enfadada o enfrentada a un periódico por los asuntos que publica.

Yelbes a esas horas sigue la inercia de dejarse llevar por la pedantería. Le parece un ejercicio lúdico menos abrasivo y solitario que rellenar el crucigrama de *El Periódico.*

—Ese asunto tan espinoso —replica el Director al camarero de la pajarita— ya nos lo dejaron resuelto nuestros predecesores. Hubo un director en Washington que sacó a un tipo de la Casa Blanca por mentir a los norteamericanos, y en el entierro de aquel periodista, mucho tiempo después, reconocieron como su mayor virtud, o defecto, que se había acostumbrado a perder amigos a fuerza de no pensar en ellos cuando ejercía su cargo.

—Parece agotador ser consciente de tener enfrente mucha gente peligrosa.

—No lo crea. Los mayores enemigos de un director de periódico no están enfrente, sino al lado. Funcionamos con los códigos de la mafia. Ese irlandés, Sheeran, el que se cargó al sindicalista Jimmy Hoffa, del que era íntimo y escolta personal, solía advertir: «El día que te vayan a matar, se lo encargarán a tu mejor amigo». A mí supongo que me pasará igual. Puede que ya haya alguien preguntando entre mis amistades. Y ya me perdonará la lata que le estoy metiendo con tanta cita mortuoria.

—A usted no le veo pinta de cadáver.

—Eso es por el Walker Black, amigo —contesta Yelbes mientras se espanta de su propio rostro cansado al encontrárselo reflejado en el espejo del botellero: ojos hundidos, bolsas descolgadas y mirada descreída.

Han sido dos años asombrosos desde que llegó a *El Periódico*. Agotadores, de máxima tensión, una oportunidad de oro para cualquier periodista. Lo ha disfrutado, nunca le ha pesado enfrentarse al poder, no necesita beber para eso, pero las tensiones internas que se encontró al llegar a la empresa han ido a más. Pocos días antes, en la víspera de la caída del President, el Director era plenamente consciente de que en sus manos quedaba preservar la credibilidad de *El Periódico* para los próximos años. Lo tenía claro: la justicia se ha pronunciado y cada cual va a quedar retratado.

La Redacción está preparada, el President había perdido el control de los acontecimientos, dejándose usar como una marioneta. Llegaba la hora de la verdad para todos, los miedos y las ataduras iban a quedar al descubierto. Pulpón ha disfrutado estos años transmitiendo mensajes de arriba, de Madrid:

—Oye, ten cuidado con el Consejero Principal, cree que no entiendes *El Periódico* ni a sus lectores; yo estoy contigo, eso ya lo sabes, pero ojo que es muy expeditivo, piensa que nos equivocamos, transigió con las informaciones contra el Coordinador del Partido, pero con el President va a entrar en erupción. Las licencias de radio dependen de su voluntad, ya sabes todas las reuniones que ha tenido por ese tema. El consultor contratado por Madrid me aprieta para que no te deje tanta libertad, señala que incumples el manual de armonización ejecutiva. Tienes que ayudarme para que yo te pueda ayudar a ti.

—Pulpón, yo no puedo tomar mis decisiones con un manual pensado para directivos de clínicas de estética. Nadie entiende qué es un maldito manual de armonización ejecutiva. Y, sobre todo, ya no es cosa nuestra lo que pueda pasar. Nosotros no podemos hacer nada, la pelota ha echado a rodar; es la justicia la que va a decidir encausar o no al President después de una investigación seguida con lupa por toda España. Qué puede opinar un consultor que no sabe nada de periodismo sobre lo que tenemos que contar en los próximos días acerca de la caída de un Gobierno autonómico. Estos son los sinsabores de tener un negocio de periódicos; sin duda dan muchas más alegrías los seguros y los hospitales, pero yo no puedo hacer nada, la verdad. La suerte está echada y *El Periódico* solo debe informar de lo que pase; nada va a cambiar para bien ni para mal independientemente de lo que hagamos nosotros, salvo que si *El Periódico* no está a la altura los próximos días se habrá desprestigiado en un ridículo perpetuo.

—Oye, que yo estoy de acuerdo. Pero ya sabes cómo le funciona la cabeza al Consejero Principal, no se anda con pejiguerías.

Así han sido estos dos años. Insufribles para Yelbes. El pesimismo sobre su futuro resulta inevitable. Le sigue dando vueltas al conflicto interno desde el bar del Hotel Inglés y no oye llegar a Concha Barrado. Aparece como un ciclón, tira el bolso sobre el mostrador, le da una voz al camarero —«ponme un roncola»—, mira el vaso del Director y le suelta:

—Espero que sea el primer lingotazo. —Luego se ríe y le pega un abrazo enorme y detenido—. Ya está, esto se acabó, ahora te dejarán en paz —afirma la Subdirectora.

—Creo que no te estás refiriendo a los políticos caídos o en ascenso, sino a nuestros señoritos —contesta el Director—. Hemos tenido suerte: no sé nada de Madrid desde hace una semana, es como si se los hubiera tragado la tierra. Hemos podido cubrir la faena de la dimisión presidencial sin ruido ni frenos. Ni en mis mejores sueños habría imaginado que fuera a ser tan fácil. Claro que en cualquier momento pasarán la factura, hay que estar preparados. Ya sabes lo que dijo el viejo Montanelli: «Este oficio nuestro es un posadero que antes o después te presenta la cuenta».

El camarero de la pajarita, atento, acaba admitiendo que ese periodista tan solitario solo se acompaña de otros periodistas muertos, a los que cita distraído.

—¿Cómo aguantas en un puesto tan insoportable, con tanta gente dándote por culo?, perdóname la expresión —pregunta Barrado al Director.

—Porque soy muy consciente del mal del cura ambicioso. De lo que no debo hacer.

—Ja, ja, ja. ¿Qué coño es eso?

—Habrás visto *La escopeta nacional,* la genialidad de Berlanga. Ahí está un Agustín González insuperable, interpretando al capellán de la casa, entrometiéndose en todo, creyéndose más de lo que es, porque se lo permiten, claro está. Pues yo siempre he pensado que los periodistas somos como ese cura: nos sentamos a la mesa de los señores, en lugar preferente, comemos con ellos, nos piden opinión, pontificamos acerca de todo, nos escuchan con admiración…, pero…

—¿Pero?

—Pero no somos de la familia. Ni los periodistas ni el cura pertenecen a la familia. Ese capellán es un invitado de honor, y si un día quiere tomarse alguna libertad cometerá un error imperdonable, incomprensible, perderá la posición de autoridad por la que es aceptado para convivir con ellos en un ambiente que no le corresponde, que no es el suyo, está allí en función de lo que representa, siempre que no se salga de su papel, de su condición; el cura no es de la familia, no puede heredar, ni disponer de los intereses ajenos, ni, por supuesto, casarse con la señorita. Ah, y el párroco, cuando llega su hora, se retira lejos y muere solo en su aldea perdida de las Alpujarras, si acaso acompañado por una sobrina. No va a morir en un palacio, como si fuera de la familia.

—Pero ¿tú eso de dónde lo has sacado?

—De ver a tantos compañeros echarse a perder en cuanto empiezan a relacionarse con el poder, y de vernos a ti y a mí tan vigilados, tan rodeados. En efecto, antes o después llega el momento en el que solo toca aceptar que el posadero nos va a traer la cuenta.

—Óyeme bien, que nosoros tenemos una gran ventaja, lo has comprobado estos días: cuando llega el momento, ponemos la portada que nos da la gana, naturalmente la que debemos poner, que esto no es un capricho, estamos para servir a los lectores, pero ni Pulpón ni el Consejero Principal nos pueden obligar a cambiar la portada correcta. Y luego, chico, si nos despiden siempre podemos montar un bar de copas como este, a mí no se me van a caer los anillos, y tú de *whisky* y de sacar conversación a un muerto ya no necesitas aprender nada. Confía, confía en la suerte o en la *Mare de Déu* o en lo que quieras creer, confía si quieres en tu puñetero Montanelli, so pesado, que me vas a obligar a leerlo. Mira cómo estábamos hace dos años y adónde hemos llegado. Hoy tenemos un diario respetable y respetado. Y ahora me voy, que mañana madrugo, me toca tertulia en Canal Nostre. Y tú para casita, mejor te llevo yo. Vamos, anda.

—Voy a pedirme un taxi. He dejado el coche en el periódico.

—Como quieras. Pero no te enredes.

El Director no se marcha. Le gusta la soledad de la barra, le gustan las horas lentas y detenidas de la madrugada, es cuando mejor piensa y le surgen las ideas, los juicios, los planes. Sabe que está despedido, no se lo ha dicho a su número dos ni a su mujer —¿para qué preocuparlas?—, pero se lo ha filtrado uno de los colegas de la sede central de Madrid: «Lo siento, el Consejero Principal no quiere directores con personalidad, de eso ya eras consciente desde el principio, en fin». Lo que no se explica el Director es por qué no ha trascendido la decisión (doña Amparo todavía lo desconoce, o habría ido a verle), y por qué le han dejado manos libres para contar la sonora dimisión presidencial durante siete días. Quizá para justificar la destitución posterior con razones objetivas basadas en un puñetero manual de armonización ejecutiva. El informe del consultor de pacotilla es demoledor; recomienda que el Jefe de Operaciones asuma el control de las decisiones editoriales, que valide los procesos de la Redacción, y añade que Pulpón tiene un grave problema con su director, que este va a su aire, hace lo que le parece, no piensa como la cabecera y le falta política editorial. Todo por escrito. Le han filtrado una copia desde Madrid. Ya es el remate registral, administrativo, a la cansina retahíla de

Pulpón: que si el consejero *parriba,* dice el Consejero, el consejero *pabajo,* el consejero quiere… El Jefe de Operaciones insistió una última vez antes de pulsar el botón de la auditoría editorial: «Creo que el Consejero Principal se ha echado atrás sobre tu elección como director, la considera un fallo, tienes que bajar el perfil, te lo digo por tu bien, es la última oportunidad que tenemos». Pero el Director se preguntó qué significaría bajar el perfil, vaya manera de hablar, y siguió a lo suyo. Hasta que se consumó la decisión del cese.

Esta noche solitaria, hasta que ha llegado la Subdirectora, tan ocupado con las citas literarias entre los efluvios del Walker Black, buscando en la hemeroteca de su memoria, también le ha venido a la cabeza la sentencia cervantina, puesta en boca de Sancho, que le reveló otro viejo periodista descreído para evitar acabar envilecido por el oficio: «Desnudo nací, desnudo me hallo: ni pierdo ni gano». Considera que puede ser un buen epitafio profesional. Y se lo ha repetido un rato para sí, lanzándolo contra los hemisferios cerebrales, como el badajo de una campana golpeando los bordes del metal, clonando los ecos en cada impacto…: Desnudo nací…, ni pierdo ni gano… Lo tararea despacio, como si fuera la letra de una soleá. Y de esta manera se anima el Director a echar otro trago que le sabe todavía mejor que los anteriores, bravío en la boca, bañando hasta las encías, dorándose garganta abajo, como una purificación tras la crucifixión del President de los trajes.

Se le pasan las horas. Demasiadas. No está para conducir, como tantas veces, pero se sabe el camino de vuelta a casa de memoria, podría hacerlo con los ojos cerrados. Son las cuatro de la madrugada. Monta y se deja llevar, se conoce todas las calles y esquinas. Llega y se mete en la cama. Se hunde en un sueño pesadísimo. Cuatro horas después le despierta un grito destemplado y la explosión de luz que se cuela por la habitación. Solo que no está en su habitación, ni en la cama de su dormitorio, ni siquiera está en su casa. Y no grita su mujer sorprendida: tiene enfrente a una extraña con un cubo y una fregona en la mano. Hace un rodeo con los ojos, dejando la cabeza inmóvil hasta comprobar la robustez de su organismo, y se da cuenta de que en realidad ha dormido en el sofá del despacho, en la Redacción. Está viendo frente a él el retrato de don Teodoro, el mítico fundador del diario siglo y medio atrás, hace unas horas se confundió de camino y acabó en *El Periódico* en lugar de en su domicilio. Ni se enteró. La señora de la limpieza sale, agobiada, él escribe un mensaje a su mujer para contarle que ha pasado la noche en la rotativa por una avería imprevista y en ese momento le interrumpe Pulpón, madrugador, que ha oído las voces.

—¿Qué haces? —le pregunta al Director.

—Me vine anoche, de madrugada. Me llamaron con una exclusiva sobre quiénes van a ser los consejeros del Nou President, y como se me hizo tardísimo he dormido un rato aquí mismo. Lo vamos a publicar enseguida en la web. Estoy roto.

—Pues ya te puedes despertar; para exclusiva la nuestra: acaban de echar al Consejero Principal. Los accionistas estaban hartos de él. Por lo visto, se aprovechaba de su cargo para hacer política, la verdad es que era un tío maniático e imposible de tratar, una suerte para todos que nos lo hayan quitado de encima, sobre todo para ti, con la manía que te tenía. Yo hice lo que pude para frenarle, bien lo sabes.

«Confía», le había pedido la Subdirectora siete horas antes. Y ha funcionado, como una profecía. El mayor quebranto del Director desaparece de golpe. El azar como aliado de la verdad, de las buenas obras, del periodismo honesto. A Yelbes le asalta la risa floja por los caprichos del destino, la ironía de ser un superviviente tras los estragos del naufragio. Todo cambia. La presión interna desaparece de inmediato en *El Periódico,* ya no habrá que apelar más a la épica o a la deontología o recurrir a los actos de fuerza. A partir de entonces, tan solo se necesitará contar lo que estaba pasando, con la mayor naturalidad. Sin heroísmos. La compañía elige a otro Consejero Principal como primer ejecutivo y el nuevo, según le confiesa al Director el mismo compañero que le anticipó su despido dos semanas antes, el nuevo «no cree que los periodistas sean unos trastornados que van contra los intereses de los dueños de los periódicos, promete que dejará hacer a los profesionales, sin interferencias. Tú tira y ya veremos hasta dónde llega la cuerda».

25

El partido gobernante ha cambiado de líder, pero sigue en convulsión y ya no sabrá salir de ahí hasta que pierda las elecciones, cuatro años después. Pero eso todavía no lo imaginan. Todo irá a peor, tampoco lo suponen. Con el traspaso de poder, las fuerzas vivas se realinean de golpe. El desahogo general es enorme. Salvo el dimisionario, todo el mundo siente alivio tras la salida explosiva del President. «Esto era insoportable», esa es la sensación colectiva. La sociedad necesitaba superar la atmósfera de presión. Empezar de nuevo. Pero, en lugar de abrir una nueva era, lo que va a precipitarse es una espiral, un laberinto del que resurgirán viejos depredadores, orillados durante la década anterior, y se reavivarán antiguas rencillas internas.

El Nou President comete una primera equivocación, que será la más grave de todas y le costará caro: devuelve la influencia, entre bambalinas, al predecesor de su predecesor caído. O sea, Eduardo el Fundador ha vuelto. Es el acabose. Algo con lo que Mariano no contaba cuando forzó la dimisión presidencial. El Nou President quedará sujeto en las redes del Fundador; le atrapa, le da consejos, le dicta medidas a toar, aliados que considerar, le presenta a gente, le advierte de los peligros, le injerta asesores, beneficiarios… Le toma la medida. Eduardo ha vuelto, se terminó su destierro, y esa será la perdición última de un proyecto político agotándose:

—Tienes que romper con todos, Alberto, si me permites que te dé mi opinión. Sepárate de la herencia que te dejan y, si puedes, limpia desde el primer día. Yo, si quieres, te puedo ayudar. Sigo teniendo algún predicamento aquí, como sabes, y creo que soy de las personas mejor relacionadas en Madrid, dentro y fuera de la política. Lo único que te pido, por tu bien, pero sobre todo por el mío, es que no me hagas figurar mucho, ni que se note mi presencia. No entiendo qué le he hecho a Mariano para que me tenga esa ojeriza. Si empieza a comentarse que nos vemos o nos dejamos de ver, será malo para ti y malo para mí.

Y le ayuda. Con diligencia extrema. Casi lo primero, la conexión urgente con Juandiós, el periodista más influyente de Madrid, el director del diario de las grandes noticias, que pone a su delegado regional al servicio del nuevo líder, siempre que vaya a limpiar. Esa será la cansina condición, la palabra maestra del momento: limpiar. Y el Nou President acepta encantado tantas atenciones, se va a descubrir como un ingenuo y *El Nacional* vuelve a ser el medio oficial del régimen, como en las épocas anteriores a los trajes. Prestará un servicio clave al Nou President, le marcará los enemigos, le señalará el camino, los objetivos. Comienza así una nueva guerra fría en los medios de comunicación, relacionada con el acceso al poder. El primer día de despacho, el Nou President recibe a tres periodistas de *El Nacional,* lo nunca visto; tres periodistas a modo de comando de coronación en una gran entrevista con amplio despliegue para cubrirle de honores. El hombre limpio, le bautizarán.

Magnífica presentación en sociedad, muy positiva. Pero el diario de Juandiós exige un peaje: don Limpio, el Nou President, debe colaborar con coraje y determinación en la extinción de la era anterior, al completo, no debe quedar nada, lo que incluirá también la aniquilación de un centenar de víctimas secundarias, sean altos cargos o asesores de la etapa previa. El clan al completo debe ser sacrificado en la pira de la corrupción: los torcidos, los maleantes, los equivocados, los colaboracionistas…, todos han de morir después de ser expurgados y denunciados en las páginas del diario, para que la historia futura dé la razón sin concesiones a los descubridores de aquel reino sobrante de perdición.

El Nou President entiende la situación, no ve problema en aceptar el plan que le han urdido. Elige un vicepresidente que también lo comparte y ve la oportunidad de librarse de un montón de enemigos internos sin mancharse las manos, con las armas que proporciona la prensa amiga. La Gobernanta del Palau disfrutará con la sangre derramada, porque algunos deben morir para que ellos puedan ascender y glorificarse. Y empiezan los seriales informativos, alguien está levantando alfombras y abriendo cajones, todo aparece en letra impresa, en titulares destacados, los servicios de la propia Administración trasvasan papeles a *El Nacional* para mancillar a los jubilados del partido. Un inconsciente Nou President ha bendecido una guerra civil de imprevisibles consecuencias. El Fundador reúne apoyos y seguidores como inspirador de la nueva etapa; nadie mejor que él en el papel de muñidor. Avisa de que con *El Periódico* debe tener buenas palabras en público y ninguna confianza en privado, como en la época en la que él reinaba en la Generalitat. No son de fiar, le dejaron tirado cuando se marchó de ministro a Madrid. *El Periódico* fue ingrato con el President fundador.

—Después de todo lo que yo he hecho por doña Amparo —le dijo una vez al Director.

—¿Y qué has hecho? —replicó el otro.

—Darle una radio.

—¿Y a quién no le has dado una radio? Y, sobre todo, ¿eran tuyas? ¿A cuántos con menos méritos les diste una radio que no era tuya? En todo caso, tienes que entender que la leyenda te persigue. Lo que me ha llegado es que en aquel tiempo le prohibiste a una fundación privada que comprara la antigua sede de *El Periódico*, una intromisión sucia del poder contra una empresa privada.

—Se cuentan muchas cosas. No deberías darles crédito.

—Puedes imaginar quién nos lo ha revelado, porque debes recordar a quién le pediste el favor para que *El Periódico* no recibiera un dinero que usaría contra ti, según tus conjeturas.

Pero ahora el Fundador es consciente de que sin *El Periódico*, el medio local que aúna a muchos de sus votantes, el Nou President puede tener dificultades para consolidarse. Está acostumbrado al doble o triple juego. Queda con el Director para medir temperaturas.

—Para empezar, tienes que entender que para mí esto ha cambiado como de la noche al día. Yo era un apestado, no podía venir por aquí, te diré que en una época hasta me espiaban, y eso que algo de lo que hoy existe se me debe, porque todo esto empezó conmigo. Voy a buscarme una casa, quiero estar por aquí, venir, pasar algunos días a la semana. Quería que lo supieras.

26

Pasó de tenerlo todo desde niño a convertirse en un apestado y sentirse un apestado. Taboada ya no usa corbatas de ciento ochenta euros, ni de treinta. Ahora le repelen las corbatas, le recuerdan su expulsión del club de los grandes potentados de la ciudad, una reminiscencia de los años en los que los fajos de billetes del acero corrugado se le caían del bolsillo. Tampoco usa los modales de patrón que le hicieron legendario. Hijo de patrón, para ser más precisos. Hijo de patrón con la determinación de igualar al padre, de ser más que el padre, para ser más precisos. Él no quedaría como el frívolo que se gasta la fortuna que le sobra en safaris por Kenia, buscando el bicho más grande, más singular, más inaccesible. Él era un cazador total, certero, metódico, implacable, se veía a sí mismo como un tirador legendario, también en las empresas. Él era el *hereu,* un sucesor a la altura del apellido, se había hecho cargo de la familia y del emporio cuando el fundador empezó a intuirse mayor, por la memoria de su santa madre, que tanto se sacrificó por todos ellos. Estuvo en lo más alto, pero ahora no puede contener las lágrimas, se le escapan entre los poros de su orgullo herido. Taboada está llorando de pura impotencia. Está justificándose ante unos periodistas. Él, que era todo soberbia, reprime la rabia de tener que conceder explicaciones humillantes; de asuntos muy personales, muy íntimos. Por eso no ha sido capaz de evitar llorar, maldita sea.

—Me tuve que quitar de en medio. Cuando el Canterito nos compró la mitad de la empresa al vernos en apuros, puso como condición apartarme y colocar a mi hermana. Creo que alguno de vosotros ya conoce a mi hermana Luisa; tú, Director, te la habrás encontrado alguna vez en el club de golf, así que no tengo nada que añadir sobre ella, te haces cargo. El Canterito la enredó, ella dejó de darme información y pasó lo que ya sabéis. Hemos perdido la empresa. Ahora pertenece toda al Canterito, ese buscavidas resentido al que nuestra empresa no le interesa nada, pero fue jefe de obras con mi padre antes de ponerse por su cuenta tras comprar una pequeña cantera y al parecer nos la tenía jurada.

El encuentro en el Hotel Inglés tiene poco de coloquio, es sobre todo la confesión del millonario hundido, herido en lo más profundo de su psique. Quería contar su versión, la historia de un engaño. Otra pieza maestra que se desmoronó en la gran economía mediterránea mientras en el Palau de la Generalitat alguien se perdía tocando la lira. La multinacional del hierro pasó a ser historia. Sus restos se los repartieron los bancos y un Canterito insaciable que acudió a por los despojos. La última gran obra de Taboada se ve desde la circunvalación, es una inmensa urbanización de viviendas casi terminadas en las zonas de ensanche que no han encontrado compradores ni financiación suficiente. Arrollada por la gran crisis económica, incapaz de devolver los créditos de la construcción. El pelotazo que debería haberles garantizado el porvenir a otras dos generaciones de la familia asoma como una obra fantasmal, desocupada, ruinosa. Desde la autopista se vislumbra el alcance de la ambición fracasada, los cálculos errados. La hermana ha hecho una gran pifia, como cuando tenía diecinueve años y había que sacarla de sus tonterías con el dinero de papá. El problema es que ahora no ha accidentado un coche caro, ni se ha comportado como una descerebrada con sus amigas: ahora le han birlado el patrimonio levantado por su padre durante medio siglo. Y el honor del apellido; ay, el honor mancillado. Luisa les ha metido en ese infierno, piensa el hermano mayor, y así elude cualquier responsabilidad personal. La banca acreedora le ignora, ya no le reciben en la última planta de la calle Pintor Sorolla, ya no le atiende nadie por encima de la sucursal y su antiguo jefe de obras es ahora dueño de sus haciendas. La banca ha pactado directamente con el Canterito, desguazando las filiales para reducir las pérdidas. Luisa ha dicho que sí a todo y el hermano mayor no va a ir por ahí mendigando detrás de los políticos, su padre nunca lo hizo. Es un cazador experimentado, y enseguida intuyó que ahora la presa es él.

El país se hunde. Mariano ya es jefe de Gobierno. Los conservadores han vuelto al poder, reclamados por los votantes. La gente andaba espantada ante la virulencia de la crisis y la cobardía de Zapatero para afrontar la tormenta. El nuevo Consejo de Ministros enchufa dinero público para evitar la quiebra de las cajas de ahorros y aprueba multitud de subidas de impuestos y recortes de prestaciones que contradicen el programa electoral que los ha llevado al poder. La prima de riesgo supera los seiscientos puntos. El paro roza los seis millones. La calle exhibe la fragilidad social, las colas del hambre. La clase media convulsiona. Las hipotecas no se pagan, se multiplican los desahucios. El sector del ladrillo se ha vuelto una gran losa, un nicho, un cementerio. Aflora mucha pobreza. Caray con Zapatero.

* * *

Al fiscal Cascano le entregan nuevos pinchazos del móvil del Canterito y no resiste la tentación de escucharlos enseguida, puro morbo. El propio oficial de policía que los ha grabado está escandalizado. El Canterito continúa en tratos con el dimitido diputado Frasco:

«Dime cosas».

«¿Qué pasa que no me llamas?».

«Estaba echando la siesta, para un día que puedo comer en casa… Pero te iba a llamar esta tarde con lo tuyo».

«¿Qué es lo mío?».

«Lo de tu viaje, qué va a ser. Pero antes te quería preguntar por lo de tu amigo. Ha elegido un reloj de dieciocho mil euros».

«Ah, o sea, tres millones de pesetas».

«Sí. ¿Qué hago?».

«Pues cómpraselo, se pondrá contento».

«Vaaale. Y te digo cosas. Estuve hablando con el de la *suite* en Creta. El *jet* ya lo tienes para vosotros en exclusiva, me va a costar un riñón, pero para eso eres mi amigo y sobre todo para eso tienes una novia de treinta años que te va a dar felicidad. Escúchame, la *suite* que querías no puede ser, la tienen reservada los árabes. Me ofrecen una alternativa más modesta, pero que es estupenda, con…».

«Pero ahora no puedes decirme eso. A Cristina la que le gustó fue la *suite* esa que vio en el *Hola*. ¿Cómo quedo yo ahora?».

«Escúchame, es que los moros las tienen todas reservadas, entonces esto otro es fantástico, menos *luxury*, es verdad, pero…».

«Mira, que no».

«Es que no hay otra solución».

«Sí hay una solución: puedo dormir en un *camping*. Hale, hasta luego».

27

Y se ha salvado. Ha sido absuelto. La fecha de la sentencia del caso de los trajes se convierte en la más importante en la vida del caído President. Más incluso que la primera vez que ganó unas elecciones. El jurado no se ha creído los continuos cambios de versión del sastre, y tampoco se han encontrado pruebas creíbles de culpabilidad. La condena habría requerido el apoyo de siete de los nueve miembros del jurado, pero, lejos de eso, una mayoría de cinco a cuatro se ha inclinado por la no culpabilidad. Los regalos no han quedado demostrados, ni el pago de las prendas por parte de la trama. La crónica de Rallo para *El Periódico* refleja a un acusado que justo antes de oír el fallo mira a su mujer, levanta las cejas y pronuncia para sí mismo una sola palabra, hacia dentro, «bueno», justo antes de suspirar profundamente. El hombre acepta su destino, con resignación, en los segundos previos a que el portavoz del jurado comience a desvelar el futuro del expresident.

El sastre ha resultado ser un charlatán de programa televisivo cargado de contradicciones. Solo reveló los supuestos regalos cuando fue despedido, en su cuarta declaración judicial, y el penalista de la defensa le hizo papilla, dejándolo sin credibilidad. Los informes periciales de Hacienda no llegaron a ninguna conclusión de culpabilidad. Un escolta declaró que en una ocasión él mismo le prestó dinero en efectivo al expresident para abonar una prenda, y también apareció un reintegro del pago en efectivo de mil euros para saldar otra compra.

El juicio puso en evidencia las exageraciones políticas y mediáticas que han acabado con una carrera política de primer orden. Terminan casi tres años de infierno para el expresident. O eso cree él. «Aquí concluye todo —debe pensar—. El partido me reivindicará y me hará un homenaje, ahora todos esos tendrán que pedirme perdón. Mariano me acogerá como una de las personas con más entereza y capacidad que ha superado la maquinación más espantosa de la historia política de este país». Cree en todo eso y se engaña. Si se hubiera fijado con detenimiento en las caras de la acusación, se habría dado cuenta de que sus problemas estaban lejos de haberse resuelto. Los rostros de las fiscales de Anticorrupción eran todo un poema; la rubia y la morena, las llamaba la prensa para distinguirlas entre sí. El penalista de la defensa las hizo picadillo durante las veintiséis sesiones del juicio. Se equivocaron de forma constante, cayeron en reiteraciones, le atribuyeron a otro acusado las prendas que previamente habían adjudicado al expresident. La rubia era la fiscal Mac (usaba un ordenador de esa marca), y a ella le tocaba arreglar los desaguisados y patinazos de su compañera. La morena era la Vaio (así se llamaba su portátil), y no salía de un charco cuando se metía en otro. Si el expresident se hubiera fijado en ellas, su preocupación no habría desaparecido. La absolución supone un gravísimo revés para el ministerio público y deja una enorme frustración en un sector de la Fiscalía contra ese presuntuoso que se les ha escapado vivo. Habrá venganza, esto no va a quedar así. Una respuesta gremial. El fiscal Cascano encontrará más adelante munición sobrada para ajustarle las cuentas; la suerte se le acabará. No, el final no ha llegado todavía. De hecho, la inocencia judicial tardará trece años en aparecer: trece años más de peregrinaje por los juzgados, respondiendo a acusaciones sistemáticas, una decena de sumarios abiertos sin base real hasta que diversas resoluciones firmes cerrarán los procedimientos. Acabará absuelto de todo, pero trece años después, tres lustros sufriendo una causa general. El final judicial se hará eterno, mientras que el final político se había sustanciado seis meses antes, cuando dimitió en el patio gótico del Palau pensando que aquello era algo transitorio, hasta que recobrara su honorabilidad, y su cargo.

28

El Nou President no sabe dónde se ha metido. Cambió la plácida alcaldía de provincias por un Titanic deslustrado que ni siquiera cuenta con una buena orquesta para distraer a los pasajeros mientras avanza el naufragio. El Nou President jamás abandonará su condición de cuerpo extraño al que casi todos tratan como un pelele. Con poco respeto.

O con ninguno. Intenta primero agradar a la Alcaldesa, es lo que le aconseja la Gobernanta del Palau. El Fundador asiente, si la Alcaldesa le da el plácet, todo se resuelve a favor, pero la Alcaldesa es difícil de contentar, nunca se cansa de pedir y mandar; ya es curioso que tenga que hacerle la ola siendo él President de la Generalitat, el número uno. Le falta perspicacia; no se da cuenta de que cuando los empresarios locales le convocan al primer almuerzo se dedican a tomarle la lección, a comprobar si el nuevo vale o no vale. El Nou President es un hombre alto y espigado, sin un gramo de grasa, de planta parecida a sus antecesores; ese partido los corta a todos con el mismo patrón. Pero carece de la condición mesiánica de su predecesor y se le nota la falta de fondo para dotarse de una armadura discursiva. Maneja un lenguaje limitado. No le condicionan los preceptos ideológicos de los suyos ni las creencias de su base social, es de otra generación, no intuye más moral que la centralidad política y la moderación, le gusta divertirse y desconectar, como al Fundador, es simpático y discreto en lo convencional, no le da por hacer ostentación del ego o la posición, va de tío normal, nada engreído, pero justito de destreza e intuición. De momento vive en una vivienda del centro, cedida sin coste por un amigo. Le van a engañar a la primera de cambio, se equivocará nada más empezar y será incapaz de fortalecerse; se quedará cuatro años clavado en la casilla de salida, hasta que las urnas le manden a casa. No servirá para el juego del poder. Eso se comprobará en sus cien primeros días de mando, los 1360 restantes solo lo corroborarán.

El Nou President ha dejado que le construyan el discurso desde fuera y carece de modelo propio. Le entregaron una llave maestra, la lucha inflexible contra cualquier sospecha de corrupción, y la emplea para todo: limpia, limpia. El Fundador le adiestra a su manera, ni imagina el Nou President que en realidad está siendo usado como un instrumento de terceros; rompe con su predecesor dimitido, es una condición innegociable, y lo acepta. Abre una nueva etapa. Gente suya, o eso le parece. Se ha convencido de la siniestra corrupción anterior, hasta su llegada. Promete enseñarlo todo, los contratos del partido, los convenios de la Generalitat, va a reunirse con las víctimas del accidente del metro y ha expulsado de su órbita a los elementos sospechosos. Empezando por el exconsejero de los millones desaparecidos de Haití, no lo quiere cerca, lo mantiene de portavoz en la Asamblea, pero nunca despachan a solas e ignora que es el mismo tipo que el Fundador robó a la oposición para atacarlos; es como un inagotable Andreotti, ha estado en siete Gobiernos distintos. Y también es el Conejo, así le llaman; el líder de una trama del hampa política; será encarcelado por desaparición de fondos públicos del Consell, y su mujer será condenada por malversar los recursos del museo autonómico.

Varias tramas de corrupción rodean al Conejo al mismo tiempo que maneja su hábil destreza… Muchos de los problemas que le llegarán al Nou President llevan la firma secreta del Conejo o de su socio, el Jefe de la Dipu, una marioneta con ínfulas que se creyó más listo que nadie, un títere con el que el Conejo juega encendiéndole la vanidad.

La Alcaldesa se deja querer un tiempo. Luego ve que no saca nada, que el Nou President resulta bastante patoso, se mete en unos líos fenomenales, no sabe defender los colores, y además advierte algo que le horroriza: la sombra de Eduardo detrás de cada paso de la Generalitat. Por ahí no pasa; tiene más de veinte fotografías oficiales en una vitrina de su despacho, y en ninguna de ellas aparece con el Fundador. «Es tan tonto, tiene tan poca personalidad que se deja enredar por ese… Nos vamos al pozo». Otra señal inequívoca demuestra el enfado de la Alcaldesa. Es una prueba infalible: nunca nadie ha visto a la Alcaldesa cogerse del brazo del Nou President. Nunca es nunca, en ningún encuentro informal o amistoso, y eso que él es un hombre alto, grande, lustroso, como a ella le gustan. La Subdirectora se sienta y empieza a pasar fotos de los dos juntos en su ordenador, una tras otra, compulsivamente.

—¿Qué buscas? —le pregunta Yelbes.

—Nada especial. Una intuición.

—¿Como qué?

—Hay algo… No sé… Mira, ordeno las imágenes por fecha. Según pasa el tiempo, la distancia entre ellos al caminar juntos o posar para las fotos se hace mayor, ella se va separando de él. Te lo digo yo, que la conozco como nadie. No lo soporta, no puede con él, le repele, es superior a sus fuerzas, se le nota una barbaridad.

—Eso es algo que ya sabemos, Barrado. Ella no lo oculta.

—Sí. Lo más grande es que resulta tan evidente que no es capaz ni de disimularlo, es pura piel, cada vez se pone más lejos de él. Y yo, que la conozco mejor que tú, y antes que tú, aunque las copas se las tome contigo, te digo que no va a cambiar. Y eso que el expresident de los trajes la irritaba, pero nunca permitió que se percibiera.

—Exacto. Y solo llevan cuatro meses juntos. Por cierto, ¿sabemos algo de cómo anda el expresident tras su absolución?

—Me dicen que, como sigue teniendo cabeza política, por mucho que le haya trastornado el tema de los trajes está echando cuentas y se ve de ministro tras una campaña de reparación de su honor y todo eso.

—¡Ministro! La ambición de un político profesional nunca descansa, incluso cuando estás fuera de onda. Es una locura total, eso no va a ocurrir, ese hombre vive instalado en una ilusión, no se da cuenta de la realidad. No es consciente de que la gente ya no lo toma en serio; algo le pueden dar, no sé qué, pero, con lo mal que ha gestionado lo suyo, pensar que puede ser ministro y pelillos a la mar es no conocerse a sí mismo. Está muy quemado, supongo que puede obtener la presidencia de una empresa pública de segundo nivel, o una embajada de tercera, pero no conoce al líder de su partido si cree que le va a amnistiar y tenerlo a su lado. Este Mariano, igual que no sabe cerrar los problemas, sí sabe qué hacer para no reabrir conflictos que ya están resueltos, y esa es justo la situación del expresident. Ese hombre vive en la irrealidad, tuvo su momento y se le estropeó antes de tiempo, por lo que fuera, pero nadie le va a regalar una vuelta al pasado.

—Vale, pero lo que le ha ocurrido es una putada, no se lo merecía —añade la Subdirectora.

—Nadie se merece un cáncer o que le pongan los cuernos, y sucede todos los días. La política es así. La política le dio todo y la política se lo quitó, por las mismas, con igual arbitrariedad. Ha demostrado que no está a la altura en los momentos críticos. Sirvió para los años de ostentación, nada más.

—Tú es que no estabas aquí en los tiempos buenos. Era un líder por donde pasaba.

—Claro, cuando las cosas eran fáciles ahí estaba él para placearse, cuando solo había que dar títulos y tirar de presupuesto, dinero y halagos —matiza Yelbes—. Tenía el partido en un puño. Dinero y palmas. Todo le fue dado, se lo pusieron fácil, a la falda de la Alcaldesa como asesor y concejal, luego consejero, vicepresidente del Congreso, delegado del Gobierno y heredero del Consell para seguir exactamente el mismo proyecto que diseñó su antecesor. Eso sí, mucha patria y mucha *Mare de Déu* como aportación novedosa. Las elecciones se las dieron ganadas. Luego repitió victoria dos veces, con todo a favor, bien, pero no perfiló un proyecto propio, distintivo, se conformó con ser adorado por la peana. No vio venir las tormentas. En cuanto algo se torcía, no era capaz de arreglarlo ni de estar a la altura; recuerda lo del accidente del metro, también ahí perdió el control de la crisis.

—Pues el que han puesto en su lugar tampoco va a estar a la altura, eso ya te lo digo yo. Este es todavía más flojo, vamos, el otro parecía Adenauer al lado de este, no aguantará ni dos empujones, ya lo verás.

—Entiendo que al expresident le haya afectado, ojo, a quién no le pasaría. Quién digiere pasar de tenerlo todo a perderlo sin más, de golpe, con deshonor y ridículo. Con él han hecho una cacería, eso ahora está claro. Una cosa es que haya sido un engreído, que se haya visto superado, y otra muy distinta la manipulación de convertirlo en el político más corrupto de la historia de España, algo que no se cree nadie con un mínimo de honestidad —reconoce el Director.

—O sea, según tu opinión, el problema del expresident no acaba con la absolución, sino cuando se dé cuenta de que para la mayoría de la gente lo grave es la gestión que hizo mientras estuvo dirigiendo la comunidad —concluye la Subdirectora.

Y Concha Barrado le pone delante la portada del día para corregirla. Otra más. Rallo ha conseguido varias exclusivas sobre una nueva trama que parece sacada de la serie televisiva *Los Soprano*. Una depuradora. Detritus. Lodo. Su equipo directivo, unos gerentillos afines al partido y a la glorificación del president caído, desviaron para sus intereses más de veinte millones de euros obtenidos subrepticiamente a través de las tasas de saneamiento que pagan los contribuyentes. Contratos simulados, facturas por servicios ficticios, malversación, prevaricación, falsedad documental…, todo el puñetero código penal infringido. Cuentas en Andorra, gastos en regalos y viajes, pagos a prostitutas a las que hacían pasar por traductoras rumanas y legendarias comilonas en la playa de Pinedo, en el restaurante que servía las gambas rojas más gordas de todo el Mediterráneo, donde el Moët & Chandon salía del grifo, a la vista de toda la ciudad, de todo el partido. Los insignificantes administradores de una depuradora en una pedanía, viviendo como si fueran los dueños de media costa. Y a nadie le había llamado la atención. Yelbes pone un dedo sobre la portada.

—No hay nadie que pueda llegar a ministro si tiene detrás, o al lado, o cerca, una historia como esta, hasta con prostitutas rumanas. Demasiado espectáculo.

29

—Oye, una cosa te iba a decir —irrumpe Barrado en el despacho del Director—. ¿Tú has dado el visto bueno a los becarios del verano?

—Eh… Bueno, sí, en realidad ni me he ocupado. Le dije a la secretaria que diera el *okei* a los de prácticas si cumplían las condiciones. No sé con quién lo habló.

—Pues, si no te importa, el año que viene voy a asumir yo ese asunto —apunta la Subdirectora.

—Vale. ¿Para qué quieres complicarte más?

—Es que tú ni te has olido el reparto por las secciones. ¿Has visto a esa niña rubita tan mona que está en Internacional?

Yelbes pone cara de a ver a dónde me lleva esto.

—Joder, al final va a ser verdad eso que dicen de ti, que pasas por delante y ni miras ni te enteras de los jaleos. Joder, que tienes a la niña esta pegada a la puerta de tu despacho, que está sentada con los pájaros esos de Internacional. Esa niña pequeñita, rubia, con una carita monísima…

—Sí, sí.

—Unos cojones sí. No sabes de quién te estoy hablando. Ni te has fijado. Pues tiene loquitos a todos los tíos de la sección, no hacen más que tonterías, ni se centran con las noticias. Ya les he dicho que estoy harta, que la muchacha, que por cierto lo está haciendo muy bien, se viene el lunes al lado de mi mesa, cerca de mí, porque apunta buenas maneras y estos imbéciles la van a estropear. Todos con la tontería de la nueva, y cuando llega la hora no hay ni un titular puesto en las páginas, se lo acabo de decir, hace tres días que no me traéis más que chorradas, poneos a trabajar y a buscar buenas historias, que solo estáis con la novedad del verano. Les he echado otra bronca, que no aprenden, que no es la primera vez, que hace cinco años casi le cuesta el matrimonio al del bigote, que ya está bien el cachondeo, que si se creen que siguen teniendo veinticinco años.

El Director se echa a reír. La típica historia de las redacciones. Suelta el bolígrafo y escucha, va a disfrutar de unos minutos de relajación.

—Tú… Tú solo estás al puto trabajo y no ves nada. Pero el que se ha fijado en la rubita es el Fenómeno, ya sabes, Pulpón, el Fenómeno, así le llaman. Cada vez que pasa por delante de la sección, Pulponcete, si ve tu puerta cerrada, aprovecha para plantarse y darle la lata a la chiquilla, que se pone hasta colorada y pensará quién es este viejo tan pesado. Es un cachondeo general, todos observando de reojo y mirándonos entre nosotros, la caña que le da a la pobre. La niña parece buena gente, le responde, se pone roja como un tomate.

—O sea —interrumpe el Director—, que lo importante que querías contarme sobre la becaria guapa es esto, nada de los calientes de Internacional.

—Es que si no te lo digo, no te vas a enterar. El que te imaginas, cada vez que ve acercarse a Pulponcete a la sección me manda al móvil un mensaje de alerta: ahí viene, ahí viene, me escribe. Y yo, por supuesto, aviso a los de la Mesa de Información. Pobre chiquilla.

—Buf, no sé cómo puede zascandilear tanto con todo el trabajo que tenemos encima.

—Pero no pensarás que ese trabaja ni la mitad que nosotros… Pero si dedica la mitad del tiempo a sí mismo, a mantener sus embustes, a estar de charla con unos y otros, de recaditos y chorradas, a ir con dimes y diretes. ¿Pero no has visto que es capaz de estar veinte minutos de pie con uno de palique, pegando la hebra?

—Vale, llama a la gente, que la portada no va a salir sola. El Editor de Local estaba pendiente del brote de legionela, ha mandado a un fotógrafo al hospital para sacar a los afectados. Otra imagen no vamos a tener para la primera página.

—Espera, que no quiero dejarlo aquí. Ya en serio, ¿tú sabes que va a por ti? Como sabe que conmigo no puede y lo ha asumido, ya no se sienta los viernes por la tarde en mi mesa para sonsacarme, aprovechando que estás en casa escribiendo la página del domingo. Ahora utiliza los mediodías, cuando has salido a comer, y engancha de improviso al que se haya quedado rezagado en la Redacción. Ayer le tocó al pobre Contreras, luego vienen y me lo cuentan. Le da muchas vueltas a los temas, que cómo anda la Alcaldesa, que si es demasiado amiga del Director, que si deberíamos haber sido más duros con ella por lo del corte de calles del otro día… Ahora, el Contreras es una roca, ya le conoces, ni se inmuta, en cuanto me vio lo soltó todo. Y, pásmate, Kike me acaba de contar que el Fenómeno le cogió de improviso para invitarle a comer, que necesitaba hablar con él, ¿a que no te lo ha contado?, y la comida fue una encerrona. Que *El Periódico* está mal, que no acertamos, que él no sabe lo que pasa en la Redacción, que está muy preocupado, por eso tiró la pared que nos separaba de Administración y de su despacho, que necesita gente de confianza y con espíritu crítico para mejorar *El Periódico*, gente que le cuente cómo estamos, si actuamos de verdad como profesionales, que él qué problemas ve. Sí, sí, todo eso. ¿A que ahora sí estás cabreado?

—Me cago en la leche… Es que no para el tío. En vez de ayudar, centrarse en traer ingresos, conseguir publicidad, eventos, vender anuncios, se dedica al chascarrillo y a las miserias. No aprende. Hace tres meses, y esto no te lo he contado, intentó montarme un numerito sobre la fusión de las cajas de ahorro con el Supervisor de Publicidad al lado, que le habían dicho que no sabíamos enfocar el tema. Le corté de raíz. Le dije al día siguiente: «Oye, una cosa: *El Periódico* ya tiene responsables de sección. Los matrimonios que cenan los viernes con el Jefe de Operaciones y su señora no son nadie, no son los editores encubiertos de *El Periódico*, aquí no vas a venir los lunes con una listita que te han hecho tus coleguitas mientras os tomáis las copas. Te traes al que quiera aprender el oficio y le pongo a escribir breves, luego ya iremos viendo». Se quedó muy cortado y cambió de conversación, pero esto que me cuentas es gravísimo.

—Menos mal que se le adivinan las intenciones. No sé cómo doña Amparo no se da cuenta. Es sonrojante cómo trata a la familia fundadora, que lleva con nosotros toda la vida. Se ríe de ellos, los usa y ningunea, les miente. Por lo visto, pretende dar el discurso de bienvenida en el evento de ciudades inteligentes, en lugar de doña Amparo. Dice que es un tema que conoce a fondo y que quiere impresionar a los patrocinadores para que pongan más dinero. ¿Se puede ser más petulante?

—Está cada vez más trastornado. Ya no le llevo a mis comidas de trabajo y procuro no ir a las suyas, es un incordio, una pérdida de tiempo, no obtengo ninguna información cuando voy con él, es un vanidoso que se pasa el rato parloteando y no deja que escuchemos a los demás, que nos expliquen lo que saben, sus historias, no huele una noticia aunque la tenga delante de sus narices porque solo se escucha a sí mismo, se excita con sus propios pensamientos. Tuvo el santo arrebato de aclararle al dueño de la aerolínea las verdaderas incógnitas de su negocio; al fin ha sabido el hombre por qué vuela cada cacharrito que le cuesta cincuenta millones de euros; no sé cómo ha conseguido tener dos mil empleados y cuarenta aviones sin conocer a Pulpón. Nos hace quedar como Cagancho en Almagro.

—Lo sabe todo.

—Al propietario de la concesionaria de basuras le dibujó en una servilleta la manera de cambiar la gestión de su empresa de arriba abajo para ganar más dinero. Me llamó luego y me dijo entre risas que no dejara escapar a Pulpón: «Es todo ciencia infusa, pero eso sí, no vuelvo a comer con él».

Justo en ese momento entra una llamada en el móvil de Yelbes. Mira y revive su cabreo.

—Hablando del rey de Roma: aquí aparece. Le habrán pitado los oídos. Voy a cogerlo. Ve llamando a la gente para la reunión de portada.

Sale la Subdirectora, dando saltitos de risa.

—Sí, Pulpón. Qué pasa, dime.

—Oye, estoy muy preocupado, bueno, me toca los güevos, tenemos que hablar con tu gente, hay que ser más cuidadosos, debemos tratar al personal con más respeto, es un tema de dignidad, me dicen en recursos humanos que los redactores de Local se van a dar de baja por ansiedad, que están hundidos, que tienen mucha tensión, que el editor de la sección les cambia continuamente los temas, les corrige las páginas, es pa cagarse, que están inseguros… *El Periódico* tiene que velar por el decoro, tiene un prestigio…

—Pulpón —le interrumpe—. Pulpón, que son las seis de la tarde y todavía me quedan cinco horas de faena, hoy tampoco voy a cenar con mis hijos. ¿Me estás comunicando alarmado que el

Editor de Local está haciendo exactamente el trabajo que le corresponde? Supervisar, corregir, cambiar, impulsar. Así es como funciona un diario. Déjanos a nosotros los asuntos editoriales y profesionales, que tú tienes otras preocupaciones.

—Todo está relacionado, das a la gente demasiada cancha y...

El Director ha ido adquiriendo un hábito discreto. Cada vez que el Jefe de Operaciones le llama a deshoras, aparta el teléfono de la oreja, se afloja la corbata, le deja explayarse —se puede tirar varios minutos parloteando sin tomar aire, no necesita interlocutor—, y entretanto saca del bolsillo derecho de la americana su Hunter de 170 mililitros, puro acero inoxidable y piel de becerro con una leyenda grabada: EL BOTIQUÍN. Le pega un trago largo, o dos más cortos, según la tarde, apura de golpe un tercio de la petaca con el DYC 8, y ya se siente preparado para el juego endiablado del Jefe de Operaciones.

—Pulpón, hace un par de años, justo antes de que yo llegara, tu departamento abrió una sección de clasificados para adultos porque era dinero fácil pese a que *El Periódico* jamás en su vida había publicado anuncios de contactos. De prostitución, si hablamos claro. Tengo un montón de cartas de protesta de lectores fieles e indignados, me han llamado de varios confidenciales... Esto sí está afectando al prestigio de *El Periódico*. Una ONG ha exigido retirar los anuncios que les damos gratis porque no quieren aparecer junto a culos, tetas y demás fandangos, y tú vienes a criticarme cómo se trabaja en la sección de Local, algo sobre lo que no tienes conocimiento. Limpia la inmundicia que hemos provocado con los anuncios puteros, que eso sí te corresponde. Yo arreglo mis asuntos, pero no vengas a crearme problemas nuevos. Hemos ensuciado *El Periódico* por una puñetera ocurrencia. No se te pase por la cabeza tratarme como a un principiante, que no me vas a mandar de vuelta a la facultad.

—Ya estamos otra vez con lo mismo. No puedes ser tan reactivo, todos estamos aquí para mejorar *El Periódico*, esto no es cosa de uno solo. Yo sé que lo que te digo te lo tomas a mal de entrada, pero luego reflexionas y sabes que tengo razón.

—Pulpón, que tengo a la sección de Cierre todas las noches tapando publicidades con fotos obscenas y frases sobre felaciones para que no se las encuentren al día siguiente los nietos de nuestros suscriptores gracias a tu maravillosa idea. ¿De qué me estás hablando? Y los de Comercial vuelven con la cantinela de insertar páginas publicitarias con apariencia de noticia, siguiendo por lo visto indicaciones tuyas y confundiendo al lector. Ya he advertido a Cierre que cada vez que vean una página sospechosa la levanten para corregirla antes de imprimirla.

—¿Tú sabes los números rojos que llevamos este mes?

—Pulpón, me están esperando para hacer la portada. Adiós.

—Vale, pero tenemos que seguir hablando. No podemos permitirnos que el personal cause baja por ansiedad porque no sabemos tratarlos.

30

La sala biblioteca del Hotel Inglés, cerrada a los huéspedes y protegida de las miradas ajenas, es el lugar de encuentro habitual de la peña de periodistas. Se intercambian las últimas confidencias. La política bulle. La ciudad ha trazado una raya de separación con el partido que lleva gobernando casi dos décadas. Aparece el invitado, saluda, cada cual disimula lo que puede, como si no tuvieran contacto frecuente con él a través del móvil, cada uno por su cuenta. Se trata del Fundador, el primer líder del partido que alcanzó la presidencia de la Generalitat, Eduardo I. Así le llamó Yelbes en su crónica dominical de hace un mes. La Alcaldesa le llamó nada más terminar de leerla.

—Que la Mare de Déu nos ampare, es verdad que ha vuelto. Mira que lo sabía.

—Ha vuelto, sí, está dentro otra vez. Es el principal apoyo del Nou President, lo apadrina en Madrid y lo tutela aquí. Le está dando un máster urgente de alta política.

—Ahora entiendo la obsesión de Juandiós por matarme en cada página de *El Nacional* mientras mima al Nou President. Eduardo anda detrás.

—Han formado un trío de intereses.

—Pues entre Eduardo y Juandiós al pobrecito se lo meriendan

en cuatro días, no le van a dejar ni las raspas, ja. Ahora, conmigo no van a jugar. En cuanto me lo encuentre se lo echo en cara.

El Fundador se sienta en el centro de una mesa cuadrada en el reservado del Hotel Inglés. Se conduce como quitando importancia a su condición de expresident y exministro, pero es fiel cumplidor de los ritos del estatus, del tratamiento cordial pero con expreso reconocimiento de la posición de cada cual, de saber quién es quién y de que lo consideren como corresponde. No va de jarrón chino, no es un muñeco disecado, sigue manejando muchísimos hilos y contactos. Habla con atildamiento y parsimonia, come muy poco y con comedimiento, lo mismo con la bebida, el poder activo precisa de unos usos contenidos, sin desbordarse, es una disciplina más para mantener el autocontrol y la forma física y mental. La desgana medida es su pose predilecta, como si no le diera importancia a lo que cuenta o le diera pereza hacer un juicio crítico sobre terceros; las claves se le van escapando sin aparente pasión, por deferencia a sus interlocutores, como si los mensajes que va soltando no fueran de su incumbencia, aunque pretende sin duda que queden bien fijados en la mente de sus comensales.

—No es verdad que yo esté detrás del Nou President ni de nada, por mucho que quede muy lucido en los artículos de prensa —declara—. Lo sabéis, soy amigo de Juandiós desde que montó su diario y vino aquí a abrir la delegación, yo le ayudé mucho en un momento muy complicado para él. Y sí, le he puesto en contacto con el Nou President. Sí, el Nou President me pregunta algunas veces y yo le doy mis puntos de vista. Pero nada más; de hecho, no me hace ningún caso. Lo que ocurre es que para mí la situación ha cambiado como de la noche al día, yo he estado años sin aparecer por aquí porque me hostigaban, me perseguían y me vigilaban. En el aeropuerto había un director que tenía dada la orden de que le avisaran en cuanto me vieran desembarcar para advertir al partido de que había llegado. Como lo oís. La gente tenía miedo de verse conmigo, porque luego les pasaba factura. Y ahora yo puedo venir con normalidad, puedo comer con vosotros sin esconderme, y me gusta venir, sí, tengo muchos amigos y conocidos, algo parece que yo hice por esta tierra, algo he tenido yo que ver en su despegue económico, me parece que tengo ganado el derecho a estar aquí si quiero venir. De hecho, me voy a buscar una casa, ya se lo dije al Director, y como está aquí no me dejará por mentiroso.

La vez anterior que se vieron a solas, el Fundador, con las cartas sobre la mesa, le reveló a Yelbes su versión sobre el enfrentamiento con su sucesor, el expresident de los trajes, que llevaría al partido a una guerra civil que él acabó perdiendo. El Fundador ya estaba de ministro en Madrid, dejó en la presidencia de la Generalitat a un interino hasta las elecciones. Faltaban pocos meses para ir a las urnas, tocaba nombrar candidato.

Así lo contó: es de noche y salen de un acto a cien kilómetros de la ciudad. Mientras enfilan la autopista A-7, el Fundador saca el tema a relucir.

—Oye, Paco —le dice—, supongo que llevas un tiempo esperando que hablemos, pero ya está aprobado por José María. El presidente te ha bendecido, vas a ser el candidato del partido a la Generalitat. Está hecho, si a ti te parece bien.

El otro oye confirmarse lo que tanto esperaba escuchar, lo que todo el mundo da por descontado sin que estuviera oficialmente despejado hasta ese mismo momento. Tiene muy ensayada la respuesta, pero se hace el sorprendido y se desata en elogios desmedidos.

—Es un honor, Eduardo, un honor. Esto nunca lo olvidaré, es el sueño de mi vida, yo soy un hombre tuyo, para lo que necesites, para lo que me pidas, cuando sea, continuaré tu obra, nunca te defraudaré, eres el más grande, todo esto te lo debemos a ti, es obra tuya.

El Fundador le deja hablar, que haga expresa su declaración de intenciones, se deja halagar para ver hasta dónde llega el hilo de las alabanzas. Pero, práctico como es, una vez resuelto el asunto de las fidelidades, quiere atar lo importante.

—Lo único, Paco, es que hay algunas personas, unas pocas, no muchas, con las que estoy en deuda; han estado siempre conmigo, y contigo, Paco, y me gustaría que las cuidaras, que siguieran en sus puestos. Es lo único que quiero pedirte.

Cuando recuerda este momento, el Fundador asegura que su sucesor se exaltó al oír la petición y, con maneras algo arrebatadas, le pidió al conductor del coche oficial que se detuviera un momento en la cuneta y parase el motor. Estupor del chófer y más aún del Fundador, que mira a los ojos al conductor por el retrovisor interior para darle su conformidad con un leve cabeceo. Con el coche detenido en mitad del arcén de la autopista, noche cerrada, las luces de emergencia conectadas, otros vehículos pasando a su lado a gran velocidad, Paco jura su solemne promesa de lealtad eterna y generosidad con las huestes del Fundador. Para que conste. Tras reanudar el viaje, el Fundador añade que también va a dejarle la presidencia regional del partido, porque eso le ayudará a impulsarse como líder, a lo que el otro responde:

—No hace falta, no lo dejes, no te vayas nunca, el partido para ti. Quédate siempre.

Y siendo esto así, o así lo cuenta el Fundador, tan bonito y versallesco, el pacto de caballeros se resquebrajó a la primera de cambio y empezaron a cruzarse los navajazos. El Fundador perdió a sus partidarios, que se cambiaron de bando para sobrevivir, y los pocos que le quedaron fueron marginados y perseguidos. A rey muerto, rey puesto.

31

El maldito reloj, quién se lo iba a decir, costaba dos mil cuatrocientos euros. Supo que era bueno en cuanto lo vio, pero, vaya, nunca imaginaría que valiera esa barbaridad. ¡Cómo debió de gustarle! Los primeros meses lo usó, pero luego ya debió decidir que era más conveniente guardarlo. Hummm… Empezaron los rumores. Lo ha devuelto, ya no lo tiene. En realidad, se lo han requisado. ¿A cuántos días de cárcel le va a salir cada vez que se puso ese asqueroso reloj? Lo mismo son tres meses de encierro por cada mañana que al pasar por el tocador se le ocurrió colocárselo en la muñeca. Es un asunto triste, como para cogerle tirria a todo. Nueve años de prisión le pidieron, y como tales los cumplió. Muchas noches para contar los minutos y echar cuentas en una litera y acordarse de las zalamerías de Alvarito, el de los bigotes zarzueleros. ¿Cómo la llamaba el artista? Mi reina, decía, reina, la llamaba el Alvarito. La reina enrejada, porque lo suyo no se arreglaría como el caso de los trajes. Ella no tenía escapatoria, ya no. De hecho, qué escapatoria, ni salía de casa, todo el día allí dentro enrejada, sin pisar la calle, olvidada de todos, escondida, esperando, una donnadie, ni siquiera sus vecinas sabían bien lo que había hecho después de dejar la alcaldía del pueblo, ¿consejera, presidenta de la Asamblea? Milagrosa se dedica a la política en la capital, se decían entre ellas. Una donnadie. De la casa clausurada saldría camino del presidio. Esa es su historia con el President y el reloj de los dos mil cuatrocientos euros.

Milagrosa Joyamía fue la primera consejera del expresident juzgada y condenada, junto a su compañero, el Conejo. De políticos a presidiarios. La política, la mala política, emparejó a dos seres dispares. Antagónicos. Una, alcaldesa de pueblo, sumisa al mando, fiel a la jerarquía, simple, bienmandada. Un cero a la izquierda. Hizo lo que creyó que le tocaba hacer, con órdenes o sin ellas, y benefició a unos pícaros adjudicándoles varias contratas. Además, le regalaron un reloj de lujo que contó las horas y minutos de su estancia carcelaria desde algún depósito judicial. El otro, ay, era un tío de leyenda. Una cabeza inteligente, prodigiosa, intrigante, una perspicacia incisiva a la que le encajaba aquel dicho de la jerarquía tardofranquista: vista de halcón, paso de buey y diente de lobo. En el hampa que dirigió desde las sombras de la Administración era conocido como el Conejo. Sacó cinco millones de las consejerías que dirigió con destino desconocido; lo que iban a ser ayudas a fundaciones, ONG y un hospital en Haití se transformaron en apartamentos de lujo en Florida. Fue condenado dos veces a un montón de años de cárcel; en el primer juicio quedó demostrado que los cinco millones se evaporaron no se sabe dónde, en el segundo se encontró el rastro de la malversación. Antes de la condena, el Conejo tiene un último encuentro con *El Periódico*.

—Es muy sencillo —dice—: el dinero nunca llegó a Haití porque nunca salió de la consejería. No se pagaron esas partidas porque las restricciones presupuestarias lo impidieron. No había recursos en la Generalitat, y por tanto tampoco se mandó la inversión a ninguna parte.

El Director y la Subdirectora se miran atónitos. El cuajo que se gasta este personaje... El Conejo continúa con su cantinela:

—Y otra cosa, ya que estamos hablando, que no sé cuándo nos volveremos a ver, porque voy a ser procesado… Algo ha pasado en las últimas semanas, alguien ha hecho algo, porque la juez está cambiando sus planteamientos, aunque mi tranquilidad es total. Pero os he llamado porque quería contaros otra cuestión. Estad atentos: el Jefe de la Dipu es una bomba andante contra el Nou President. Le han tocado las narices y se va a poner a molestar.

Será la última vez que se vean. Los periodistas, tras el almuerzo en Casa Eulogio, cogen un taxi camino de la Redacción.

—Oye, ¿cómo era la historia de este hombre? —pregunta el Director—. Cuando fue consejero con la izquierda, antes de que los conservadores llegaran al poder.

—Un caso único —recuerda Concha Barrado—. Su mujer era la secretaria del President de la Generalitat con aquel gobierno, y él, consejero de Urbanismo o como se llamara entonces. Estamos hablando de hace veinticinco años, yo era una cría. El caso es que le acusaron por una recalificación de terrenos y él quedó libre, pero por si acaso, o por lo que sabían, le echaron del Gobierno autonómico y del partido.

—Eso cuadra con lo que me contaron sobre él. Que se fue con toda la información reservada que tenía sobre los suyos a ver a nuestro fenómeno, el Fundador, y este le fichó sin pensárselo dos veces. El Conejo fue pueblo por pueblo buscando trapos sucios de la izquierda, conflictos personales, asuntos de dinero, y tras la victoria electoral le premiaron con su vuelta al Consell. Ha ocupado siete consejerías distintas y, según la instrucción judicial, por todas las que ha ido pasando se ha acompañado de los mismos oscuros personajes, dentro y fuera de la Administración.

—La verdad es que lo de llamarlo el Conejo le pega enterito. Los de la UDEF son unos cachondos poniendo apodos —responde la Subdirectora.

Ya en la sede de *El Periódico,* Yelbes vuelve a leer el anónimo que llegó hace pocos días sobre las andanzas del Conejo y su esposa. Ya estaba sobre aviso de que esta era la tierra de los anónimos y las delaciones. Revisa el cúmulo de acusaciones, imposibles de publicar sin ser antes acreditadas, pero que con toda seguridad tienen también en su poder otros medios de la ciudad y el fiscal Cascano. Los ventiladores de porquería funcionan a pleno rendimiento contra esta pareja. La esposa al frente del Museo Autonómico, y él, dentro de los sucesivos gobiernos. Ella gastó más de dos millones de euros en viajes y restaurantes y usó recursos públicos para fomentar la carrera artística de su primogénito. Y está investigada por amañar contratos, siempre con la misma trampa: en el último minuto aparecía una oferta más barata que las demás, muy poco más, pero lo suficiente como para quedarse con la adjudicación de catálogos, imprentas, cartelería, etcétera. Acabó condenada a año y medio de cárcel tras pactar con un compañero de Cascano. El Conejo tenía don de gentes y era avispado, astuto y simpático. Su mujer, muy fuerte, muy borde y muy sectaria. Se hicieron a empujones con un espacio propio en el poder emergente, siendo tránsfugas sospechosos. La base social conservadora siempre los vio con recelo, pero el partido y los dirigentes de turno los acogieron encantados porque conocían a fondo a los adversarios y sabían cómo tratarlos. Fueron unos mercenarios muy rentables y proactivos, una adquisición provechosa para fortalecer las líneas defensivas, y cumplieron su contrato durante veinte años, a cambio de que nadie se entrometiera en sus tinglados.

32

Cascano va dejando de ser un profesional discreto y casi invisible fuera de las paredes de la fiscalía; sus pasos, sus actuaciones le han proporcionado ya mucha celebridad, pese a su insultante juventud. Un hombre que empieza a ser conocido por toda la carrera fiscal, en cualquier lugar de España. «Qué tío, la que está armando», eso circula sobre él. Se ha revelado como una conciencia crítica, ética, en un país consumido por el latrocinio. Un profesional que vive con algo más de tres mil euros mensuales, que va y viene entre su casa y la oficina en un utilitario, con la holgura del funcionario público, pero que tiene que echar cuentas para comprar un traje de gama media, algo más presentable que las ofertas de los *outlet,* que tiene el mismo sueldo que los consejeros del President, pero, frente a ellos, no es invitado a los restaurantes de postín a cien euros el cubierto. Pertenece al pueblo, a la clase media, que se está empobreciendo estos años con la subida de las hipotecas y el recorte de las nóminas. Su nivel de vida se parece más al de la tropa de funcionarios de base que al de los instalados en el poder a los que teóricamente pertenece por el puesto que ocupa. Está viendo de cerca —a unos centímetros— la corrupción, la vida aprovechada, la mediocridad de aquellos que encima se han estado forrando, y, visto desde fuera, parece que quisiera ponerles coto, perseguirlos, detener a los malos para que paguen sus fechorías. Está cerca, muy cerca —es cuestión de tiempo— de poner tras las rejas a una lista enorme de políticos. Y ha aprendido cómo hacerlo.

Cunde la impresión de que no son casos aislados, ni tampoco cuatro trajes, sino un mal extendido, generalizado. Y Cascano parece ir a por todo, aunque el tiempo demostrará que su obsesión es el expresident, que se libró del asunto de los trajes, pero contra el que activa a continuación una decena de nuevos procedimientos. Le va a acorralar, está en ello; lo que no le hicieron pagar por los trajes lo lograrán las confesiones judiciales de sus subordinados, a quienes va poniendo en fila india para tomarles declaración. Pero, sorprendentemente, el dimitido president irá escapando de todos los anzuelos. Todos los días Cascano abandona el despacho antes de comer para ocupar las tardes en su buhardilla, en el chalé adosado de las afueras, sin compartir la gloria. Allí guarda las carpetas con los procesos inmaduros; le espera trabajo a la vista para varios años. Van llegándole más asuntos, sobre la construcción de colegios, la Fórmula 1 y hasta el palacio de la Ópera. Lee la prensa con detenimiento, busca en los últimos párrafos de las noticias («mira, esto se me ha escapado»), sigue la pista y deja escritas las intuiciones que le asaltan sobre la marcha. Ahora tiene prestigio, un extenso equipo policial a su disposición y mucha hambre de servicio. Está decidido a acometer nuevos casos, irán saliendo con su firma uno detrás de otro. El tiempo también dictará sentencia sobre la actividad febril de Cascano: probó el sabor del éxito y ya no pudo parar.

Desde Madrid le llegan felicitaciones, es toda una estrella. Anticorrupción ve en Cascano al fiscal más capaz del departamento. Hay interés en sus proyectos desde la Fiscalía General. Recibe alabanzas de todas partes. «Es un ejemplo para los demás, tiene que empujar, ejercer de vanguardia, esto no es trabajo para uno solo, le tienen que seguir otros compañeros, aquello es lo peor de España, hay que destaparlo todo, él nunca quedará desamparado, nuestro apoyo es total». La red, finalmente, se va tejiendo. Una oposición angustiada tras innumerables derrotas electorales por fin se pone en marcha. A la diputada Oltra le ha gustado lo de subir a la tribuna de la Asamblea con camisetas con la cara del President estampada, a la manera de un fugitivo; el truco ha causado efecto y lo repite. La crisis económica galopante ha destruido las economías familiares mientras se extienden las manchas de la corrupción de la clase política. Los medios de comunicación viven en una intensa competición por correr más que el de al lado y llegar antes a la exclusiva de internet. La tormenta idílica, absoluta, devastadora está en marcha, y algunos elementos de la Fiscalía, airados porque se les escapó el dimitido President, se han propuesto levantar todas las alfombras.

La oposición política se pone tras la senda del fiscal. Quieren contactarle, aseguran que tienen papeles, eso dicen, y proponen tomar un café donde nadie pueda verlos para colaborar por el bien de la justicia. Insisten en propiciar un acercamiento a través de algún conocido mutuo. Buscan intermediarios para informarle de los planes: «Dile al fiscal que nos ponemos a su disposición, que lo primero es limpiar; dile que cuando ganemos, que será pronto, crearemos una oficina contra el fraude y la corrupción, con presupuesto y funcionarios propios y el máximo nivel administrativo y político, total independencia, solo reportará a la Asamblea; por supuesto, es suya si le apetece el reto de liderarla, estaría a su plena disposición». La oposición quiere ofrecer a Cascano una herramienta política con la que la Fiscalía tendría más facilidades como centinela y garante de la ley en la lucha contra la corrupción. Música celestial, sublime, para la vanidad de cualquier profesional.

Pasados los años también le tantearán para entrar en política, como independiente en una lista, pero aquello no fraguará, no es lo suyo, bajo ningún concepto, en eso nunca se ha engañado, ha visto demasiada suciedad en los meandros de la política. Aprobó unas oposiciones, cree en el servicio público. Nunca dará el salto al lado oscuro.

También se percibe en la Ciudad de la Justicia una mayor deferencia hacia Cascano por parte de algunos jueces, más considerados en los últimos meses, algún elogio espontáneo o la prioridad de la que comienzan a gozar sus requerimientos, velocidad procesal. El soniquete de la influencia. Y se observa prevención e inseguridad en la mirada de algunos abogados de la defensa. «Cuidado con Cascano, no pasa una, pies de plomo, no debemos ir de listillos con él ni meter la pata». Se nota ansiedad en los periodistas de tribunales por ganar algo de acceso al fiscal estrella, pero él nunca juega esa baza, no arriesga. El único reportero que parece romper ese muro es Domingo Uclés, y nadie sabe cómo lo consigue, siempre se adelanta en lo que concierne al nuevo Eliot Ness de la Fiscalía. Los tiempos de Starsky y Hutch han quedado atrás: solo cabe un pistolero con estrellas en ese corral. Cascano estudia nuevas investigaciones con las que empapelar al poder maldecido, pero ignora las primeras sospechas que se van cerniendo sobre él, está aislado de los circuitos externos. La Fiscalía es cada vez más un colador; eso piensan los reporteros avergonzados por la brillantez de Uclés (convertido en el periodista de investigación de moda que colabora en los programas de televisión más incisivos), los policías asustadizos y los jueces cabreados por las continuas filtraciones de sus sumarios. El runrún cada vez suena más, pero nunca habrá huellas que pongan en cuestión las increíbles habilidades de Domingo Uclés.

Cascano no se siente concernido, nada de eso tiene que ver

con él, y prosigue su ofensiva. Los lunes se han convertido en el día crítico en el que suelen estallar los nuevos escándalos, y uno de esos lunes aparece otra bomba nuclear en *El Nacional,* el órgano oficial del Nou President. Portada única: «Los sobrecostes en las obras de los colegios revelan comisiones masivas de las constructoras». También eso lo investiga Cascano. Nuevamente se repite el método habitual de persecución de la corrupción política, que suele empezar con dos semanas de tiroteo intenso en la prensa, la artillería ligera al ataque antes de que la Fiscalía haga acto de presencia. Siempre con el mismo orden: primero, la campaña mediática de fogueo; segundo, se activa la oposición con ruedas de prensa y acciones parlamentarias; tercero, el Consell, que nunca sabe nada, promete una investigación interna, y cuarto, la actuación oficial de la Fiscalía Montada a modo de ataque definitivo. Así se echan los galgos a correr tras la liebre de la corrupción.

El consejero afectado por este último escándalo, ya retirado, lo niega todo y presenta las cuentas oficiales, pero da igual. Se activan las imputaciones a su equipo: registro de cuentas bancarias, declaraciones de IRPF, patrimonio, activos de los cónyuges, de los hijos, los padres... «¿Adónde ha ido el dinero?», preguntan. «¿Qué dinero? —responden—. Está todo ahí, gastado en el centenar de colegios abiertos durante una década, justificado cada céntimo». Pero el público —la ciudadanía ahora se ha convertido en público— sospecha, está curado de espanto, le parece al público que cien colegios no valen tanto dinero, qué va, el público ya se ve con discernimiento para ponderar el coste del metro cuadrado de los colegios, de los puentes, de los polideportivos y de lo que sea, y si no ya habrá alguna tertulia en televisión que exponga la contabilidad verdadera, como si fueran suplentes del Tribunal de Cuentas. El público ha perdido su ingenuidad, su fe en los políticos, y está convencido de que todo saldría más barato, es evidente, si no fuera por las comisiones encubiertas que obtienen. Por supuesto, el público cree que todos están poniendo el cazo, recibiendo sobresueldos encubiertos, comisiones. Eso cree el público; ya no confía en los políticos, confía en los jueces, en los fiscales, en Cascano, coronado como nuevo héroe de la justicia y de la democracia, el héroe del pueblo.

33

—Director, ¿cómo vas? Acabo de cruzarme con el bueno de Silvestre en la plaza de la Virgen. Le veo mejor ahora que ha dejado el Consell.

—¿Y le ha contado lo de su tía Enriqueta?

—Eh…, sí, me lo ha contado.

—Que la tía Enriqueta ya no lee *El Periódico* porque solo le provoca disgustos con esas noticias que a la tía Enriqueta le desagradan y le estropean el día.

—Exacto, sí, je, je. Veo que también te lo ha dicho a ti.

—Alguna vez, doña Amparo, ya lo creo que sí.

—Sabe dónde darnos un pellizco el puñetero. Sabe que tenemos muchos lectores para quienes es difícil procesar lo que está pasando, tanto sinvergüenza, gente a la que han votado y que se comporta así. Pero qué le vamos a hacer; *El Periódico* está para eso, por eso seguimos aquí, como decía siempre mi padre. Estamos haciendo nuestro trabajo, eso también lo ve mucha gente. Menos mal que tuviste la idea de que había que corregir el rumbo.

—No era ninguna idea, sino cumplir con el mandato fundacional de *El Periódico*. Y gracias a eso *El Periódico* ha vuelto a respirar, camina.

—Es verdad, pero se nos están enfadando algunos antiguos

amigos. ¿Tú crees que el expresident provocó la corrupción? Siempre pensamos que esas cosas pasaban antes, con Eduardo, entonces sí que se veían asuntos feos, sucios, gente de repente con mucho dinero, pero Paco parecía otra cosa.

—Doña Amparo, lo que pensemos o creamos no es demasiado relevante para lo que tiene que hacer *El Periódico*. Lo importante es lo que sabemos, lo que está constatado, eso es lo que no podemos dejar de publicar.

—Por supuesto, sí, pero ¿crees que está implicado?

—Lo que trascendió de los trajes concluyó en una sentencia que descarta la corrupción personal, nada más que hablar, yo lo asumo y además lo creo. Ahora bien, se ha demostrado como un gobernante mediocre, de ahí las responsabilidades políticas. Nos hemos acostumbrado a elogiar a la gente por el simple hecho de que no robe, al margen de si hace bien o mal su trabajo.

—Director, eso no es poco. Tal como está el patio, con que no se robe ya ganamos muchísimo.

—Sí, pero no lo suficiente. Primero porque algunos de los suyos parece que sí robaron, veremos, y sobre todo porque un gobernante también debe controlar la institución y liderar la organización, y lo que estamos viendo es que la Generalitat y el partido fueron una viña sin amo, un circo, una feria de vanidades. Cada uno a su aire, sin dar cuentas a nadie, con los números en rojo y con la única preocupación de colmar la vanidad del President con elogios y pleitesías.

—¿Y es culpa de él, tú crees? Le conozco bien, es un buen hombre, buena gente de verdad.

—Claro que es su culpa. Si esto ocurriera en *El Periódico*, creo que usted me diría algo, incluso tendrían que hacer algo conmigo desde el consejo de administración.

—Visto así… La semana pasada me crucé en el AVE con el

que fue su vicepresidente económico, se me ha olvidado su nombre. Menuda papeleta nos dejó…

—Es la segunda vez que se lo encuentra. Acuérdese hace un año, cuando volvía de la inauguración de Fitur. Esa mañana, en lugar de dar la rueda de prensa, se quedó dormido en el hotel, con un resacón tremendo. Le pegaba a todos los palos el bendito, lo iban contando todas sus novias, porque ni siquiera se hacía respetar por ellas. ¡Los vicios confundidos con el trabajo siempre acaban en un barrizal! —replica Yelbes con un ardor que llama la atención de doña Amparo.

—¿Entonces, era verdad lo que se cuenta de él?

—Ni se levantaba para las reuniones del Consell, y el expresident, que lo sabía todo, callaba. Eso fue lo que en realidad le mató políticamente: dejaba correr los conflictos sin afrontarlos y le terminaban desbordando por falta de sentido de la realidad.

—Menuda tropa. La verdad es que eso de dejar pasar las cosas resulta toda una habilidad, así no te manchas nunca. Y volviendo a la tía Enriqueta, ¿llegan muchas cartas de lectores enfadados?

—Alguna, sí, pero pocas de lectores verdaderos. Otra cosa son las que fabrique el partido con falsos lectores airados, pero la gente está tan escandalizada y avergonzada con lo que ha ido saliendo que ya no le da por protestar con cartas al Director o comentarios en la web.

—Pues no es eso lo que me cuenta Pulpón. Él me dice que sufre mucha presión, que tiene que parar muchas amenazas, pero que te apoya todo lo que puede.

—Doña Amparo, todos los respaldos son bienvenidos, pero usted sabe que los lectores escriben cartas al Director. A Pulpón le pasa lo que a los periodistas primerizos, que les gusta presumir un poco sobre estas cosas y de otras vanidades para darse tono, es una manera de adornarse, si me permite la maldad. En todo caso, si nos llegan protestas es señal de que la gente nos da importancia. Pero podemos estar tranquilos, tenemos a los lectores de nuestro lado. Como decía Indro Montanelli, cuando un diario tiene a los lectores de su parte no hay nada en el mundo que pueda detenerlo.

—A mí la verdad es que, salvo la tía Enriqueta, nadie más me traslada quejas. No te quito más tiempo, justo he quedado ahora con Pulpón para que me cuente algo de unos cambios. ¿Tú sabes algo?

—La verdad que no mucho —miente Yelbes—. Ya sabe que en la parte del negocio ayudo lo que puedo y me piden, pero no estoy encima, es territorio de Pulpón.

Doña Amparo es la bisnieta del fundador de *El Periódico*. Todavía controla una parte de la propiedad tras integrar la mayoría de las acciones en la antigua Sociedad de Diarios Reunidos, que después daría lugar a la multinacional de la salud Total Quórum. La saga fundadora y la Redacción siguen siendo la cara visible de *El Periódico* en la ciudad que ayudaron a construir. Son una parte del paisaje local. Los últimos descendientes del fundador, doña Amparo y sus tres primos, son gente acomodada, sencilla, editores que respiran el mismo oxígeno que el diario y que sus vecinos y que hasta hace unos años vivían en el mismo edificio donde se imprimía la edición cada noche. Confiaban en los periodistas, confiaban en su credibilidad y buen hacer, en el respeto sagrado a la página impresa, a la tinta, y tenían un gerente de confianza, de la casa, para mantener los números aseados y en orden. Llevan años dando pasos atrás, replegándose a una función institucional, de representación, alejada de la gestión. Son gente crédula. Esa mañana, Pulpón va a desplegar todo su poder de seducción para neutralizar los últimos vestigios de los fundadores sobre la administración de la empresa. A partir de ese día serán excluidos de la intervención en el negocio, incluso cortocircuitando los contactos directos con los redactores a quienes conocen desde hace diez, veinte y treinta años.

Sí le duele a doña Amparo que la pasada Navidad, amparándose en los números rojos, el Jefe de Operaciones suprimió el *catering* que desde los tiempos de su abuela se ofrecía a los empleados en la nave de la rotativa. Una tradición. La ocasión en la que la familia fundadora celebraba el año con la plantilla al completo y se expresaban los mejores deseos. El rito se remontaba a los años cuarenta del siglo XX, nada más terminar la Guerra Civil, pero, según Pulpón, el código de buenas prácticas corporativas recomendaba acabar con un hábito paternalista superado por los tiempos y que suponía cierta presión encubierta sobre los empleados, que se veían impelidos a asistir. Doña Amparo disimula su desagrado, su malhumor, al enterarse de que Pulpón tras suprimir la copa de Navidad implantó otra celebración navideña de peor gusto: una cena de empresa para toda la plantilla con bingo, sorteo y barra libre, bastante más cara y en la que excluyó a la saga fundadora. Nada de un encuentro de una horita y vuelta a la faena, no: una noche interminable donde corrieron el alcohol y las confidencias y donde el Jefe de Operaciones solo tomó agua mineral disimulada en copa de balón mientras fluían ríos de *gin-tonic,* a ver quién largaba de más, que ahí estaba Pulpón con las orejas atentas y el radar encendido, saltando de grupito en grupito. Yelbes se hizo el loco sobre la convocatoria hasta que la Subdirectora y los editores de la Redacción preguntaron por tercera vez si estaban obligados a asistir a la nueva celebración. «Vale, es una puñetera horterada, pero yo tengo que ir y Barrado también, que nunca se sabe. Los demás, sentíos libres de hacer lo que queráis», respondió. Los diarios están sufriendo en una guerra desigual entre la información y la cuenta de resultados, los periodistas pierden fortaleza mientras se derrumban las ventas de ejemplares y los ingresos de publicidad. Un desequilibrio peliagudo. Por eso el Director decide asistir a la bochornosa cena del bingo y los sorteos, aunque huye el primero con la Subdirectora. Transige en lo pequeño para dar las batallas grandes, para no generar una guerra entre departamentos. Le deja a Pulpón que disfrute de los momentos públicos necesarios para colmar su ego.

Doña Amparo piensa que *El Periódico* se le escapa y no puede hacer nada. Es consciente de que la familia ya no tiene capacidad alguna de afrontar la crisis del sector en solitario, por sí misma, pero eso es una cosa, y otra, que los expulsen del encuentro navideño con la plantilla, que despidan a su gente —empleados fieles y abnegados— sin acuerdos, o que cierren filiales mientras Pulpón contrata personal de su cuerda. Pero doña Amparo hace lo mismo que el Director: transigir para no provocar fracturas en un momento tan crítico para el diario.

—Bien, Pulpón, si tú lo tienes claro, vale, pero piensa que esto no es un negocio para nosotros, es nuestra vida, nuestra memoria, nuestra herencia, para nosotros todo empieza y acaba aquí, en *El Periódico*. Como accionistas podemos quedarnos sin dividendos, pero *El Periódico* tiene que seguir adelante.

—Puede estar tranquila, doña Amparo. Lo tengo todo claro, lo tengo en la cabeza, lo único que necesito es que me ayude con Yelbes, que comprenda que los tiempos han cambiado y que los periodistas deben adaptarse al cambio, colaborar más conmigo, mostrar menos desconfianza.

—Sí, sí, por eso no te preocupes. *El Periódico* está en buenas manos, tenemos al Director que necesitamos, me lo dice todo el mundo. Tú adelante, busca la forma de volver a los beneficios y recuperar la tranquilidad, aunque nos cueste la jubilación a los viejos carcamales.

—Sería más fácil si la Redacción funcionara de manera más moderna.

—Bueno, tranquilo. Mi familia siempre ha confiado en nuestros periodistas, incluso durante la guerra. Siempre supieron lo que tenían que hacer, con lealtad y una entrega increíble, siempre han estado a la altura.

El Jefe de Operaciones lo deja pasar, por ahora. Es inútil. Esta pobre mujer está desfasada, piensa, por muy presidenta que sea. Ya volverá a la carga más adelante. De momento ha conseguido quitarse de encima a los primos, desconectándolos de la intervención en *El Periódico*. Y doña Amparo sin el sostén de los primos se debilita todavía más. Pulpón también se ha ganado el sueldo esa mañana.

34

El Nou President permanece en la sala de estar aledaña a su inmenso despacho. Son las 18:30 horas, volvió de nadar y se ha quedado traspuesto, echado en el sofá con la tele puesta de fondo con los cuartos de final de tenis. Se levanta, recoge la corbata, hace un rato que se quedó solo, pero ni se ha enterado. En una hora tiene ejecutiva del partido, lleva un año al frente de la comunidad autónoma y todo le parece un mojón. Se pone en pie con pereza, decide darse una ducha, para espabilarse. Que les den a todos esos, se dice a sí mismo. Entra en el baño, construido con gran escándalo en los tiempos del Fundador, ese sí que sabía montárselo bien, un mes estuvo la prensa de la oposición criticando el baño de marras y le dio igual; que si tenía hasta *jacuzzi* para fines inconfesables, y lo que había allí era una mínima ducha de hidromasaje que nunca llegó a funcionar bien. El Fundador sí se dio la vida padre; le envidia. No cree que Eduardo se agobiara nunca el día 15 de cada mes por haberse gastado el sueldo enterito. Va a entrar en la ducha, en el falso *jacuzzi,* se mira en el espejo y cree que se está quedando sin pelo a marchas forzadas, se le ha tensado la piel de la cara, el estrés del maldito Consell; siente el rostro como encerado, duda si está algo hinchado o abotargado, pero por lo demás sigue en forma, se pellizca el ombligo, no le sobra ni un gramo de grasa. Es lo único que sigue en orden, cree. Se mete en la ducha, demasiado estrecha para dos, contra lo que se escribía sobre las andanzas del Fundador. Al salir ya le espera la Gobernanta:

—¿Estás listo? Antes de irte deberías leer el resumen de prensa, ya que no lo hiciste esta mañana. Hay algunas cosillas. *El Nacional* cuenta muy bien lo del plan de choque de sanidad, *El Periódico* en cambio pasa de nosotros y Yelbes ha escrito una columna diciendo que viene el tripartito de izquierdas, que vamos a perder las elecciones. Quizá le gustaría, faltan tres años y el muy listo ya conoce el resultado, predice que nos quedaremos sin mayoría absoluta y que el partido carece de no sé qué idiotez para recuperar la confianza del votante. Deberías llamarle para quedar a comer, que venga aquí, seguro que es otro de esos a quienes les encanta ser invitados al Palau.

—¿Para qué voy a llamarle otra vez? No sirve de nada. Para qué comer con él, no hay forma de hacerle entrar en razón. Viene, hablamos, parece que no hay ningún problema, se va y luego *El Periódico* hace lo que le da la gana.

—Bueno, tenemos *El Nacional* con nosotros y es más importante e influyente, marca la línea en Madrid y es el que leen en Génova. Yo hablaré con Yelbes, puedo ser más clara que tú, apretarle. ¿Por qué no llamas a ese de tu pueblo? Pulpón, el Jefe de Operaciones o como se llame su cargo, no sé si manda algo en *El Periódico* pero está deseando meter la cuchara, nos puede ayudar a tensionar al Director. Anda pendiente de que alguien le haga caso, se le nota de lejos, pero hazlo tú, yo no le soporto, es muy plasta, no para de hablar y además te mira y remira con unos ojos crecidos que parece que te va a meter dentro. Parece una boca de lobo.

—Buf. Y ahora a aguantar a todos esos idiotas. Con un poco de suerte se presenta la Alcaldesa y me fastidian la tarde del todo.

—Pasa de ellos. Eres el President de la Generalitat. Estás muy por encima, pero no te lo acabas de creer. En eso deberías ser como el otro, tu antecesor, el de los trajes se moría de gusto en el cargo, incluso con todos sus problemas y manías, mientras que tú no paras de lamentarte. Serás el amo en cuanto los hayas echado a todos, solo hay que barrerlos. Limpiar, limpiar la mugre.

—Tú sí que disfrutas con esto.

—Es la horita. El coche está esperando. Sal por detrás, que en cuanto lo han visto llegar se han presentado unos cuantos agitadores para montar el follón. No sé cómo lo hacen, o quién los avisa desde aquí dentro, siempre tienen tipejos en alerta.

Desde hace meses, las protestas son constantes. Sindicatos y oposición cuentan con varias decenas de liberados para perseguir al Consell a cuenta de los recortes presupuestarios. Ahí están de nuevo, rodeando el coche, y otra vez el Nou President tiene que dar la cara por asuntos que no son de su competencia. «Que vayan a Madrid a gritarle al Gobierno», se dice a sí mismo.

—Moniato. ¡Eh, moniato!

Se mete en el coche con cara de sorpresa. Es la primera vez que lo oye, el insulto, le han llamado «moniato». «Cagüen...», se sobresalta. La oposición va despertando. La justicia le está haciendo el trabajo de zapa, ellos solo tienen que ejercer de altavoz, estirar el chicle.

La ejecutiva del partido es un polvorín, cada uno a su aire. Allí se encuentra desasistido, no tiene casi a nadie de los suyos. Se presenta sin escudo, sin preparar las intervenciones, y de ahí que en general no le salga nada fundamentado; le torean. Ya decidió que en adelante iba a ignorar a todos esos, ya no pueden hacerle más daño esos bandidos, más allá de intoxicar a la prensa. Observa que de nuevo empiezan a marearle con bobadas, se cansa, se harta y se atreve a improvisar, para descolocarlos y acabar con la reunión de inmediato. Lo suelta de golpe, sin darle muchas vueltas: ha decidido cambiar al portavoz parlamentario, el exconsejero quemado por lo de Haití. Ea, se va, lo echa, pero no solo eso: lo va a expulsar del partido mediante un expediente disciplinario. Acaba de anunciar que se quita de en medio al legendario Conejo, el siete veces consejero acusado de corrupción. Contra lo esperado, nadie se opone ni sale en su defensa, ninguno levanta la voz, ni siquiera el Jefe de la Dipu. No se lo esperaban, están desconcertados y necesitan soltar lastre, oxigenarse, entregar las fichas contaminadas para acallar a la opinión pública y a las fieras de la prensa. La ejecutiva se resuelve rápido, media hora, pero sube el conserje para pedir que no salgan todavía. Otra manifestación en la puerta, ahora son los trabajadores de Canal Nostre contra la amenaza del expediente de regulación de empleo. Se siente rodeado, hostigado, aburrido. El Nou President prefiere atravesar la protesta antes que quedarse más tiempo dentro con gente a la que no soporta, es mejor desaparecer. Pone una excusa y sale, cruza la puerta y oye otra vez esa palabra. Justo al entrar en el coche, una tiorra rapada con una camiseta negra sin mangas ha metido la cabeza y sus lorzas por la ventanilla y le ha gritado «moniato».

Toma el móvil, está nervioso, pero esto ha sido corto, ya ha pasado, ha ido rápido, es temprano y todavía, con un poco de suerte, la Gobernanta no ha salido del Palau. Pueden pedir algo ligero para tomar como cena y repasar la agenda de mañana. Pero tiene un mensaje del Vicepresidente con las últimas maquinaciones. El expresident de los trajes, al parecer, se ha cansado de esperar. Se presenta en las agrupaciones del partido como el líder injuriado al que los tribunales han absuelto, es inocente conforme a la sentencia judicial, inocente, pero nadie le ha pedido perdón, ni los fiscales que se equivocaron, ni la prensa que lo difamó, ni su partido ahora en el Gobierno de España, un partido que no creyó en él y lo dejó caer. Sus antiguos amigos, hoy ministros, no le cogen el teléfono ni le escuchan. El presidente del Gobierno solo está pendiente de la prima de riesgo para evitar la recesión, el rescate, la quiebra bancaria, mientras los sindicatos montan manifestación tras manifestación. Nadie atiende al expresident. Reclama una ubicación, un acto de reparación, se ha demostrado que lo suyo fue un montaje, dice. Le encargaron a la Alcaldesa que hablase con él, que lo aplacara:

—Tienes que esperar. Lo que dices del juicio es verdad, pero el país está hundido. Lo que también dicen en Génova es que tienes dos exconsejeros camino de la cárcel, que el presidente de una diputación cometió delito fiscal, que…

—Oye, Alcaldesa, ese no es mío, ni tuyo. A ese me lo encontré, ya estaba ahí cuando yo llegué, nos lo dejó quien tú sabes.

—Lo que sea, pero ahora tú te quedas en el Consejo Consultivo, con tu sueldo, tu oficina, tu *staff*, y a esperar a que pase todo esto, callado. España está fatal. Y, por Dios, deja de mandarme mensajes a las dos de la madrugada; es más, no se los mandes a nadie, que no son horas, que te van a tomar por un trastornado, que todo el mundo cree que se te ha ido la cabeza.

—Pero, Alcaldesa, si no nos protegemos nosotros nos van a destrozar, no tenemos a nadie más, ni prensa, ni jueces ni nada, estamos solos, los del partido. Si yo no recupero mi posición, después caeréis los demás.

—¿Cómo tu posición?

—Creo que el Nou President no vale, tú también lo sabes, no vale. Si yo no soy el candidato, perderemos las próximas elecciones.

—Paco, por Dios, quédate quieto. Paco, que has perdido las cajas de ahorro, que nos hemos quedado sin sistema financiero, se lo han llevado los madrileños y los catalanes, Paco, que a mí no me engañas, que no puedes salir a la calle sin que te increpen, por muy inocente que seas.

—Eso nos pasa a todos.

—A mí no me pasa —concluye la Alcaldesa.

Apenas unos días después de esa conversación, el Vicepresidente espera en el Palau para rendir cuentas al jefe del Consell. Se ha enterado de que una revista saca al día siguiente una entrevista con el expresident, unas páginas desternillantes. De pie sobre una antigua barca, en la laguna del parque natural, lleva un titular enorme: «Estoy mejor que nunca, puedo volver a ser presidente de la Generalitat si los ciudadanos me apoyan».

—¿Has hablado con Madrid? —le pregunta el Nou President.

—En Génova ya nunca hay nadie al teléfono. Me han venido a decir que resolvamos nosotros.

—¿Y qué hacemos?

—Los de Juandiós me han dicho que tienen casi listo un tema nuevo, que lo tienen cerrado, aunque, ojo, este caso no se lo hemos pasado nosotros. Un asunto feo que lo volverá a colocar en el disparadero. Por lo visto, se llevaron un montón de dinero de las cuentas de la Ópera, un desfalco de años con los ingresos de los patrocinadores. El fiscal va a por todas. Eso enterrará las expectativas del expresident.

El Vicepresidente sale. El Nou President coge el móvil y hace una ronda de llamadas, para asesorarse. El asunto parece encarrilado:

«Mira, estos de *El Nacional* están muy bien entrenados, nunca sueltan la presa. Tenéis que alimentar ese tema de la Ópera desde el Palau, es perfecto, desarbola al barquero de los trajes y te blinda otra oportunidad como infatigable luchador contra la corrupción».

«En cuanto se publique, la consejera de Cultura debe dar una rueda de prensa muy firme y enérgica para anunciar que vamos a por todas, que abriremos una investigación interna y vamos a limpiar por dentro. Lo primero es destituir a la Intendente de la Ópera y cerrar la empresa encargada de los patrocinios».

«Esto es bueno para ti, te viene bien. La política es así. Dejas KO a tu antecesor por una buena temporada y sales en toda España como un líder honrado que está acabando con la corrupción que se ha encontrado al llegar al cargo. No hay mejor cartel ahora mismo para ti que ese. Aprovéchalo».

35

—A mí nadie me ha dado una hostia. Ni es verdad que me haya pegado un vecino en el portal de mi casa, ni me han zarandeado cuando tomaba el vermú en Aquarium. Hace más de diez años que no paso por allí, y ya me dirás quién sigue tomando vermú… Desde que salí de Motilla del Palancar con pantalón corto no he vuelto a saber de gente que tome el vermú.

Arjona, el banquero intocable, está airado, pero sujetándose, muy a su estilo. Conserva esa manera suya de dominar la conversación y aparentar que se está conteniendo para no arrollar a su interlocutor; se le nota el sobreesfuerzo para mantener el autocontrol, siempre se le ha notado. Se ha sentado en un rincón del Hotel Westin, algo esquinado, en el jardín. Dice que ha llegado andando, que es la manera de insinuar que no tiene ningún problema para moverse descuidado por la calle.

—A mí nadie me increpa, salgo tranquilo pese a todas las putadas que publica la prensa sobre mí. El otro día me vi con el director del otro diario local, le conozco desde que hacía información municipal y yo era concejal de Hacienda. Le he ayudado lo que no te puedes imaginar. Le conté esto mismo.

—O sea, que has llamado a Julio antes que a mí. Te he pillado. Eso es porque consideras a mi competencia más relevante y les das prioridad —le responde Yelbes.

—Nooo, qué va, no pienses mal. Surgió así. Cooño, ahora dices eso y me acojonas, ya pienso que te vas a cabrear y me vais a dar otro palo.

—Es una broma, para destensar.

—Joder, es que me estáis corriendo a hostias entre todos. Mira, hablo con Julio para que lo sepa, para contarle esto mismo, joder, que no es que os esté dando una noticia, sino una impresión personal, una situación que me hace mucho daño, y el tío va y lo publica en un recuadro de opinión, como un cotilleo. O sea, que peor: le niego la historia y lo que hace es darle la vuelta y publicarla. Coño, que le dije que era mentira, como a ti, y no vale de nada, y entonces tengo que creer que es mejor quedarse callado, se ha abierto la veda contra algunos y cualquier día me veo en una portada con que me han cogido haciendo cualquier cosa.

—Me estás achacando cosas de la competencia.

—Si es igual, todos estáis en lo mismo, ellos con unas cosas y vosotros con otras.

—Me has llamado, supongo que querrás contarme algo, tú eres un hombre muy práctico. Te llamó Rallo con lo que íbamos a publicar, el medio millón de euros que te pagó el sobrino de don Camilo para una comisión, y tu abogado nos dijo que no darías ninguna versión ni declaraciones.

—Si es que no puedo hablar. Si os cuento lo que pasó se me estropea el juicio, porque está claro que me van a llevar a juicio, por una cosa en la que no hay nada.

—Bueno, hay una comisión de medio millón de euros que te ha pagado el mismo empresario al que le has concedido un crédito desde el banco para ese mismo negocio.

—Mira, de verdad, eso de que ni los fiscales, ni los jueces, ni la policía, ni los periodistas sepáis nada de derecho financiero nos lleva a meternos en estos jaleos. Primero, yo era presidente no ejecutivo del banco, yo no entraba en la gestión ni participaba en la concesión de créditos, para nadie; que alguien te diga a quién le he concedido yo un crédito en los once años que he estado al frente de la caja de ahorros y del banco regional. Si el banco le ha dado un crédito al sobrino de don Camilo, yo no tengo nada que ver. Y segundo, a mí no me han pagado una comisión, yo he prestado un servicio externo de asesoría y he hecho posible una inversión conectando a distintos interesados, por fuera del banco, para juntar a varios accionistas y que esa operación sea viable. ¿O es que los trabajos ya no se pueden cobrar?

—A primera vista llama mucho la atención y parece un evidente conflicto de intereses y un pago de favores. Gracias a tu posición, sin ti a lo mejor ese crédito no se les habría dado.

—Es todo legal, cien por cien, pero ahora un fiscal y unos medios sensacionalistas están por cambiar las reglas de los negocios y presentarnos como unos aprovechados, unos piernas.

—Eso es justo lo que se investiga, nosotros solo informamos, pero el asunto tiene una relevancia indudable.

—Mira, quieren cogerme, ya está, y no saben cómo hacerlo, van a por lo que sea, les vale todo. No podrán demostrar nada irregular con las preferentes, ni con la salida a Bolsa ni con nada de nada. Pero vale, que yo para lo que te he llamado es para decirte que nadie me ha soltado una hostia en la calle. Ya está.

—*Okei,* pero una cosa: ya no vives aquí.

—Eso es verdad. Mis hijas estudian en Madrid, y ahora mi trabajo diario está allí, así de sencillo. Pero, oye, también podéis decir que he huido de aquí.

—Volviendo a lo de la comisión, o como quieras llamarlo: ¿puedes darme alguna documentación que acredite tu trabajo en esa operación?

—Es que esto no funciona así, ¿qué documentación te voy a

dar? Uno asesora, habla por teléfono, busca interesados, da criterio e información y se fían de mis consejos. Hablo con unos y otros, estudio el caso, doy una solución. ¿Qué papeles te voy a dar?

—El caso es que toda tu salida del banco está siendo muy rara. Dimitiste sin dar explicaciones, saliste por la puerta de atrás, ni una rueda de prensa, nada de entrevistas, y se está investigando tu pasado.

El Director se queda callado. Mira al banquero intocable y espera.

—De donde me voy a tener que ir es de España, por tantas mierdas y putadas. No hay nada, cuando todo esto termine se sabrá, pero para entonces a mí ya me habrán hecho papilla. No hay nada salvo que algunos jueces y algunos periodistas se están cebando a mi costa, con el cateto este que vino de Cuenca y se creyó alguien. ¿Tú sabes cómo estaba el banco cuando lo cogí y lo que hicimos con él?

—Bueno, siempre fue un buen banco. Lo cierto es que ahora está cerrado, quebró, tuvieron que fusionarlo con los catalanes para tapar el agujero.

—Mira, eso ha sido otro enjuague que no tengo que explicarte porque lo conoces tan bien como yo. Regalar un banco a un Gobierno nacionalista, a los catalanes, a costa de los ahorradores, de los accionistas… ¿Dónde se ha visto algo así?

—En un lado hay una versión, con documentos probatorios, y en otro, nada. Es difícil contar una versión más favorable para ti si no la acreditas de alguna manera.

—Aquí nos quieren coger a unos pocos para tapar la tostada y que todo siga igual —afirma Arjona—. El banco estaba saneado, era rentable, tenía unas amortizaciones enormes. La fusión de las cajas tampoco era necesaria, se hizo por orden de los de arriba para tapar el culo de algunos a costa de fabricarnos a otros una imagen de sinvergüenzas. Ya está, pero dicho así no es una gran historia para los periodistas.

36

Enorme escándalo, otro más, pero este alcanza otra escala. Los personajes señalados ya no son políticos sospechosos, sino portadores de los apellidos patricios de la ciudad, nombres impolutos de la sociedad civil que se hallan inmersos de repente en el cenagal de los últimos años. Los acusan de participar en un saqueo masivo. «El gran saqueo de la Ópera», así lo viene titulando desde hace unos días Domingo Uclés en *El Nacional.* Espinar lo explica nada más sentarse en el restaurante vasco más concurrido del Ensanche:

—Mi familia lleva generaciones colaborando sin interés ni lucro en favor de la ciudad, es lo que nos enseñaron en casa. Me llamaron para ayudar en la Ópera, por supuesto sin sueldo ni retribuciones, porque tenía falta de ingresos, era muy dependiente del presupuesto de la Administración y pensaron que con nuestro perfil y relaciones encontraríamos patronos privados a través de una fundación, para dotarla de una gestión más autónoma y ágil. Eso hicimos: el dinero conseguido se gastó en las actividades musicales, no se ha perdido ni un céntimo. ¿Dónde está el saqueo? Esta es la historia, tiene poco que ver con lo que escriben sobre un robo a mansalva. Dime algo —interpela al Director—. ¿Qué podemos hacer?

—Esto está empezando, sé lo que he leído, aunque algún papel me llegó hace un tiempo al despacho —apunta Yelbes—. Tienes que asumir que se va a poner muy feo, a lo único que podéis aspirar tal como está el patio es a la verdad judicial, pero la mala reputación durante un tiempo largo no os la quitáis de encima, mucha gente pensará en la mejor de las hipótesis, que en efecto no habéis robado nada porque el chollo os salió mal, que no os funcionó el plan. Sé que suena desagradable…

—Para, para, ¿cómo el chollo? Si te acabo de explicar la realidad.

—Ya, si no te digo que lo que cuentas no sea cierto, lo que intento señalarte es que la gente ahora piensa mal de cualquiera, después de todo lo que llevamos visto, y pasarán años hasta que esto se aclare. Te podemos hacer una entrevista para que puedas contarlo, de momento no veo mucho más.

—No puedo, me importa que tú lo sepas, pero mi abogado me ha indicado que ni una palabra en público. Tenemos que estar callados hasta que un juez nos llame, si nos llaman, no vaya a cabrearse o se crea que maniobramos en los medios contra el procedimiento judicial. Tenemos que ser precavidos para evitar el juicio, eso es lo fundamental ahora mismo.

—Me temo que el juicio no os lo quita nadie. La Fiscalía se ha propuesto llevar adelante todas las causas, no perdona ni una, están muy enfadados desde que el expresident se libró del caso de los trajes, y encima la Alcaldesa está saliendo ilesa del sumario de Palma sobre el yerno del Rey. Detrás de todo esto está la Fiscalía, no tengas ninguna duda, *El Nacional* no se tira a un charco así de escandaloso sin tener una red de seguridad debajo.

—Pero, vamos a ver, cuando se vea la documentación esto se archiva, si acaso nos tomarán declaración, no hay nada, que los señalados somos profesionales, tenemos despachos abiertos, clientes, nos jugamos nuestro prestigio, nos pueden hundir la vida, no pueden dejarnos años tirados con algo que se puede resolver con diligencia.

—Quizá tengas razón. ¿Qué sabes del Informe Diógenes? —pregunta el Director.

—¿Eso qué es?

—Te pregunté por él hace unos meses haciéndome el tonto, sin mencionar el nombre. No pillaste la indirecta, hay un anónimo contra vosotros. Sabrás que esta es la tierra de los anónimos. Supongo que es lo que ha activado la investigación.

—Chico, ni idea.

A Yelbes, la mañana que se topó con la portada de la competencia con el asunto de la Ópera, se le quedó cara de bobo. *El Nacional* había llegado donde *El Periódico* había fracasado, una vez más. Se les escapaba una exclusiva por la incapacidad de rastrear las acusaciones y confirmarlas, o por no dar validez sin más a las tesis de otro anónimo contra el poder, el segundo que le llegaba desde que vivía en la ciudad, donde los ajustes de cuentas se resuelven ocultando el rastro del denunciante. Cuando llegó el papel, el Director asignó el asunto a su mejor periodista de investigación. Identificaron a la persona clave, el supuesto delator, la conciencia moral que descubrió irregularidades y fue despedido por aquello. Se trataba del director financiero de la Ópera. Sin duda, el autor del informe, pero cuando el reportero de *El Periódico* contactó con él lo negó todo, afirmaba no saber nada, dijo incluso que aquello era falso, que le dejaran en paz. El empleado era un antiguo asesor y exsecretario autonómico, un ex alto cargo venido a menos que se quedó sin tarea cuando la Ópera externalizó los patrocinios a través de una fundación. Se cabreó. Se sintió desplazado. En el juicio posterior confesó que el Director de *El Periódico* le llamó años antes para contrastar información, pero que le mintió para no colaborar.

«Saquear», según la autoridad lingüística, consiste en «apoderarse violentamente de lo que hay en un lugar», o «entrar en un lugar robando cuanto se halla». La Intendente de la Ópera fue acusada justamente de eso, de controlar una suma de 508 millones en comisiones de patrocinio, así se estaba publicando en *El Nacional*. Las acusaciones policiales se formulaban en condicional, cómo no, podía ser o no ser —¿verdad, hipótesis o especulación?—, apuntes inocuos desde la perspectiva penal, pero servían para engordar el ruido mediático y denigrar la reputación de los aludidos. Las pruebas eran endebles, inconsistentes, sin rigor, aprovechando la atmósfera de corrupción política de aquellos años, en los que resultaba muy tentador llevarse por delante diversas personalidades de la vida civil para colgarse nuevas medallas.

Todo podría haberse quedado ahí, archivado, olvidado, ante la falta de indicios consistentes, un borrón judicial, pero no. Cascano operó de manera muy distinta. El fiscal anticorrupción decidió poner la ciudad patas arriba en riguroso directo, para los programas matinales de la televisión. Un despliegue digno de Hollywood. Una mañana, mientras un helicóptero sobrevolaba la Ópera vigilando que nada extraño sucediera en los alrededores, con el monumental edificio de Santiago Calatrava cerrado a cal y canto, una patrulla se presentó en el hotel marítimo donde se hospedaba la Intendente de la Ópera. La sacaron de la cama en camisón y registraron sus pertenencias. Doña Helga, septuagenaria, ya parecía una anciana debido a un cáncer que la envejeció de pronto; había dormido mal esa noche, por un fuerte resfriado. Pidió vestirse, y pudo hacerlo en el baño de la habitación, bajo observación policial. La trasladaron a la Ópera y allí pasó más de doce horas, sin tomar alimento alguno, ni ganas que tenía. Levantaron las alfombras una por una, revisaron las estanterías, todos los armarios, expedientes, archivadores, discos duros, la red informática, pero las pruebas del Informe Diógenes no aparecían por ningún lado. A las cinco horas el fiscal empezó a preocuparse, por el riesgo de una operación fallida en medio del gran circo televisivo. Tertulias, directos, decenas de cámaras, expertos opinando, reporteros por todos los rincones, el helicóptero todavía suspendido en el cielo de la Ópera, sobre una decena de furgones policiales... y no encontraban nada de nada. Después de comer por fin se vio la luz: de casualidad, un agente halló una caja fuerte bien oculta en el superdespacho de la Intendente. Bingo. Le pidieron la llave a doña Helga y ella respondió que no la tenía. Crecieron las sospechas. Hicieron interrogar a diversos empleados y nadie sabía nada de la llave. Nervios. Detrás de esa puerta blindada bien podían esconderse las pruebas del inmenso saqueo. La Intendente, muy cansada, les advirtió que nunca había usado esa caja fuerte, por eso no tenía la llave. Se necesitaba un cerrajero, pero no uno cualquiera, se precisaba uno que pudiera abrir cajas fuertes. Acabaron encontrando uno y tras otro montón de horas esperando se logró reventar la puerta para acceder a la caja de los grandes secretos. En efecto, estaba vacía. La Intendente no había mentido. Ya no quedaba nada por registrar. Un gran chasco. Pero tampoco cabía recular y admitir así el ridículo, la humillación. La función debía continuar. Había que rastrear las cuentas bancarias de la institución, dejar precintadas las dependencias, lo que fuera para retrasar la marcha atrás sonrojante. Tocó mantener la tensión, no quedaba más alternativa. Uclés siguió publicando humo, pero era un humo aparente y, ojo, lo de la caja fuerte no podía saberse.

El Nou President decide darse por aludido, ser consecuente con su línea roja contra cualquier sospecha de corrupción. Ya ha destituido a varias decenas de responsables públicos, nunca le ha temblado el pulso, se ha hecho conocido por su afán de limpiar y limpiar. La Generalitat despide a la Intendente de inmediato, una extranjera que ni siquiera tiene residencia en España. También cesarán los demás cargos de la Ópera, intervenida por la consejería. El caso apenas tiene chicha penal, pero fuera de los investigadores nadie lo supone, ni siquiera los ingenuos colaboradores del Nou President.

Cascano mantendrá la acusación de malversación de caudales públicos y prevaricación continuada, pedirá ocho años de cárcel para cada implicado: «La adjudicación de los contratos se hizo con omisión de los trámites esenciales de contratación y con elusión de publicidad, concurrencia y transparencia de los procedimientos». Mantendrá la impostura hasta tenerlos a todos sentados en el banquillo. Seis años después todos quedaron libres, absueltos. Sin mácula. El juicio acreditó la versión de los acusados, punto por punto, en línea con las explicaciones que Espinar le dio a Yelbes la noche en la que cenaron en el restaurante vasco del Ensanche, tras las primeras portadas que denunciaban un saqueo de quinientos millones. La sentencia fue definitiva, rotunda, indiscutible: «No se ha acreditado prevaricación ni malversación, no se ha demostrado el incumplimiento grosero de los procedimientos administrativos ni la intención de desviar fondos públicos, no hubo perjuicio patrimonial, los trabajos fueron realizados y facturados a precios de mercado, descartando el enriquecimiento ilícito». Un varapalo enorme para la Fiscalía, inconmensurable, otro más, solo que entre la fecha de las detenciones y la sentencia final la vida de Cascano atravesó algunas vicisitudes y él ya no estaba allí para encajar el fracaso. Había huido de su puesto, ayudado por una operación política.

Para cuando todo se aclaró, Cascano andaba desaparecido del lugar de los hechos, igual que la Intendente, pero por motivos distintos. Doña Helga había muerto en el ostracismo unos meses antes del juicio, en su casa del Piamonte, a los setenta y ocho años. Una mujer muy fuerte y exigente, pero también exquisita y sensible, discípula del divo Karajan, una figura clave de la lírica internacional que logró el milagro de levantar un palacio operístico de la nada para acabar siendo vilipendiada y denostada hasta el bochorno en un tiempo de política indecente. Se sintió la *mamma* de aquella Ópera incipiente durante tres lustros, tras dirigir el Covent Garden de Londres, y llevó a la ciudad a figuras mundiales como Zubin Mehta, Lorin Maazel o Plácido Domingo para que actuaran en el magno edificio de Calatrava, que fue lo que finalmente la impulsó a aceptar el desafío. Se entregó de lleno, vivía en el teatro, su casa; el hotel apenas lo utilizaba para dormir las horas estrictas. Cuatro años antes de ser defenestrada se confesaba algo cansada, mayor, pero «mientras sienta que puedo hacer cosas voy a continuar». Todo acabó trágicamente para ella, solo porque la investigación sobre unos trajes no se resolvió como le hubiera gustado a un grupo de fiscales, políticos y periodistas. La Ópera, en sus buenos años, hubiera podido acoger una gran representación lírica con tales muñidores.

37

El Fundador acaba de coger un taxi tras salir de la estación del AVE. En otros tiempos, le aguardaba un coche oficial de la delegación del Gobierno. Suena su móvil, mira y tuerce el gesto. «Este pesado…». Duda entre atender o no la llamada, le da la dirección de destino al conductor y finalmente pulsa el botón de aceptar.

—Ya veo que cenas esta noche en Valencia.

Hace siete minutos que se ha bajado del tren y la noticia ya corre por las redacciones. Al menos en *El Periódico*. El Whatsapp de Yelbes, en tiempo real, recibe la primicia irónica de una fuente: «Corresponsal ferroviario a Director. El Fundador llegó a las 18:15 de hoy en AVE de las 16:40 procedente de Madrid, llevaba equipaje como para permanecer un par de días, este corresponsal no ha sido detectado, no es descartable otro encuentro culinario con el Nou President. Abrazos».

El Fundador está molesto. No tanto porque vigilen sus pasos con lupa como porque le vacilen con frases de cachondeo. Tiene un punto de cabreo, pero disimula, como siempre.

—Solo he venido por asuntos privados…, personales, quiero decir, a una cena de amigos de mis tiempos. No estará ningún consejero, y mucho menos el Nou President. Esta ciudad nunca será nada, porque la gente no sale de los chismorreos.

Al alargarse el mandato del Nou President, el Fundador empieza a desmarcarse de su discípulo sin que se note. Ya no le conviene aparecer como el padrino de un líder fallido, del que todo el mundo hace mofa, empieza a marcar distancias con él, aunque por supuesto siguen hablando por teléfono con cierta frecuencia. Le ayudó en el arranque, en los inicios, le abrió puertas, le presentó en Madrid, le apaciguó al reducto rebelde que se puso a las órdenes del nuevo líder, pero, aparte de pasearse por la región dándose aires, exhibiendo influencia, apenas ha sacado nada en claro de esa relación. Le sirve de poco, y alguno encima se le chotea: «Tienes que emplearte más a fondo con tu alumno, es un poco obtuso». Juandiós ya le soltó que no le pidiera más favores para el neófito. Es un vínculo que no genera nada provechoso. La Administración autonómica está quebrada, los negocios se han volatilizado; el Fundador se distancia, corrige su posición pública, pero Yelbes conoce otras versiones, contrapuestas, procedentes de algún miembro veterano del Consell: «Sigo viendo una cercanía entre ellos que no sospechaba; le da instrucciones sobre temas concretos, a modo de lección».

El Fundador consulta el móvil desde el taxi, algo hastiado. Le han agriado la tarde. En el hotel le esperan dos partidarios que le harán de secretarios durante la visita. Uno de ellos es el mismísimo Frasco. Les deja la maleta y la americana y se sienta unos minutos con un conocido.

En la peña de los periodistas, la tertulia sube de tono. Es abril. Ya están abiertas las terrazas. La región es un desgobierno, y cada cual tiene sus teorías y soluciones ante el precipicio. ¿Por qué el Nou President no frena en seco las guerras internas y las puñaladas en el Palau? ¿Porque no se atreve, porque no lo sabe, porque lo sabe y no le importa, porque lo sabe y le conviene, porque le gusta incluso ese clima de rivalidad entre sus equipos? Esas eran las ideas que el Director destacó el día anterior en su página semanal. Y otra vez le estropeó el domingo al Nou President. Se fue a nadar para olvidarlo, tres horas de piscina desde media mañana, es incansable bajo el agua, qué resistencia tan formidable. Su consejero amigo se lo llevó después a comer un arroz con varios conocidos, sin mujeres, para desconectar, entre cómplices. Y algo de fiesta, que era lo que más falta le hacía. «Aquí no le llaméis Nou President, aquí es Alberto». Después, con las copas, se acercaron unas amigas que viven en Madrid, les encanta volver los fines de semana, más risas. «Que se vayan *a fer la mà* los periodistas, hoy es domingo».

El exdiputado Frasco ha vuelto a alinearse con el Fundador, tantos años después de su partida; a veces le hace de secretario sobre el terreno, necesita de su protección a cambio de buscarle interesados. El puñetero fiscal anticorrupción, al parecer, está husmeando y no anda lejos de tener cercado a Frasco. Esto se está volviendo peligroso, inestable; se entera de que el tal Cascano incluso tiene grabaciones suyas, inconfesables. Acompaña a la visita del Fundador para despedirle en la puerta del hotel:

—Ve a verle a Madrid, tomáis un café, habláis, allí puede moverse con libertad. Recuerda lo que te ha dicho, aquí no merece la pena trabajar, entre el marcaje que lleva encima y que esto está lleno de paletos que no piensan nada más que en jorobarle.

A continuación, el exdiputado Frasco ha llamado por última vez al Canterito. Han roto para siempre. Se puede decir así. Han roto de golpe, aunque lo tenía bien pensado. Le telefoneó para agradecerle la reciente invitación familiar a Sevilla, qué bien quedaron todos, cuánta fraternidad, lo que disfrutaron sus cuñados y cuántas risas en la casa de la Anselma, donde acaban todos los guiris, lisonjeados entre palmas y alegrías, olés y falso flamenquito: «Aquí champán no ponemos, que esto no es un puticlub. Hay jerez o manzanilla, a elegir, y el que no sepa beber que pida cualquier cosa», avisa la Anselma. Frasco volvió a ser agradecido y leal, pero cuando el propio Canterito sacó el tema del fiscal y le avisó de que fuera prudente, que un tal Cascano andaba mirando expedientes y resoluciones urbanísticas, el exdiputado ni siquiera quiso advertirle de lo que ya sabía y de que incluso esa conversación probablemente estaba siendo grabada. Prefirió salvarse él, guardarse las espaldas: «Perdóname, pero yo a la Fiscalía, si me llama, le daré todo lo que me pida». El Canterito se quedó descolocado, sorprendido, aunque le despidió en seco: «No creo que puedas darle lo que te pida. No te lo puedes permitir».

38

Cascano va a conocer a su ídolo, el fiscal anticorrupción más despiadado y afamado de España, en su época de mayor influencia. El fiscal estrella de la judicatura española coge un avión para acudir a dar una conferencia. Antes comerá discretamente con sus colegas locales y con Yelbes, que le servirá de presentador en la sala noble del Tribunal Superior de Justicia.

—Uuh, uuh, ¿eres periodista? Tengo por norma no acercarme nunca a ellos, te meten en problemas —ríe con descaro el fiscal estrella cuando saluda al Director de *El Periódico*.

—Eso se dice por ahí —contesta con sorna Yelbes delante de los otros fiscales.

Justo esa mañana, Yelbes ha publicado una exclusiva sobre el caso que lleva el fiscal estrella gracias a la gentileza de alguien de dentro de la Fiscalía con un periodista de Madrid que trabaja para *El Periódico*. Ambos lo saben, ambos hacen el paripé, y sus acompañantes intuyen la verdad. Van a comer todos juntos y la estrategia del Director pasa por volverse invisible, apuntar algunos temas de conversación con cuidado y dejarles hablar, conocerlos más a fondo, que la vanidad del fiscal visitante le dispare la lengua. Le suelta algunos elogios para quitarle los frenos, sabe que es un hombre con un estómago grande, le cabe todo en la vasija de su ego, y, entre halagos, el coloquio se acelera y fructifica. El periodista aprendió de un viejo maestro que conviene ser generoso en la alabanza, porque incluso las personas inteligentes, que no se las creen, al menos las paladean. Nadie se priva de la tentación de disfrutar de un aplauso, al menos un poquito. Pero la estrella invitada es de los que sí se creen a pies juntillas todos los parabienes que recibe; le suenan merecidos, acreditados, incluso reserva para sí una opinión todavía más elevada que la que le expresan sus entusiastas partidarios. La comida va a ser una orgía de peloteo vestida con ciertas formas de contención, pero el protagonista debe de sentirse bañado en adulaciones.

El Director mira interesado a Cascano. Será la única vez que estén juntos, cara a cara. Le atrae este personaje. Hace pocas semanas, arremetió de tal forma contra una imputada en plena calle, cuando se despedían en la acera de la Ciudad de la Justicia tras ser interrogada, que la mujer no pudo contener la tensión extrema de verse tan cerca del fiscal y se orinó encima. No pudo evitarlo. Los nervios le soltaron la vejiga y se derramó piernas abajo, sintiendo la descontrolada micción mojándole las nalgas, corriendo bajo las medias, mientras atendía al fiscal y asentía aterrada sin pronunciar palabra. Era una tarde anochecida de invierno, se despidió como pudo y rechazó que su abogado la llevara a casa, no quería sentarse así en el coche. Adujo que iba a ver a una amiga que vivía allí mismo. Entró en un bar próximo, pasó al baño, se quitó pantis y bragas, hizo una pelota con ellos y los dejó a un lado del inodoro. Cuando se estaba lavando las manos se encontró con su cara en el espejo, sin esperarlo, y vio tal angustia en sus ojos que le entró un ataque de pánico. Gemidos, hiperventilación, lágrimas. Se sentía acorralada por ese fiscal, se había apoderado de ella. Estaba perdida.

Conviene ser un tipo duro para liderar la Fiscalía en los ambientes más viciados. El fiscal visitante ya conoce el territorio en el que va a conferenciar. En un viaje anterior, dejó la huella de su zapato en una de las paredes de la sala de declaraciones. A modo de señal. «Aquí estuvo este, cuidado», marcando territorio, como las pintadas de los aseos públicos y los penales. Vino para interrogar a un imputado, se metió en un cuartucho pintado de azul y allí plantó la huella de un zapato deslustrado sobre la pared. El declarante se lo contó al Director. «No podía dejar de mirar la punta gastada de ese zapato. Le debí de dar una respuesta que no le gustó y me soltó un "y una polla como una olla". Me dejó desconcertado, pero fui capaz de preguntarle si esa expresión también iba a constar en el acta del interrogatorio». El Director indagó sobre la fama del fiscal estrella: «Es un chulo de película, a mí va a tener que dejarme fuera de su caso, no va a encontrar nada. Le gustan las copas, la buena vida, dicen que está escribiendo un libro para cuando deje el cargo. Este verano leyó el pregón en las fiestas de un pueblo y allí le oyeron presumir de que iba a empapelar a la Alcaldesa, pero olvídate, son bravuconadas de un tío faltón con una vanidad enorme».

El Director vuelve a poner su atención en el almuerzo de los fiscales y se centra en la clase magistral del invitado a sus colegas. Percibe claro que, contra lo que se especula sobre ellos, no actúan bajo un interés partidista o ideológico, sino para sí mismos, para impulsar sus carreras profesionales. Es una pulsión corporativa, para hacerse un nombre, escalar, ascender; no hay más afán. La rectitud, el sentido comedido de la justicia, la proporcionalidad puede llegar a ser algo secundario en ocasiones. Se trata de ganar, de arrollar, de acumular triunfos en el combate. Ninguno lo expresa así, naturalmente, pero todos lo entienden de esa manera. Es una competición, se juega para vencer. Es tan evidente que ni se dan cuenta, discuten en su jerga, insensibilizados no solo al dolor ajeno, al golpe injusto, al error o la equivocación, sino también a la propia verdad. Cascano, el gran adelantado, tiene ya algún trofeo colgado en su pared. No repara en que para cobrarse esas piezas ha tenido que destruir la vida de varios subalternos, perroflautas de la política, los mandados que serán arrasados como parte de la gleba. Él representa la ley, es la ley, no hay más. La figura de los arrepentidos acaba siendo el centro de la conversación. El protagonista les da consejos sobre cómo buscarlos y la manera de incitarlos a colaborar, mimos y amenazas a partes iguales, palo y zanahoria, resulta trascendental que alguien pueda tirar de la manta, disparar hacia arriba, para derribar a los que están en lo más alto.

—Pero siempre a cambio de rebajarles los cargos. Al delatar a otros obtienen un beneficio, incluso un incentivo para mentir, para falsear —apunta Yelbes con aparente ingenuidad.

—Eso nunca ha ocurrido, nunca se ha dado —ataja cortante el fiscal estrella—. Siempre se corrobora con nuevas pruebas, documentales o nuevos testimonios, y la investigación se beneficia de manera global.

El fin justificando los medios, reflexiona en silencio el Director. Y se percata de que ya antes ha vivido situaciones así, con otros argumentos, otras anécdotas y otros sujetos; ya ha visto la impunidad de un colectivo, de una trama, para actuar sin límites. Lo ha vivido con algunos periodistas sin escrúpulos y lo ha sentido en sus veinte años de relación con los políticos, cuando faltaban frenos o vigilancia. La política carece ahora de prestigio, el descrédito la ha superado, y, sin autoridad, ha perdido también la impunidad, la arbitrariedad, la opacidad, las manos libres, el poder ilimitado y fuera de control. Ese poder discrecional, ahora, lo está reviviendo Yelbes en ese mismo momento, parece operar en algún fiscal. El endiosamiento ha cambiado de protagonistas: ya no recae en los políticos poderosos. Entonces Yelbes pega un quiebro cínico en la conversación para destensar el ambiente. Levanta su copa y propone un brindis:

—Por los buenos, contra los malos. Ja, ja, ja.

Sonrisas francas, despreocupadas, para terminar el almuerzo.

39

La Gobernanta del Palau se lo echa en cara al Director nada más sentarse en la mesa:

—Vais a por el Nou President, no cabe ninguna duda. Estáis obsesionados con él y es un hombre honrado que está limpiando la basura que se encontró.

—Con muy poco acierto, ¿no te parece? La basura cada día flota más, en vez de eliminarla os rodea, con bastante ridículo, por cierto, algo que os va a acabar matando. Aquí un político muere cuando la gente se lo toma a risa, y eso es lo que está sucediendo. Recuerda al expresident de los trajes. Lleváis dos años de escaramuza en escaramuza, hasta vuestro diario empieza a reconocerlo.

—Mira, esta es una historia de corruptos y decentes, pero tú te dedicas a escribir que el Nou President está solo, abandonado, que no tiene a nadie, que no gestiona, que le toman el pelo, que el Consell no toma decisiones.

—Ya veo que me lees con atención.

—¿Qué pasa, encima tengo que regalarte el oído?

—Perdona —concede Yelbes—. Mira, vamos a empezar de nuevo, pero antes de nada pidamos una copa de ese vino blanco de moda que se está vendiendo por todas partes.

—Lo mismo tenemos que tomar dos. Hoy cumplo cuarenta años.

—No es verdad.

—Claro que sí.

—Tú no tienes cuarenta años.

—¿Vamos a tontear?

—Por supuesto que no. A ver, me concentro. Tú no sueles llamar para protestar a toro pasado, así que me da por pensar que estamos aquí para enterarte de si vamos a hacernos eco del último esperpento.

—Hijo, de verdad, ni el día de mi cumpleaños descansas. ¿Te refieres a lo del *coach*? Será una broma, ¿no? Es otro montaje del topo, tenemos al enemigo dentro. Es pura porquería, amarillismo. Imagino que no vais a dar nada.

—No lo sé, lo estamos mirando.

—De verdad que es lo último que podía esperar de vosotros.

—¿Es verdad o no?

—Es un montaje.

—¿Es cierto o no? Con o sin montaje.

—Me temo que ya has decidido que es cierto. Vais a conseguir entre todos que el Nou President se canse, que tire la toalla, esto no lo aguanta nadie. Pero que sepas que fue la jefa de Génova quien le pidió que, ante los malos resultados de la encuesta del CIS, debería reforzar su imagen, cuanto antes. Eso es todo, bastante normal.

Nada más volver a la Redacción, el Director llama al corresponsal político para preguntarle si se sabe algo nuevo.

—¿Quién es ese *coach* que le está dando clases de liderazgo al Nou President? —pregunta.

—Creo que no has entrado en la página web del tipo. Más que de liderazgo, parece una formación para adquirir técnicas amatorias o ir a un concurso de supervivientes en la tele. Es de risa.

Le enseña un fragmento de la presentación del personaje: «Soy un entrenador para adiestrarte en la maestría del amor, enseño a renovar la parte física, mental y espiritual, para que tomes el control definitivo de ti mismo, convirtiendo tu vida en una apasionante experiencia llena de vitalidad, retos extraordinarios y progreso».

—¡¿Esto qué es?! ¿Va en serio, este tío le está dando clases al jefe del Gobierno autonómico?

—Así se vende el *coach* en internet.

—Pero si parece de coña, qué bochorno. ¿Quién lo ha contratado, de dónde lo han sacado? ¿Han pagado por esto?

—Hay un contrato firmado. Ha sido cosa de la Gobernanta del Palau.

—Acabo de estar con ella y me ha dicho que todo es un montaje.

—Tenemos el contrato. La filtración viene del topo del Palau, sea quien sea. Lo han difundido en cuanto ha llegado la primera factura del *coach* al departamento de contabilidad; si reclama el cobro es porque antes ha empezado a dar clases al Nou President.

—¿Qué tiene esta gente en la cabeza? Monta a algún redactor en el AVE y mándalo a Madrid. Tenemos que localizar a este maestro del amor, entrevistarlo, hacerle fotos, traerlo a la Redacción. Se vende como un celestino: ¿qué le puede estar enseñando al Nou President con dinero público? ¿De cuánto es la broma? Y otra cosa: ante esta lluvia de filtraciones, al final debe de haber más de un topo.

—Director, lo que hay ahí dentro es un colador, una competición por distribuir los papeles, porque después de recortar las dietas de los altos cargos a veinte euros por comida y quitarles hasta los gastos de taxi, la gente tiene muchas ganas de malmeter.

—Este hombre lleva dos años en el puesto y va cuesta abajo, no acierta, las hienas le están devorando —apunta Yelbes—. Normal que se vea con déficit de liderazgo, pero al cargo se llega con eso aprendido de casa. Con esto del *coach* ya está tocado como líder, nadie va a volver a tomarlo en serio; la vida pública lo aguanta todo, incluso a los sinvergüenzas, pero se ceba en el escarnio, la mofa y el ridículo. Ya casi es una caricatura, que es lo mismo que le pasó a su antecesor por otras razones.

El Nou President ya opta por no enfrentarse abiertamente al Director. Pero aguarda impaciente, de pie, a que la Gobernanta le venga con las novedades. Ha recibido un mensaje de móvil en el que Génova le comunica que la visita del presidente del Gobierno, inminente, se va a suspender, que no quiere que le avasallen con la historia del *coach,* que ya habrá ocasión de programar un nuevo viaje.

—Nada, lo va a publicar, no se puede con ellos. ¿Has llamado a Juandiós?

—No, prefiero no hacerlo, me da vergüenza este tema. Me he asesorado con nuestro amigo, me dice que suspendamos el contrato, que así podremos negarlo, como que se valoró el asunto y luego se descartó, y que le pague el partido, no la Generalitat, como un asunto privado que se rechazó. La clave es que ese hombre no vuelva a aparecer por aquí, menudo follón, es que no nos dejan pasar ni una. Tenemos que enterarnos ya de quién es el traidor que está poniendo los papeles a circular.

—Tú lo sabes tan bien como yo. Es tu vicepresidente, busca destruirte, quitarte de en medio, cambiarse por ti. Tienes que forzar una crisis de gobierno y nombrar como número dos a tu único consejero leal, el único fiel que te queda. Además, es tu amigo, te defenderá por motivo doble. Hazlo cuanto antes, o también él se cansará.

40

Entretanto, el muñeco manejado por el Conejo ya no se esconde, se está descarando en público. El Jefe de la Dipu no se deja ver con el exconsejero condenado en los tribunales, pero mantienen la comunicación. Se ha erigido, sin que nadie lo eligiera, como la oposición interna al Nou President. Solo se representa a sí mismo y al Conejo, pero a él le sobra arrojo, y a los equipos presidenciales, pánico. El Jefe de la Dipu suele recibir sentado en el centro de una mesa de cristal alargada, como la de la última cena de los Evangelios. Almuerza sobre las once con un Cohiba robusto a medio fumar; lo aparta para tomarse el bocadillo y luego lo reenciende. Maneras de un cristo pecador, un sainete de jesucristo en la mesa, comiendo y bebiendo y predicando a los suyos, que le rodean. «Che, faraón, ese es un fuera de serie, pero le gusta el chocolate, tú».

Dicen que a través del Jefe de la Dipu habla el pueblo llano. Va de simpático, como empresario que vendía muebles hace algunos años, pero detrás de la sonrisa te mira con suspicacia, suspende la conversación unos segundos, mide al Director, está pensando eso de «este de qué va», suelta chistes y no puede evitar que el ego se le escape por las costuras. «Yo, yo, yo... Yooo no soy nadie, perooo yo...». Porque habla sin restricciones ni freno, una boca desenfrenada al que le dan igual las consecuencias, ocho que ochenta. En el congreso nacional del partido en Sevilla, dolido porque consideraba que no le habían dado un trato digno, empezó a malmeter contra toda la dirección durante la cena, Mariano incluido. Allí le tomaron la matrícula para siempre, mientras era escuchado en un aparte con los suyos:

«El problema del Nou President es que la gente no vota a los perdedores, sino a los triunfadores, y él hace política de perdedor».

«Si yo fuera él, me voy a Génova y los amenazo con dejarles las llaves. ¿Cómo se puede permitir que los ministros no se le pongan al teléfono? El de la barba ya no atiende tampoco al teléfono a la Alcaldesa. ¿Eso cómo puede ser?».

«Todos me piden que dé un paso al frente, todos, que con este nos hundimos. Yo, claro, estoy dispuesto a aceptar si me lo piden, me lo tienen que pedir, y si me dan un cheque con dos mil millones para poder pagar y hacer cosas, todavía tenemos tiempo».

«También me llaman los del diario de Juandiós, que el tío quiere venir a verme, me han dicho, no sé qué querrá proponerme, je, je, je. Ese personaje es el culpable de lo que le pasa al Nou President, por los malos consejos que le ha dado».

41

Cierta mañana estallan los cuchicheos en la Redacción de *El Periódico*. Según van llegando, los periodistas se encuentran a un señor de gafas prominentes y lustroso bigote austrohúngaro sentado en un pequeño despacho acristalado y vacío conocido como la pecera. Y, en efecto, parece que la pecera —donde antes se encerraban los redactores de sucesos con el ruidoso e insufrible radar de la policía— ha encontrado inquilino. Se trata de un estático pececillo de colores vestido con una camisa de mil rayas que se queda inmóvil mirando la sala de redacción y a su vez es observado por todos los demás a través de los cristales que encierran la cápsula. No mueve ni una ceja, y así piensa pasarse los días. Los periodistas se van acostumbrando a su presencia estatuaria. Ni siquiera un giro, un balanceo; permanece sentado en una silla bajita con ruedas de la que sobresale el nuevo personaje justo hasta la línea de la parte superior del pecho; resulta imposible dimensionar su tamaño, más allá de las gafas de pasta y el mostacho. La mesa está reluciente, sin papeles, y ni un cuadro o calendario decora el espacio. Únicamente las paredes de cristal y el hombrecillo en medio. Una foto fija. Semejante a un retrato del físico del año colgado en una antigua central soviética. Esquinado sobre el escritorio, un teléfono móvil que no llega a sonar. El señor se queda allí, llegó pronto y seguirá anclado hasta la noche. Mira. Solo mira. Es un mirón esforzado y profesional, lo hace con seguridad y aplomo, sin distraerse. No siente el hambre, ni siquiera descansa para las urgencias del baño. Debe de beneficiarse de una vejiga de cobre ultrarresistente, y el despiadado marcaje visual deja claro que no tiene otro cometido. Concha Barrado se ha aguantado la curiosidad durante varias horas, pero ya no puede más y se acerca hasta administración a preguntarle al Supervisor de Recursos Humanos por el extraño sujeto que ha amanecido en mitad de su redacción. «Es Martínez —le contesta—, un fichaje del Jefe de Operaciones». «¿Y qué viene a hacer entre periodistas?», pregunta la Subdirectora. Por lo visto, le aclara, es un especialista de los procesos. Los estudia y los mejora. La bárbara interjección de Concha Barrado por toda respuesta sobresalta a secretarias y administrativos, se va de frente contra la pecera y se planta ante el tal Martínez.

—Muy buenas —le dice—. Eres Martínez, ¿verdad? Dime una cosa, ¿tú qué haces aquí?

—Hola. Solo miro.

—Anda, la leche, para mirar ya están las obras. ¿Y vas a estar mucho tiempo mirando?

—No lo sé, depende… ¿Por qué no te sientas y hablamos un poco? ¿Tú eres la Subdi…?

—¡Ah, no! O sea, que no has venido solo a mirar. Para hablar estoy yo ahora, como si tuviera poca plancha. Son las doce y tenemos un periódico por hacer. Mira, mira y aprende.

Y sale otra vez disparada. Inquieta, pocas horas después llama al Director. «Oye, que no te lo vas a creer, que me han plantado un espía a diez metros, un tío que nos ha traído el Jefe de Operaciones. Se llama Martínez, por lo visto, y es especialista en procesos, me dicen en administración. A mí me suena a "decesos". El caso es que da bastante miedito, no te puedes imaginar, ya lo comprobarás, como de *voyeur* obsesivo, me está atacando los nervios. Vuelve cuanto antes, que aquí puede pasar cualquier tontería». El Director es informado así, de pronto, de la última jugada de Pulpón, primera noticia sobre el contratado. ¿Qué pretenderá este tío ahora?, se pregunta, pero decide no darse por enterado ni dar cuartos al pregonero. Ordena que se vigile al vigilante hasta que él vuelva de viaje. Marcaje en corto. «Eso es fácil —contesta la Subdirectora—. No se ha movido en toda la mañana. A mí no me la pega: se ha traído un orinal de casa y lo tiene debajo de la mesa».

Dos días más tarde, el Director sale del aeropuerto pasada la hora de comer y se va a la sede de *El Periódico* sin pasar por casa, lo de siempre. Entra en la Redacción, camina hacia la Subdirectora y le pregunta enarcando las cejas: «¿Y ese? ¿Con quién está? Estoy viendo una calva al otro lado del cristal». Barrado le aclara que, después de dos días y medio de solo mirar, el bigote experto en procesos acaba de pasar a otra fase. De súbito, se ha levantado sin vaciar el orinal, ha llamado al Editor de Cierre y ahora lo tiene cercado en la pecera. A ella ni le ha preguntado, y la risita colectiva de los periodistas se acompasa con cierto nerviosismo peligroso. La gente está inquieta: acaban de abrir una sala de interrogatorios en mitad de la Redacción. Se ha expandido cierto desconcierto, y el personal intuye el conflicto inminente con el Director. Es una de esas ocasiones, aparentemente banales, en las que se cuestiona el equilibrio de poder dentro de una organización; alguien decide cambiar las reglas del juego y toca ver si gana el pulso o da marcha atrás. Yelbes va hasta el despachito acristalado, entra sin llamar, pregunta al de Cierre si es que está buscando el viejo radar ilegal con el que captaban las frecuencias de la policía antiguamente, cuando las emisoras eran analógicas, porque ese despacho no sirve para otra cosa.

—Me ha llamado —señala levantando el mentón el de Cierre hacia Martínez— para preguntarme cómo funciona el sistema de entrega de las páginas; de los redactores a los editores, de las secciones a la mesa de cierre y de ahí a la rotativa. Le estaba explicando el proceso, que vamos muy apurados con los horarios y que…

—¡El proceso! Anda, ya tenemos un nuevo término para el manual de periodismo. Hasta ahora era una palabra que solo usaban los de Tribunales para hablar de las investigaciones a los corruptos —bromea el Director—. Venga, déjanos solos, gracias, puedes irte, y recuerda para el futuro que únicamente necesitas contarle los procesos a la Subdirectora, a nadie más.

—Por supuesto.

El Editor de Cierre huye escopeteado. Yelbes no ocupa la silla que ha quedado libre, decide permanecer de pie. Va a hablar poco y rápido.

—Doctor Martínez, supongo. Escucha, si vuelves a llamar a uno de los míos sin yo saberlo, comunicaré por escrito a todas las secciones de la Redacción que está prohibido hablar con un señor que se llama Martínez, supongo, y que ha abierto una aduana en mitad de la oficina. Incluso colgaré carteles con tu foto.

—A mí esta tarea me la ha encomendado el Jefe de Operaciones.

—Pues tendrás que informar al Jefe de Operaciones de este imprevisto. También te habrá encomendado otros trabajos, o tienes un problema serio.

—Vale, no quería provocar un incidente, perdona. A ti al menos podré hacerte una pregunta, si me lo permites.

—Adelante.

—¿Cuánto se tarda en rellenar una página de *El Periódico*?

—Puede ser una hora.

El Director advierte un mínimo brillo en los ojos del hombre-piedra. El pececillo de colores de la pecera de cristal ha pestañeado incluso, una vez. Martínez, el inventor de procesos, ha encontrado una pista, un dato, un escalón sobre el que empezar a operar, a sistematizar, a ejecutar, a meter la tijera dentro de la Redacción. Yelbes intuye los pensamientos interiores —rápidos y matemáticos— de Martínez. Ha caído en su provocación: «Así que, humm, humm…, una hora por página, y son ochenta páginas por día. Eso hacen ochenta horas. Hum, hum…, con diez periodistas se hace un periódico entero, a una hora por página, lo acaba de confesar el Director, humm, humm… Entonces, la pregunta es: ¿para qué hacen falta los otros cincuenta periodistas? Humm, humm…». El Director ha esperado a que concluya el razonamiento triunfal del experto en procesos. El buen hombre acaba de descubrir el método que va a salvar el negocio de los periódicos, y es bien sencillo: ¡sobra la inmensa mayoría de los periodistas, esto se hace con diez personas!

—Puede ser también una semana. O un mes. —De repente, el Director ha interrumpido la orgásmica reflexión del experto en procesos.

—¿Cómo dices? —Vuelve Martínez en sí, a la conversación—. Perdona, estaba pensando.

—Digo que en rellenar una página se puede tardar una hora, pero en hacer una página también se puede tardar un día, a veces una semana, o un mes.

—Eso no lo entiendo.

—Claro que no. Acabas de llegar. Ya lo comprenderás. Si dejas de reunirte a escondidas con la gente.

—Oye, a escondidas no ha sido.

—Fíjate que vuelvo de viaje y te encuentro en medio de mi

redacción, hablando con mi equipo sin yo saber nada, yo no te conozco, y esos cabrones de ahí fuera, que no perdonan una, dicen que pareces un agente de la Stasi; están buscando un antiguo flexo de los correctores de pruebas para que lo puedas enfocar contra la cara de los detenidos. Quédate con una cosa: este edificio es enorme, inmenso, sobra espacio por todas partes, no sé por qué diablos el Jefe de Operaciones te ha instalado aquí si no trabajas para la Redacción. Es la pregunta que se está haciendo toda esa gente ahí fuera, y te aseguro que ninguna de las respuestas que se les ocurren son tranquilizadoras.

Al rato es el Jefe de Operaciones, advertido por Martínez, quien está dando explicaciones al Director.

—Oye, se te habrá olvidado, pero te comenté en el coche hace un tiempo que pensaba contratar un *controller*.

—Sí, creo que querías a alguien para revisar el funcionamiento de la administración comercial y la contabilidad financiera, eso me dijiste, pero se te pasó aclararme que también pensabas colocarlo en medio de la Redacción, como un Buda, todo el mundo piensa que es un micrófono andante, perdón, un micrófono sedente, la gente se ha vuelto a poner nerviosa, recuerda que la Redacción ha perdido la mitad del personal. ¿De dónde sale este Martínez?

—Emmm… Bien, lleva trabajando conmigo veinte años, es de toda confianza, me ha seguido en todos mis empleos.

—No lo dudo, ya es una suerte que el mejor experto reorganizador que puedas encontrar para un diario sea un viejo amigo.

—Perdona, no pienses mal, no le di importancia, se me ocurrió que te hacía un favor poniéndolo ahí, una mirada nueva siempre viene bien, ve más que otros. No lo hubiera hecho si hubiese pensado que podía molestarte, ya me conoces.

—Puede ver de más o de menos, porque hace unas preguntas de

Perogrullo. Todo Dios ve un tipo que viene a fisgar y a joder, y con ese movimiento me estás quitando autoridad. El pobre hombre me ha preguntado que cuánto se tarda en rellenar una página, imagino que donde estabais antes preguntaría que cuánto se tarda en cargar un camión, o en rellenarlo, y le ha parecido lo mismo.

—Vale, no sabe cómo funciona esto, pero tampoco está de más hacernos ciertas preguntas sobre cómo trabajamos. Tú sabes que los periodistas son muy lentos para los tiempos de internet. No reaccionan a tiempo.

—Ninguna cosa importante se ha hecho sin lentitud. Las cosas buenas son lentas.

—Eso es literatura, y yo llevo un negocio.

El Jefe de Operaciones está deseando cambiar de conversación, cortar la charla. Desde que sustituyeron al anterior Consejero Principal en Madrid su estrategia varió, ahora quiere acercarse al Director, no más enfrentamientos, se lo va a ganar a fuerza de abrazos, quiere matarlo a besos y halagos. Lo de Martínez ha sido un descuido torpe, ahora no era el momento de dar ese paso, pero a lo hecho, pecho. Quiere que Yelbes le vea como su aliado, lo que es. Le «toca los güevos» que circulen por ahí ciertos infundios sobre la confusa relación entre ambos. «Con lo que yo hice por ese hombre cuando pretendían despedirlo…». Le quiere comentar los incendiarios wasaps de protesta que ha recibido del director de comunicación del club de fútbol, muy molesto con el jefe de Deportes.

—Quiero que sepas que no le he contestado, no le he dado la razón, y eso que no sé si la tiene, pero para mí lo primero es nuestra gente. Aunque algunas cosas que escriben los de Deportes son pa cagarse.

—Si no aceptaras invitaciones al palco no pasarías estos apuros. El palco es un lugar inconveniente si no estás dispuesto después a ignorar completamente las presiones y los favores. Los de Deportes hacen su trabajo, que consiste en un seguimiento puntilloso al equipo y al club. La afición está descontenta y los resultados son penosos, ese es el servicio que debemos dar a nuestros lectores. Lo que te pide ese tipo en el mensaje es que te prestes al mamoneo.

—Y ya ves que no lo hago. Por cierto, que tengo una noticia que tenemos que publicar, es importante. De la refinería del norte, sabes que está cerca de mi casa y nunca me he quejado de la mierda de residuos que nos suelta, por el agua, por aire, es pa cagarse. Ahora hay una nueva movilización de los vecinos, llevan años protestando por los incidentes y vertidos y esas cosas. Sinceramente, creo que deberíamos publicar algo.

—Nos coge un poco lejos, la verdad. Allí ya ni vendemos periódicos, está a cincuenta kilómetros de nuestro quiosco más cercano, no es nuestra zona de influencia. Pero, bueno, sí, algo podemos publicar, una fotonoticia de la protesta o algo así.

—No, hombre, una fotonoticia no hace nada, que tú tienes buen olfato y vas a alucinar cuando te enteres de lo que hay detrás del caso, te aseguro que van a salir muchas irregularidades. Deben de haber estado comprando políticos y líderes sociales, o no les permitirían hacer lo que hacen. Pon a alguien a investigar, los ecologistas algo sabrán. De momento, esta tarde habrá una protesta masiva, el vecindario está muy cabreado con la refinería. Yo creo que ahí tienes una doble página interesante, y desde luego una portada de impacto.

—Pero si la refinería está en otra provincia, que ya no llevamos periódicos allí, ni nos leen por internet... Vamos a quedar como unos botarates ocupándonos de algo que está en el quinto carajo.

—¿Y cuántos periódicos vendes en Libia o en Egipto y en su día publicamos lo de las protestas por la Primavera Árabe?

—Pero, Pulpón, ¿cómo vas a comparar una cosa con la otra?

—Mira, las cartas sobre la mesa: esa puñetera refinería no se gasta un duro en publicidad, nos tiene a cero, yo creo que si hacemos algunas páginas denunciando sus abusos acabarán llamando a nuestra puerta.

—O sea, que no se trata de tus vecinos, sino de nuestras cuentas. A ver, se puede publicar alguna información porque el asunto tiene cierta trascendencia e interés público, pero todo muy discreto y medido, no puede ir demasiado extenso porque no tiene tanta importancia para nuestros lectores y fuera pensarán que, en efecto, tenemos alguna intención aviesa o una cuenta pendiente con ellos. Es un mal asunto enfocarlo así.

—Debes tener en cuenta el interés de la empresa.

—Siempre lo tengo, pero podemos caer en el ridículo.

—No lo creo. Es una empresa muy contaminante que…

—Vale, vale, Pulpón, para, me has convencido. Esta tarde mandaremos un fotógrafo y un redactor a la manifestación, cuenta con ello, algo comedido, ¿eh?, aunque esté en la misma puñeta. ¡Hecho! No le des más vueltas.

El Director encarga la cobertura de la protesta vecinal y se va, desaparece el resto del día, sin avisar, no acude esa tarde a la reunión de portada, no llama para preguntar por los temas… Raro, pero tampoco es la primera vez que pega una espantada y se esfuma. Su teléfono queda desconectado y a él se lo traga la tierra. Nadie sospecha nada, salvo la Subdirectora, que intuye más que sabe y le cubre las espaldas: «Ya he hablado con el dire, nos ha puesto un diez, vamos adelante con todo lo programado». Cuando esto sucede, Yelbes suele reaparecer el día después sin dar explicaciones ni ser preguntado. Ya volverá, pues, piensa Barrado, y alivia la faena sin él.

* * *

Al día siguiente, al cruzar la puerta giratoria de *El Periódico,* la Subdirectora coge un ejemplar del diario entre el montón apartado en la mesa del vigilante. Se queda totalmente extrañada. La fotografía de portada no tiene nada que ver con la que seleccionó ella misma la tarde anterior. Es una foto patética con la protesta de cincuenta vecinos contra una refinería con una pancarta que dice «Basta ya de vertidos», una portada de periódico pueblerino. «Pero si había más gente en mi peluquería hace una hora que en esa manifestación… ¿Qué cojones ha pasado aquí?», se dice. Una insignificancia en el culo del mundo. Sabe que ese cambio absurdo solo lo puede haber decidido Yelbes, pero ¿cuándo y para qué? Al llegar a su mesa, todo empeora. La secretaria de Redacción le pasa un aviso del gerente de la refinería del norte, ya ha llamado tres veces, amenaza con demandar a *El Periódico* en los tribunales por publicar una noticia falsa. Barrado no comprende el lío, devuelve la llamada y escucha lo peor. La noticia, en efecto, es falsa. Ayer no hubo ninguna manifestación de vecinos en la puerta de la refinería, es mentira. De hecho, el redactor y el fotógrafo se dieron la vuelta sin encontrar nada.

No lo entiende. Llama al Editor de Cierre, lo saca de la cama, acabó su jornada a las cuatro de la madrugada y todavía estaba descansando.

—¿Qué mierda de foto llevamos en portada? ¿Por qué has cambiado la que teníamos? —pregunta la Subdirectora.

—Me llamó el Director para pedirme que lo hiciéramos.

—Pero si no hubo manifestación, y por tanto tampoco puede haber foto. ¿De dónde la has sacado?

—Yo no lo sé. El Director llamó pasada la una y me indicó que teníamos que llevar la protesta como foto de la portada en la última edición. Le dije que ese tema no venía en ninguna página de dentro y él mismo sobre la marcha me dictó unas líneas, como si se conociera la información. Incluso añadió que fueron cuatrocientos los asistentes frente a la fábrica, cansados de los residuos ambientales, que la empresa sigue guardando silencio y que los convocantes han completado una denuncia para presentarla ante el Defensor del Pueblo.

—¿Y la foto de dónde ha salido?

—Yo le dije que tampoco había imagen del día y me respondió que buscara una por las redes sociales, una que hubiera hecho algún vecino. Tampoco había, encontré una de una manifestación anterior, de hace dos años, se lo aclaré y me señaló que le parecía perfecta, que la publicara como si hubiera ocurrido ayer.

—¡La madre que te parió! —estalla Concha Barrado.

—¡Oye, que es el Director! Me dio una orden, no es la primera vez que me llama de madrugada con alguna cosa.

—Sí es la primera vez que llama con algo que no ha pasado, con una noticia falsa. Yo creo que es distinto.

—¡Pero yo no podía saber que era falsa, que es el Director!

—Escúchame una cosa, flamenco, para ti y para mí, y como me entere de que esto sale de aquí te mando de corresponsal a Melilla… Escucha, la próxima vez que el Director te llame de madrugada, vas a decirle que sí a todo y a continuación me vas a llamar a mí, sea la hora que sea, y yo me voy a hacer cargo del asunto. ¿Entendido? Venga, pues ahora vuelve a la cama, bella durmiente.

La Subdirectora no sabe qué hacer. Duda, pero le puede su impulsividad natural. Marca el primer nombre de su agenda, el número más usado. Yelbes sigue desconectado, los huevos que tiene el tío, lleva casi veinticuatro horas ilocalizable y para lo único que llama de madrugada es para ordenar que se cambie la primera página con una noticia falsa. Por fortuna, el día está empezando. Le escribe. Corto. «Llámame, bandido». Y el bandido acaba apareciendo poco después. Barrado lo ve entrar en su despacho y se va detrás de él, le dice a la secretaria que no deje pasar a nadie y cierra con pestillo la doble puerta, tanto la que da a la Redacción como la que lleva al departamento administrativo.

—No sabía si llamar a tu mujer, pero es que si lo hacía la iba a trastornar.

—Barrado, Barrado, recuerda lo que recomienda el eminente Zaragüeta: no mezclemos los ganados. Ya conoces la norma, a las familias no las complicamos con el trabajo.

—No me jodas que tienes un lío por ahí. No me digas que tú también eres un capullo.

—Mírame, mírame a la cara. Sabes bien que no tengo nada de eso.

—Ya, o sea que es peor, es lo que me imagino, peor. Puedes acabar perdiendo el control.

—Yo mantengo el control, no hay problema. Nunca lo he perdido.

—Estás equivocado: anoche lo perdiste. ¿Dónde estuviste, qué hiciste?

—La segunda norma es no husmear en nuestros rincones oscuros. Como dice Palomar, nosotros somos gente educada, respetamos los rincones ajenos.

—No me jodas, es importante, dímelo. ¿Dónde estuviste?

—… No me acuerdo. Ya está. No lo recuerdo. Sé que ahora vengo de mi casa.

—Jooder.

—No me acuerdo, te lo diría, sé que pasadas las doce salí de Aquarium, y por lo que sea no recuerdo qué hice después.

—Te lo voy a decir yo: fabricaste una portada falsa, con una noticia falsa, llamaste a Cierre a la una y metiste la noticia de la protesta de mierda de la refinería de Pulpón. Pero es que ni siquiera hubo protesta, joder, diste tú los datos y ordenaste que se pusiera una foto antigua.

—¡¿Cómo?!

—Has cruzado la raya, querido bandido. Última vez, tenemos que sentarnos en el confesionario. ¿Qué cojones te pasa con esa gilipollez de protesta vecinal que no le interesa a nadie? Que sepas que ayer cayó una tromba de agua en la comarca de la refinería y la protesta se suspendió. Tenemos que rectificar o nos llevarán a los tribunales. Ha llamado el gerente de la refinería.

—Habla por favor con él y dile que voy a verle a la tarde. Vamos a arreglar este cristo.

—Bien, pero dame hora para el confesionario, en serio.

—Vale, aunque lo de la llamadita a Cierre no vamos a poder aclararlo. Tengo una laguna absoluta, ni idea de lo que pasó después de la primera botella. ¿No llamaría Pulponcete, suplantándome?

—A mí con las cosas que publica *El Periódico* no me hagas cachondeo. Tú algún día te irás de aquí, a otro lado; yo solo tengo por patrimonio la credibilidad de esta cabecera, como todos los que quedamos fuera de tu despacho. Bromas con esto ni una, Director.

42

El Nou President perdió las ganas hace tiempo, tiró la toalla —«con estos no se puede»—, aunque nunca cometerá la debilidad de reconocerlo en público. Es un político profesional. Nadie le verá en un desmayo. Ante las contrariedades, delante de los medios sigue poniendo la cara de cartón, algo ajada, inexpresiva, la sonrisa de un fracaso, sin emoción. La tez ya no tiene aquel tono lechoso de hace tres años, blancuzco; los tintes de su expresión son ahora rojizos, algo encendidos, sanguíneos y con venillas ribeteadas. En definitiva, se ha cansado de ser el saco al que van a parar todos los golpes. El rictus en privado es agrio, cortante, con algo de hartazgo, fatigado; habla sin terminar de rematar las ideas, deja las frases a medias, como lanzadas contra una pared sin acabarlas. Siente el Nou President que nadie (y cuando dice nadie es nadie) le ha tratado bien, ni siquiera con respeto. Es su punto de vista, fundamentado, pero tampoco le nace la autocrítica, no ve sus errores, su ingenuidad, cómo se ha dejado manejar por el dúo de Eduardo y Juandiós.

Pincha un enlace en el ordenador de su despacho y comprende el alcance del horror. El partido ha perdido las elecciones europeas en la región, es la primera derrota en casi veinte años y es suya, de nadie más. Teme que mañana se le echen encima las hienas de

Génova. Insensibles. Indeseables. Al menos el Emisario se cansó de su papel de correveidile, de trabajar en las sombras, a la contra, de meterse en todos los charcos. El Emisario se va a Bruselas de eurodiputado. Uno menos.

Está harto también de la prensa, en especial de *El Periódico*, de su Director, de la desafección, de la crítica permanente, de la distancia desairada... ¡Cómo va a ganar sin la prensa aliada! Teme la primera página de mañana de *El Periódico,* van a disfrutar titulando con la derrota, pontificando, señalándole como el responsable final. Le han llamado el «Gran Error», la mala elección; el Nou President concebido como una equivocación total del partido. Tela. Y encima ahora en Génova han dejado de seguir a *El Nacional,* para las cosas de la región ahora leen *El Periódico*, esos insidiosos.

Viste vaqueros, en su despacho, es domingo por la tarde y solo están los conserjes de la planta baja y la seguridad mínima del edificio. La Gobernanta no ha aparecido, por allí no anda, se fue al pueblo después de votar, a comer con su madre. No tiene ganas de llamarla, no quiere hablar con nadie, tampoco es capaz de idear alguna respuesta para el desastroso resultado, no piensa salir más tarde a atender a los periodistas, ni hablar, que lo haga el Secretario General, que además es consejero, para eso está. No ha parado de recibir mensajes suyos durante toda la tarde, que si en tal sitio o en el otro ha pasado esto o aquello. Qué más da, chorradas, irrelevancias; el tema es que han perdido en toda la comunidad, por primera vez en dos décadas, y le van a culpar a él. «Y lo harán echándome la gente encima. Lo que estará disfrutando el otro, el expresident de los trajes, el liante que dejó esto hecho un lodazal; estará hablando con los veteranos, ya sé lo que dirán, eso de que "nosotros ganábamos siempre". Con vosotros esto era un corral de bandoleros», piensa para sí el Nou President.

Deja la mesa de trabajo y se va a la sala de estar adosada al despacho donde descansa y se relaja; siempre que no tiene a nadie a quien atender se escapa a ese lado del Palau. Enciende una televisión con pantalla enorme, le gusta ver ahí el tenis, zapea por los programas especiales, ninguno de esos listillos tertulianos le ofrece algún argumento que pueda utilizar más tarde. Vaguedades. La Gobernanta llamará en algún momento para coordinar la reacción oficial, pero la verdad es que cuanto más caso hace a su opinión en más líos se mete. «Nadie la respeta a ella, ni a mí; al menos el Secretario General sabe de esto, lleva treinta años haciendo campañas pueblo por pueblo».

Entra en la web de *El Nacional* y también ellos destacan la derrota. Tener amigos y hacer favores para esto. Nunca hasta esa tarde había dudado de su entendimiento tácito con Juandiós y el Fundador. Se ató a ellos nada más aterrizar en el Palau, le indicaron un camino de éxito fácil, separándose de la herencia recibida y de la maldita corrupción. Aquellos sabios consejos de Eduardo para levantar un liderazgo nuevo, recuperar la confianza de los ciudadanos, combatir toda sospecha de irregularidad, con la cobertura mediática de Juandiós, impulsarían al Nou President. Ese era el plan. Pero no funcionó. Nadie siguió la estela informativa de Juandiós, ni siquiera la televisión pública, la televisión autonómica, ahora cerrada.

Repara en que todo le está fallando, ahí están los resultados y se están quedando sin tiempo, en un año llegan las elecciones autonómicas. «No las voy a ganar», se reconoce a sí mismo. Tiene a la prensa local a una distancia higiénica, crítica, le afean cada error, cada dificultad; está rodeado de compañeros hostiles o pasivos que no le apoyan lo suficiente, y a su predecesor no acaban de empurarle, no digamos ya meterlo en la cárcel: se escapa de los lazos de la Fiscalía, está saliendo bien parado de todos los procesos. Piensa que mientras el expresident no sea condenado (y ya han pasado tres años desde que se despidió del Palau) no va a arraigar la conciencia de limpieza en el partido y él no podrá reivindicarse como el Nou President honrado y regenerador. En definitiva, todo sigue en el aire y se ha quedado sin tiempo. *El Nacional* le aprieta con que tiene que limpiar más, y la prensa local, con que está limpiando donde no debe, que ha de acertar cuando limpie. Cada parte tira de él hacia un lado, como un pelele. Ha perdido autoridad en las instituciones y en los medios y su imagen en la calle aparece fallida. Lo que más le molesta es oír lo de «moniato», cagonlaleche. Le falta prensa a favor, los empresarios le tratan con displicencia, los dirigentes civiles sonríen pero no moverán nada por él, no encuentra dinero para movilizar una Administración quebrada y ya no se fía de parte de su equipo. La Gobernanta se empeña en repetirle que el Vicepresidente es un traidor, pero se ha equivocado tanto en sus juicios que cualquiera sabe. La guerra entre sus dos principales colaboradores es ridícula, absurda, pero no se ve capaz de cortarla; que se maten entre ellos si es lo que buscan. Todo lo que va saliendo le parece sonrojante: micrófonos en algunos despachos, espionaje, filtraciones… La guerra interna de su equipo le agota. Son unos irresponsables, eso piensa, unos inconscientes. Las elecciones autonómicas se acercan y nos van a echar a todos. Vuelve a centrarse en la derrota de las europeas y se sonroja, siguen sin venirle las ideas para reaccionar. Menuda cagada, lo admite. Rememora el último año; es dramático, sin dinero, apurados para abonar las nóminas de los funcionarios, al filo del precipicio varios meses, cuando no llegaba la transferencia del Estado para pagar a médicos, profesores, recibiendo broncas semanales de los ministros —«que alguno de ellos me trata a patadas»—, desafección en la sede del partido y la prensa local haciéndole risas.

Y luego llegó el aviso de que el Tribunal Superior de Justicia consideraba ilegal el expediente de regulación de empleo de Canal Nostre. «O sea, que debía aguantarme con una televisión pública enorme, quebrada y fuera de control, deficitaria y corrompida, intervenida por la oposición e indiferente y hasta hostil conmigo, una tele cara y desprestigiada, y sale una sentencia que me pega un revolcón». El colmo.

Está recordando ahora el amargo noviembre anterior, ocho meses han pasado. Llega el auto con el despido nulo de los tribunales y tiene que reincorporar a mil trabajadores a la televisión pública. Al Nou President le sobreviene un arrebato de ira y pundonor que deja a los suyos descolocados. «¿Esto qué narices es? Si hasta los jueces se cachondean de nosotros». Quiere, por primera vez, responder a lo grande. Más que dar un golpe en la mesa, decide tirarla abajo, imponerse de una vez, con una decisión que deje a todo el mundo con la boca abierta, sin ganas de replicar. Solo le queda un aliado en los medios: el diario de Juandiós. Necesita contarle cómo se siente y lo que pasa por su cabeza, decide no llamar al delegado regional, buen muchacho, aplicado, fiel, pero un mandado, pide que le pongan en Madrid con Juandiós, el periodista más influyente y temido de España. Y están en el mismo barco. Limpiando la corrupción. Consiguen hablar a última hora de la mañana. Y sucede la gran catástrofe. La montaña se va a venir abajo de manera irreparable con la decisión más loca de su mandato, una decisión política diabólica que lo mismo no ha sido idea suya, sino del periodista madrileño; en realidad ya no sabe de quién ha partido la idea, de alguna manera se ha ido fraguando en mitad de la conversación. De hecho, el poderoso periodista va a la mesa de sus subdirectores para contarles la noticia que van a dar en primicia:

—Me ha llamado el Nou President por lo de la sentencia que anula el ERE de la tele de allí. Hemos convenido que solo tiene una salida, una medida audaz que le impulse, que será copiada a continuación por los otros presidentes autonómicos y que le va a dar autoridad, fuerza y proyección nacional: debe cerrar Canal Nostre, y lo va a hacer. Tenedlo preparado, a primera hora de la tarde soltamos la exclusiva en la web y, después, un editorial apoyándolo.

Los jefes de *El Nacional,* acostumbrados a su director, tampoco le dan demasiada importancia al asunto. Juandiós es único manejando el cotarro, sobre todo con los presidentes autonómicos, que se mueren por tener una ocasión de pedirle consejo al periodista más grande de España.

El tercero en discordia de esta relación secreta, el Fundador, esta vez no ha estado al tanto de la operación. Está de hecho al margen, todo ha sido demasiado improvisado, impulsivo, rápido, fruto de la tensión en la que vive el Nou President. La onda le llega después de comer, está en el Hotel Wellington de Madrid y no puede creérselo, aunque lo está publicando *El Nacional.* Llama de inmediato al Palau, escamado.

—Muy buenas tardes. No sé si te molesto.

—Hola, espera, espera, un momento, que salgo.

El Nou President tapa el móvil con la mano y les dice a los suyos que aprobado, que *okei,* que difundan el comunicado a los medios: se cierra Canal Nostre. Adelante con todo lo hablado, con diligencia; conviene mantener la iniciativa informativa, que preparen el decreto de disolución de la corporación para aprobarlo cuarenta y ocho horas después en la Asamblea.

—Hola, perdona, ya, esto… ¿Qué tal?

—Nada, oye, esto…, que he leído que vas a cerrar Canal Nostre. ¿Lo has pensado bien?

—Sí, sí, ya está en marcha, todo lanzado. Voy a romper los

desafíos de una vez, aquí se acaba el cachondeo, estoy harto de seguir con las manos atadas, puteado, cansado de ser zarandeado por unos y otros, como tú me has dicho tantas veces. Ya lo saben todos: Canal Nostre se cierra de inmediato.

—Pero, perdóname, eso es muy delicado, se te puede escapar de las manos. Primero, sin la tele no vas a poder ganar las elecciones, eso seguro, pero es que además se te va a echar encima toda la oposición y mucha gente de los pueblos, que allí se sigue viendo la tele pública, es el único medio por el que se informan y ven el tiempo y las fiestas populares, ya sabes, a ningún presidente autonómico le daría por cerrar su televisión. Vas a tener un problema fuerte y, bueno, ya verás cuando esos dos mil tíos se echen a la calle porque les has quitado su trabajo, te van a sacudir de lo lindo. Presidente, de verdad, ni se te ocurra, no vayas por ahí que te estrellas seguro.

—Humm…, eeeemm… No lo creo, esa gente no tiene ningún prestigio profesional, y además con esto mandamos un mensaje claro, enérgico, de control presupuestario y fortaleza política.

—Que no, que no, que son dos mil familias, dos mil tíos que tienen un empleo cojonudo, envidiados en su entorno, que conocen a mucha gente, es el mayor cierre empresarial de la historia de la región, es como si cerraran la fábrica de la Ford, piénsalo, y quien hace esos despidos es el Consell. Ese follón te lleva de cabeza hasta las elecciones.

—Pues lo he hablado con Juandiós y le ha parecido bien. —Al decir estas palabras se sonroja, porque elude reconocer que en realidad ignora de quién partió la ocurrencia.

—Pero, hombre, Juandiós solo está en clave de sacar exclusivas, por ejemplo, dar la primicia del cerrojazo a una televisión pública. Él opera en el ruido informativo, en lanzar grandes temas. Esta vez tus intereses no coinciden con los suyos. Para este asunto, Juandiós no te vale.

—Bueno, de hecho…, puede ser… —Al final la tensión le puede, no es capaz de callárselo—: De hecho, te diré que es algo que surgió mientras hablábamos, pero lo cierto es que la idea es buena, lo veo clarísimo, la verdad.

—No me fastidies, Juandiós es amigo, un fenómeno de los medios, el mejor de todos, pero de la acción política no tiene ni idea, mete a la gente en unos líos tremendos, yo creí que esto tú lo tenías claro, perdóname, me tendrías que haber llamado. Cada uno vale para una cosa, y todo el mundo conoce los desbarres de Juandiós cuando le da por hacer de estratega, no da una con sus consejos, no sabes las que montaba en Baleares. Mira como Esperanza, que le quiere mucho, no le hace ni caso, nada, cero. Juandiós es un peligro público como inspirador político, como el mono de la motosierra.

Se hace un silencio durante algunos segundos. El Fundador ya no quiere proseguir, lo ha dicho todo. Espera.

—Pues esto ya es imparable. Ya ha salido la nota para los medios. El Vicepresidente me ha respaldado, la Alcaldesa no se opone y además estoy totalmente convencido. Va a salir bien y lo cierto es que no tenemos otro camino. Necesito imponer autoridad.

—Vale, bien, si es tu decisión… Desde hoy debes darle una pensada a cómo manejar tu relación con *El Periódico*, sin la prensa estás muerto, y sin televisión pública *El Periódico* se queda con el monopolio de nuestra base social, porque los de *El Nacional* no influyen en clave local. Te faltan agarres. Voy a ver si quedo con Yelbes y miro cómo respiran por allí.

El plan, drástico para unos, energuménico según otros, no tiene marcha atrás. Haber acatado el fallo judicial habría supuesto poner de inmediato sobre la mesa treinta y siete millones de euros, el coste de un año del personal afectado por los despidos. ¡Y no los tiene! Después del director madrileño, los primeros en enterarse del cerrojazo han sido el Vicepresidente de la Generalitat, el Jefe de la Dipu y la Alcaldesa. Ninguno se opone. La directora general de Canal Nostre se entera casi al mismo tiempo que la ciudadanía y dimite en las horas siguientes, deja tirado al Nou President, no se siente solidaria del plan después de llevar apenas ocho meses en el cargo y no haber sido consultada. La empresa como tal está quebrada, tiene casi dos mil trabajadores y una deuda de mil trescientos millones de euros, la Generalitat tiene que poner cada ejercicio doscientos millones para sostener un monstruo maldito. Tras el cese de la directora general se produce un imprevisto clamoroso, un motín laboral. Los trabajadores se hacen con el control de la programación y se levantan contra el Consell y la Asamblea, que ya ha aprobado la disolución del ente. En la medianoche posterior se corta la emisión de la radio pública y la emisión digital, pero la televisión analógica, el buque insignia, sigue emitiendo, en rebeldía: por primera vez la televisión pública hace críticas al poder gobernante, desmesuradas y a borbotones, y por primera vez los líderes de la oposición salen ante las cámaras, como aliados de los trabajadores. Resulta un espanto. Los empleados bloquean el acceso de los informáticos al edificio para impedir la desconexión. A los administradores se les ocurre llamar a un electricista —¡un electricista!— para que corte el cable que alimenta los servidores, se llama Paco el Telefunken, pero el buen hombre, una vez dentro, se deja arrastrar por la presión ambiental y se abstiene de hacer su trabajo, es jaleado por los rebeldes como un héroe. Cada minuto que pasa, el ridículo nacional que está haciendo el Nou President es mayor, inimaginable, humillante. La solución se le ocurre al fin al Vicepresidente: cortar la luz de todo el edificio. Es la única manera de evitar que el comité de trabajadores siga soltando consignas antigubernamentales en antena. Que Iberdrola deje sin luz, pues, todas las instalaciones de

Canal Nostre, desde la calle; una solución a lo bestia. Al fin, la televisión pública deja de existir a las 12:19 horas del mediodía. Para acabar con tal escarnio, si hubiera hecho falta se habría dejado sin suministro eléctrico a la ciudad entera.

La tarde de las elecciones europeas, ocho meses después del tragicómico cierre de la televisión pública, se está haciendo larga. El cierre de Canal Nostre en ese momento ya le suena lejano al Nou President. El desgaste ahora le viene por una derrota electoral sin precedentes. Le llama el Secretario General y sale de su ensimismamiento.

—President, ya ves cómo estamos. Mal. Hay que hacer algo mañana, pronto, mandar una señal, coger impulso, dar un giro, rápido, tienes que limpiar, sacar peones quemados, hacer cambios…, el Vicepresidente… Tú verás, esto va de acción-reacción.

—Sí, sí.

—Tienes que enterrar el resultado con un golpe de timón esta misma semana, para que nadie se acuerde de la derrota. O te van a comer vivo. La oposición se va a subir a la parra, los listos de Madrid te van a pedir sangre, anticípate. Voy a verte y lo vemos, ahora.

—No, no. No hace falta. Oye, una cosa: sal tú esta noche a hablarles a los medios y mañana a primera hora quedamos aquí, en el despacho. Tengo que darle vueltas a lo que me has dicho.

—Esto… Vale, yo me ocupo… Pero… esto…

—Perdona, tengo que dejarte, me entra otra llamada.

Cambia de interlocutor. Al otro lado está la Gobernanta del Palau, responsable de la coordinación política.

—Dime. Vaya desastre —comenta el Nou President.

—No lo entiendo, si es que estamos solos. Con todos estos mataos, que van a lo suyo… ¿Qué vas a hacer?

—No sé, he quedado mañana a primera hora con el Secretario General.

—Vale, así se lo dices cuanto antes, tienes que estar tú solo con él, o lo entenderá peor. Dile que tiene que dimitir como Secretario General y como consejero, de todo —zanja la Gobernanta.

—Pero… Joder.

—No podemos hacer otra cosa, alguien tiene que pagar, él es el indicado. Él o tú. La salida de Serafín se entenderá, servirá para cubrir el fracaso, nadie lo cuestionará.

Cuelgan. El Nou President tiene un mensaje de última hora de la jefa del partido, desde Génova.

«Hola, President. ¿Qué hacemos?».

«Mañana dimite mi Secretario General», escribe, sin ganas.

«OK», le responde ella. Mínima respuesta, mínimo interés.

Y vuelve al Nou President, con toda intensidad, una sensación extraña de abandono. Ni siquiera retorna a mirar las ediciones digitales. Le gustaría estar en cualquier otra parte, quedar con tres amigos, tomar unas copas, reírse, desconectar, desaparecer. Pero es el Molt Honorable President de la Generalitat y acaba de perder sus primeras elecciones. No es nadie.

A la mañana siguiente tampoco lee los periódicos. El Secretario General ya está esperando en la antesala cuando llega al despacho. Serafín lleva toda la prensa bajo el brazo.

—Ni me lo enseñes. No quiero ver nada.

—¿Has oído las emisoras de radio?

—No. Ya sé lo que están diciendo, no me hace falta escucharlas.

—No tenemos ningún apoyo en los medios, President. Ninguno. Hay que rectificar, eso es lo primero. Anoche te dije lo del cambio de rumbo, necesito dos horas cuanto antes para hablar de esto contigo, dos horas sin que nos molesten, pero lo primero es rehacer nuestras relaciones con los medios locales; de Madrid no vamos a vivir, ni nos va a servir para ganar las elecciones. No habrás visto *El Nacional,* pero te lo advertí: nos ha abandonado, ya pasan de nosotros, y ellos provocaron que nos enfrentáramos a toda su competencia. Tienes que hablar con los directores de la prensa y la radio local, es urgente, y el primero de todos con *El Periódico,* necesitamos al menos que no sea hostil con nosotros, aunque no apoyen, pero que sean neutrales, o nos hundimos.

—A ver, es verdad lo que dices de los medios, pero primero tengo que dar una respuesta al desastre de ayer.

—Eso es cierto. ¿En qué has pensado?

—Tienes que dimitir.

—¡Yo! Pero si soy el único que te ha sacado de los problemas… Me hago cargo del partido, y ahora me lo quitas y me señalas. ¿Cómo voy a mantener mi firmeza en el Consell si me cesas en el partido?

—Serafín, tienes que dejar también el Gobierno autonómico, no sería creíble si te mantengo como consejero.

—¿Esto qué es? Tienes alrededor un montón de inútiles, descerebrados y aprendices que no valen nada y me quitas a mí, que soy el único que te resuelve problemas. Te equivocas, President. Soy tu único blindaje, el único. Aquí, el único que no ha entrado en guerras personales soy yo, ni en insidias, por eso tú no puedes destrozar mi trayectoria sin más, no te lo puedo permitir. Es un insulto.

—Serafín, me lo ha pedido la dirección nacional, anoche, no puedo oponerme. Se va a hacer así en todos los sitios, hay que cortar la sangría de la derrota rápidamente. O esto estalla y no aguantamos el año que nos queda.

—No hay huevos para llevarme al matadero. Yo ya he pasado por mucho. Si tú quieres, se pueden buscar otras salidas.

—Esto no puedo frenarlo, pero ¿qué alternativas tenemos?

—La plaza de delegado del Gobierno se puede quedar vacante. Esa puede ser una salida aceptable para mí.

El Secretario General, profundamente herido, contiene la rabia, mira al President y confirma lo que es: un pelele, un alcalde de pueblo que en tres años no ha aprendido nada en el Palau, alguien a quien el cargo le viene grande y que se ha sostenido porque él ha estado detrás, sujetándole. Ahora va a ser humillado, pero ya le ha pasado otras veces, sabe que tiene que resistir hasta que otra puerta se abra. Acepta, con profunda irritación.

—Vale, me voy a comer este marrón por ti, President, porque con esto puedo salvarte, dudo que ninguno de los tuyos estuviera dispuesto a un sacrificio así. Voy a poner mi cabeza para que me la cortes. Pero en tres semanas necesito una reparación, tengo que ser el delegado del Gobierno. Habla con el ministerio, es eso o no participo en el enjuague.

—Se puede hacer. Esta tarde lo comunico en el comité ejecutivo, y en cuanto amaine la tormenta resolvemos lo de la delegación del Gobierno.

—Y otra cosa. Los míos se quedan donde están. Yo salgo, pero a los míos no se les toca un pelo. A ninguno: llevan veinte años conmigo y para mí son innegociables. Me debo a ellos.

43

Se siente ultrajado. Hasta esa madrugada era Secretario General y consejero, el juego de su vida. Ya no lo es, pero cuenta con el mejor instinto de supervivencia de todo el partido, solo por detrás del Conejo. Estuvo en la oposición, cuando gobernaban los adversarios, un cuarto de siglo atrás. Tenía veinte años y era desenvuelto y arrojado, acostumbrado a fajarse en la política local, en los pueblos, concejal metido en el berenjenal por su padre, supuestos labradores, *llauradors,* pero que no lo eran, ni remotamente: eran la familia agraria más rica del lugar. Allí no había ni oficina del partido, así que una mañana se acercó a la capital y se presentó en la sede, dio su nombre y dijo que quería ayudar. Mediados de los ochenta, verano, pantalones de campana y camisa estrecha a medio abrochar, hasta el esternón, con un medallón de la Virgen de los Desamparados a la vista. Quería hacer política, aprender. La esposa del mandamás de aquella época le acogió en su mesa, el chico era despierto, decía su marido, y le enseñó el orden de los cubiertos y a abrocharse dos ojales más de la camisa. Tenía nervio político, comprendía la vida de los pueblos y conservó algunas de sus expresiones más chirriantes, lo que, como el olor a ajos en Sancho, delataba la villanía de origen. Mira que se aplicó en el adiestramiento, en la vocalización, pero en cuanto se relajaba la charla acudía a él un barbarizante «nos» procedente de la jerga local, vernácula, la mezcla de lenguas del interior, «nos podemos consentir», «nos tenemos que responder».

Serafín hizo carrera de machaca y fontanero eficiente y cuando se alcanzó el poder, a mediados de los noventa, ahí estaba el tío, flamenco y preparado, para incorporarse al Gobierno autonómico de la mano del Fundador. Un capitán de equipo diligente en la gestión y en el control del territorio, de cargo en cargo. Cuando el Fundador se fue a Madrid de ministro, se unió con sus huestes al sucesor elegido, se cambió de familia política para convertirse en vasallo del nuevo líder. Y ofreció sus capacidades para liquidar los restos de la etapa anterior. Así se le pasaron otros siete años de estabilidad en el poder, siempre fiel al que mandaba. Hasta la gran crisis política de los trajes. Y otra vez saltó de bando para ponerse al servicio del nuevo señor, el Nou President. «Ya sé lo que dicen de mí, que soy un chaquetero, pero yo no soy ni de uno ni de otro; yo soy del partido y me pongo del lado del líder del partido, del que esté en cada momento».

Y de esta manera ha trabajado de lunes a domingo, mañana, tarde y noche, para el Nou President, igual que hizo con sus predecesores, sin más ambición que seguir en la pomada, estar entre los capitanes a los que se les pide opinión, y en los últimos tres años ha volado más alto que nunca pegado al Nou President, aconsejando y aclarando, sobresaliendo entre tantos cargos inexpertos. Ahora le toca tragarse el sapo de convertirse en el culpable del fracaso electoral. Y aguantar un tiempo agazapado, hasta la siguiente oportunidad. Le da vueltas a todo esto sentado en el coche oficial, tras salir del Palau, antes de que suene una llamada de la Alcaldesa.

—Serafo, ¿has visto *El Periódico*? En vez de sacar la foto del inútil, nos sacan a todos juntos, en comandita, en plan familia unida pasando un mal rato, como si fuéramos igual de responsables. Ya podrían haber elegido otra. Se lo he dicho a Yelbes.

—Ya, ya, qué mal, Alcaldesa.

—Yo no he perdido las elecciones ni presido el partido, no sé para qué me sacan. Te lo repito, con este no vamos a ninguna parte, ha convocado el comité ejecutivo para esta tarde. ¿Qué va a hacer?

—Entregaros mi cabeza.

—¿Te va a echar?

—Voy a dimitir, es lo que hemos hablado, me jode vivo para que él siga inoperante entre el Vicepresidente y la Gobernanta. Una vergüenza.

—Pero ¿esto lo saben en Génova?

—Alcaldesa, que da igual, que vamos cuesta abajo.

—¿Cuesta abajo? Nos vamos al pozo. Que no sirve, insisto. En fin, vale, ya hablamos.

La jefa nacional del partido le cuenta un rato después a la Alcaldesa que la decisión de destituir al número dos local es del President, que ella no dispone de tiempo para ocuparse de lo de ahí, que bastante tiene con llevar Génova y el ministerio, que se está complicando todo, y que si leyó el anónimo contra el Nou President. El último anónimo circulante en la ciudad ataca directamente al Nou President y todo el mundo se pregunta quién será el siniestro autor.

—Lo puede haber escrito cualquiera, qué más da, es de dominio público. Tanto que ni siquiera los periódicos lo publicaron, porque aquí ya es material conocido.

—Pero ¿el anónimo puede ser cosa de Paco, el expresident?

—Ese no gasta maldad para esto. Cualquiera puede haberlo escrito. Tiene a todos en contra. El anónimo no se hizo para que se sepa aquí, sino para que os enteréis vosotros. Paco le desprecia porque nunca se ha sentido defendido por él, y ya van cuatro absoluciones tras los montajes de la Fiscalía. El consejero imputado por lo de Haití…, pásmate, la policía lo persigue con el sobrenombre del Conejo…, ese es capaz de ir a por él y es peligroso, tiene amigos hasta en las alcantarillas, le encontrará algo que le pueda hacer daño; el topo puede ser suyo. Camilo está retirado pero vaticanea, es lo suyo desde los tiempos de los trajes, enredar, le conozco bien, le tuve como concejal de la policía, pero no montará una guarrada aunque sí malmeterá entre los suyos, los chiquillos cristianos. Los jefes provinciales del partido le ignoran, están en rebeldía, ni le obedecen ni le responden los mensajes, ya han dicho que no le darán su aval para renovarse en el cargo. Su Vicepresidente está en guerra abierta con la Gobernanta del Palau, en vez de trabajar para él se están apuñalando entre sí. Tiene a toda la prensa voceando sus escándalos, que ni siquiera son discretos.

—¿Y tú no puedes hacer algo?

—Yo lo he intentado todo, pero no puedo con él. Me exaspera, en las venas tiene horchata en vez de sangre, no puedo con la gente así. Habla con Mariano, yo no quiero escribirle, dile que nos hundimos, así de claro, hacéis algo o nos hundimos.

—No sé si te conviene que hable con el presidente del Gobierno sobre esto. Si lo hago, te va a pedir que la candidata a la Generalitat seas tú. Yo tampoco veo otra solución.

—Ah, no, no, no, ni hablar. De ninguna manera. Yo no me muevo de la alcaldía. Es más, hasta yo tendría que dejarlo; después de veinticuatro años, lo último que voy a hacer es ser el enterrador de esto. Adiós.

44

El Director anda por Madrid. Alguno de Génova quiere conocer de primera mano sus impresiones recientes.

—Me vais a hacer la pregunta de la otra vez, ¿verdad?

—¿Qué pregunta?

—A qué candidato apoyará *El Periódico* si decidís que hay que cambiar al Nou President. Es lo mismo que me preguntasteis hace tres años, con el anterior relevo, cuando el escándalo de los trajes.

—Bueno, es una pregunta importante. Sin vosotros, esto saldrá mal.

—Apoyaremos al candidato que elijan los órganos del partido, manteniendo la salvedad de poder alejarnos y criticar aquello de lo que discrepemos. No nos gusta participar en componendas.

—Vamos, venga, ¿esas tenemos? Soltando el manual de doctrina periodística, tú tienes una visión privilegiada, seguro que puedes ayudar con la selección previa.

—Mi visión, más que privilegiada, es pública, conocida, sale todos los días a la calle en nuestras páginas. Aquello no es Madrid. Pastelear estas cosas nunca sale bien y encima nos hipoteca, los lectores se sienten engañados con estos enjuagues y luego nos resulta más difícil mantener una crítica distanciada. Nos ata, perdemos autonomía. Eso funciona para los vanidosos, pero a un periódico importante como el nuestro no nos aporta nada entregarnos al abrazo del oso, es un autoengaño para creerte más de lo que eres. Yo no quiero ser parte interesada, sino un testigo independiente, somos unos pobres paletillos, no nos entusiasma eso de poner y quitar Gobiernos por pura vanidad.

—Oye, que sigues con el manual deontológico. Tú y yo nos conocemos desde finales de los noventa, no me sueltes una monserga. Al grano: entiendo que lo que me dices es que no os vais a oponer a ninguna decisión que tomemos.

—En absoluto, pero luego contaremos las cosas según las veamos, precisamente porque no hemos participado en la decisión. No os condicionamos por adelantado, pero después tampoco dejaremos que vosotros limitéis nuestro punto de vista.

—¿Tampoco os opondréis si la decisión es no cambiar al candidato actual?

—Tampoco. Allá vosotros, aunque entiendo que ya no hay margen para experimentos y la Alcaldesa no quiere prestarse a la operación ni sería una buena idea. Tampoco es su tiempo ya, y sabes que le tengo mucho afecto.

—¿Ni siquiera me vas a decir cuál es el mejor candidato para vosotros?

—Te podrías enterar más bien de cuáles serían los candidatos menos malos, o las virtudes y debilidades de cada uno, porque un mirlo blanco no tenéis.

—¿Y cuál es el menos malo?

—Lo vas a leer el domingo en mi página. Si ya sabes lo que opino, no me enredes. Yo he venido para otra cuestión: a mí lo que me interesa es saber cómo veis los follones que están pasando allí abajo, la acumulación de escándalos, qué se cuece aquí.

—¿De qué hablas?

—Pues de ese anónimo que habéis recibido contra el Nou

President, de quién puede haberlo escrito, del topo que está filtrando documentos internos de los amoríos presidenciales y su separación, de qué estará maniobrando algún peligroso exconsejero conocido como el Conejo… Esas cosas.

—De todo eso no conocemos más que lo que estáis publicando vosotros, son claves que se nos escapan, aquí no estamos para meternos en esas intrigas barriobajeras. No sé si estás enterado, pero este país se puede ir por el precipicio en cualquier momento, ser intervenido por la Unión Europea, quebrar.

—Pues de eso es de lo que se habla allí ahora, no de la corrupción, y no sé si será peor, fíjate. Estas son las cosas que definen hoy a vuestro partido y que os van a medir en las elecciones.

—Ahora los chismes deciden las elecciones.

—¿Acaso lo dudas?

—Vienes a decirme que hay que mandar de nuevo allí al Emisario, como con los trajes, cuando la famosa frase: «La fiesta se acaba a las cuatro». ¿Así estamos de nuevo?

—Eso es cosa vuestra. Lo nuestro, ya te lo digo, es que el domingo saldremos con un informe largo sobre la agonía del Consell, el bajo tono vital de la legislatura y las inmundicias que te acabo de comentar.

—¿Hablaréis también de los enredos del Fundador y Juandiós?

—Te va a parecer sorprendente visto desde aquí, donde las cosas de provincias os resultan insignificantes. Pero ¿qué otra cosa puede querer el Fundador de allí si no es territorio, puro territorio? No lo hace para reivindicarse o hacer negocios, parece que eso le da igual.

—¿Territorio para qué?

—¿Tú me lo preguntas, trabajando en este edificio? Territorio para enredar en esta sede, en este partido, aquí, en Madrid, en Génova, para representar por delegación o tutelaje un espacio de poder, para ponerlo en valor si llegara la hora de sustituir a vuestro Mariano, no será la primera vez que algunos juegan a moverle la silla, por ejemplo Eduardo y Juandiós.

—Vaya películas que os montáis con Madrid.

—Para ti la perra gorda. Alguien tendréis por allí a quien le podáis preguntar. Llamad a la Alcaldesa. Mandad al Emisario.

45

De la estación del AVE, procedente de Madrid, directo al periódico. Yelbes quiere llegar a tiempo a la reunión de las previsiones del fin de semana. La rutina de los jueves. Toca abordar los tres años del Nou President.

—¿Las claves para este editorial? —pregunta al Editor de Análisis.

—Empezamos recordando la reciente derrota electoral de las europeas y vamos retrocediendo hacia atrás.

—O sea, de más a menos.

—Me temo que de menos a mucho menos. La lista es deprimente: el fracaso electoral, las guerras internas en el Palau, las venganzas de los ajusticiados, el laberinto judicial, los escándalos de la corrupción, los anónimos, el topo, el *coach* del amor, la desbandada general…

—¿Cuándo vamos a poder informar a los lectores de que el jefe del Gobierno autonómico se ha separado? —inquiere el Director.

—Mejor cuando esté la sentencia —apunta el corresponsal político—, o al menos cuando haya un acuerdo entre las partes. Nos enredan desde dentro con que el matrimonio lo mismo se acaba arreglando, pero yo no me lo creo. A él se le ve demasiado feliz y encantado.

La Subdirectora pierde la paciencia:

—Esto no es un Gobierno, es una charlotada. Y todavía no hemos descubierto quién está filtrando las facturas con los gastos personales del President: que si las cenitas para dos en el comedor oficial, que si gastos en flores y en *gourmet* con fideítos caros, que si hoteles de fin de semana sin registro de actos oficiales… Hasta la nómina le han fotografiado. Pero nosotros seguimos fuera del tema, necesitamos tener algo ya, porque vamos cogiendo de aquí y de allá pero nada sólido, salvo la denuncia que ha presentado el sindicato Manos Limpias en un juzgado.

En ese momento, un redactor interrumpe la reunión.

—No os lo vais a creer. Bote, el jefe de prensa del Vicepresidente, ha sido detenido por la policía del Palau. El jefe de escoltas del Nou President le ha estado interrogando durante dos horas; parece que le acusa de ser el topo que está filtrando las intimidades del Nou President. Increíble, ¿no?

La perplejidad general es absoluta. Todos con la boca abierta. Los periodistas han conocido muchas situaciones surrealistas estos años, cada semana supera la anterior. La sede del Gobierno autonómico es un colegio mayor, las chiquilladas se suceden. Esa mañana, cuando el principal colaborador del Vicepresidente llegó a su despacho, le comunicaron que le estaba esperando el responsable de Seguridad de la Generalitat, un policía en servicios especiales a las órdenes de la Gobernanta del Palau. Y allí le tuvo varias horas, haciéndole preguntas sobre todas las informaciones negativas acerca del President que estaban saliendo en la prensa: los gastos, las facturas, los tiques, que de dónde salía eso, que cómo se accedía a esos documentos, etcétera. En definitiva, una guerra a muerte entre los dos principales jefes del Palau: la Gobernanta y el Vicepresidente. El corresponsal político necesita hacer alguna llamada. Sale de la reunión y vuelve diez minutos después.

—Acabo de hablar con Bote —informa—. Me ha cogido el teléfono, dice que lo suyo ha sido una detención ilegal, viene de poner una denuncia en la comisaría contra el jefe de los escoltas, un tal Núñez, inspector de la policía autonómica. Me ha dicho que están convencidos de que su despacho y el del Vicepresidente tienen micrófonos ocultos, que ya no se fían ni del conductor del coche oficial, que van a cambiarlo.

—Para resumir: el jefe de escoltas a las órdenes de la Gobernanta del Palau ha detenido a la mano derecha del Vicepresidente para que confiese que es el topo que está filtrando las interioridades de la Generalitat. ¿Lo vemos todos igual? —pregunta el Director.

—Ese hombre tiene que dimitir en cuestión de horas, esta misma tarde. Esto es de una sordidez y una gravedad terribles —comenta el Editor de Datos.

La reunión termina por abortarse, la planificación prevista para el fin de semana no sirve. Toca reenfocar todos los trabajos:

—Debemos publicar hoy mismo lo que estábamos preparando sobre las guerras internas del Palau, la lucha a muerte en la cúpula. Con lo que acaba de ocurrir, tenemos amparo para entrar a fondo en el tema, sin escrúpulos. La pelea es pública y bochornosa, salimos ya con ello y a correr. Para el domingo, Dios proveerá —concluye el Director.

No han pasado ni diez minutos del final de la reunión cuando en el móvil del Director aparece una llamada del Emisario.

—Toma, si es el señor Lobo de la calle Génova… Definitivo: las cosas se están poniendo serias.

—Mira, prefiero que me llames eso del señor Lobo, a lo *Pulp Fiction,* a que sigas diciendo lo del Emisario cuando estés con terceros, so cabrito, porque se están cachondeando de mí y sobre todo porque, perdóname, yo soy mucho más guapo que el Luca Brasi de Don Corleone.

—De cine no vamos a hablar ahora, que es tarde, y sabes igual que yo que estamos cambiando la mitad de las páginas para contar el último escarnio del Palau.

—Vale, pero no bromees con lo del Emisario, que algún simple lo ha soltado en la sexta planta y ya me llaman así para joderme un poco.

—Entonces, ¿te toca volver por aquí a dar algunos collejazos a la chiquillería?

—Yo ya no me ocupo de eso, afortunadamente. Tengo otros cometidos, y en dos semanas me traslado a la dulce Bruselas, a participar de los destinos de Europa, bien lejos de los berenjenales de las ferias de pueblo. Qué vergüenza, tú, que nos conozcan en Madrid solo por estas patochadas. Dime algo de lo que sepas.

—Dime tú primero. ¿Qué es lo que va a pasar?

—Pasar no va a pasar nada. ¿Qué quieres que pase, que le manden un jefe de estudios a este grupo de adolescentes hiperhormonados? En Madrid están con el rescate de las cajas, la prima de riesgo, a ver si evitamos ser intervenidos, a ver si los escándalos de don Juan Carlos aflojan un poco… En fin, ¿tú crees que alguien va a meter la nariz en algo tan grotesco y cochambroso? Para que encima se entere toda España. Ni locos.

46

La fiebre de la actualidad no baja. La política y el periodismo viven en un carrusel de noticias y emociones. Los lectores notan la vibración de *El Periódico*, está en un buen momento. Ha vuelto el nervio de antaño, el optimismo de la Redacción. Un mundo nace o muere cada día y ahí está la prensa para contarlo. Se presenta la última edición del Almanaque, por todo lo alto, con el compendio de las grandes noticias recientes. El acto tiene lugar en el salón noble del Ateneo Mercantil. Incluso ha pasado por allí doña Amparo. La cena celebratoria posterior, en el Hotel Inglés, languidece a partir de las doce. Palomar y Yelbes se miran, se entienden con un levísimo movimiento de cejas; uno dirige el principal programa de radio de la ciudad, el otro está al frente de una institución, *El Periódico*. Es el momento. Levantan la sesión, que el día ha sido largo. Breves palabras de despedida y el Director se marcha, anunciando que va a acercar a Palomar a su casa. Se escapan por una calleja peatonal. En la esquina huele a orín y a los contenedores de basura. Los gatos merodean entre la oscuridad de los desperdicios, los restaurantes han sacado sus despojos. Entran en el primer garito que ven despejado, viejo territorio conocido, con una barra larga como los antros de toda la vida, con sitio para acomodarse, en vez de los silloncitos bajos para hacer tertulia que acabaron con la forma tradicional de beber, cuando la mayor concesión pasaba por ayudarse de unos taburetes. Palomar y Yelbes van a lo que van. A lo suyo. A beber. Son profesionales. Todavía no es un acto clandestino, pero va quedándose en testimonial. El primer Walker Black se lo trasiegan del tirón. Agjjjjj. Sirve para lubricar el circuito digestivo y despejarse de la cena y el ambiente cerrado. El largo trago de calentamiento los coloca en posición, como el cantaor que se aclara la garganta antes de abordar el primer tercio de la soleá. Es el trago que entona para el principio del quejío. Para entrar en faena.

—Oye, algo que siempre te he querido preguntar. ¿Tú por qué bebes?

—Siempre he sentido sed, Ramón, una sed grande y caudalosa.

—A mí no me hagas de Director ni me vengas con juegos literarios, que ese no es tu terreno.

—¿Qué fue lo que escribió nuestro Pla en su vejez ampurdanesa con aquellos diarios del crepúsculo? Que sabía que el alcohol le hacía mucho daño, ¡pero tenía tanta sed! A mí, óyeme, no me da vergüenza sacar a los clásicos a pasear.

—Tampoco bebes tanto, tienes cuerpo para aguantarlo, se ve que tantos kilos encima te dan un fondo ferruginoso para embolsar el alcohol. La verdad es que nunca te he visto borracho.

—Quizá no estabas en disposición de percibirlo, Ramón.

—Ja, ja, ja. De verdad, puedes estar tranquilo. No te van las otras sustancias, más peligrosas, y en público solo bebes vino. Eres un caballero.

—Qué va, el vino sirve para la vida social, pero lo que te hace un caballero es el *whisky*. Cualquier bebedor de *whisky* es un potencial señor en su castillo. Lo del vino es otra cosa, maravillosa; lo tomas comiendo, no afecta a tus reflejos, te proporciona alegría vital, ánimo celebratorio, sociabilidad, buena conversación, sentido de la fraternidad, confianza en el prójimo. El vino nos cristianiza y hermana, está hasta para las misas, por algo será, allí donde exponemos nuestra máxima espiritualidad compartida; el vino es el mayor signo civilizador, sobre todo en el Mediterráneo, es el gozo, es la tierra mojada, el aire húmedo sobre la cara, alimenta, es la comunión con los tuyos, con tu mujer y tus hijos y tus hermanos y tus amigos, es la piel sensual, también el ajetreo de una casa, no encuentro nada más intensamente humano ni mayor expresión de amor cordial que ese buen vino tinto compartido, que embriaga y perfuma, pero no emborracha. Conforme nos hacemos viejos y nos queda menos cuerda, todavía gusta más.

—Menos mal que no publicas esas cosas, os cerrarían *El Periódico* por atentado contra la salud pública. No queda mucho para que tengamos que escondernos para beber, ya somos elementos sociales más sospechosos y subversivos que los atracadores de bancos.

—Yo soy partidario de mantener hábitos y debilidades fuera de las zonas iluminadas, poner en reserva una parte íntima de cada uno debería ser un derecho franco universal. Es lo último que nos distingue y preserva como individuos.

—Ah, ya me lo has oído, eso es lo que llamo los rincones oscuros, siento debilidad por ellos, me encantan los secretos ajenos, los respeto mucho, me parece que hacen a la gente más interesante, mejor, más completa y más noble gracias a esos ámbitos desconocidos, privados, privativos, inconfesables, que nos hacen humanos, vulnerables, pero, sobre todo, mucho más confiables como individuos. Sí.

—Yo no soy curioso con eso, quizá para que nadie fisgue en lo mío.

—Tú eres el puto Director, nadie se va a atrever a buscarte los rincones oscuros, que por cierto no son graves, al menos los que conozco, no sé si tendrás una amante emboscada en alguna corresponsalía, si has desfalcado las cuentas de *El Periódico* con las compras de papel o eres un pervertido coleccionista de sellos polacos, o algo peor.

—Date cuenta de que yo puedo satisfacer mis monstruosidades en público y con bajo riesgo, dirijo un diario, solo tengo que apuntar en nombre del sacrosanto derecho a la información, ja. Para mí es más fácil dar satisfacción a las manías y válvulas de escape, y te lo digo a ti porque entiendes la ironía y el doble sentido de lo que te estoy diciendo. Todos los días destrozamos a alguien, es inevitable. ¿Te acuerdas de lo que decía Scalfari, eso de que el periodismo es un oficio cruel? Tenía razón cuando afirmaba que a la gente no le gusta que la desnuden ni que la describan en su desnudez, en su realidad, en la realidad que a nosotros nos parece, que lo mismo no es ni la realidad verdadera, vete tú a saber. Pero es nuestro trabajo.

—Ya, ya, eso de que sin agresividad no hay periodismo, pero no te me vayas por las ramas. Bebes con placer mucho vino en público, pero ninguna otra cosa. ¿Por qué? El vino te hace bien, creo que para ti eso no supone beber. Beber de verdad es tomar tragos, tomar Walker Blacks. Eso solo lo haces con algunos amigos muy íntimos.

—O solo.

—O solo, sí, eso tengo oído entre algunos camareros de la vieja escuela. Tranquilo, son gente de una pieza, nada chismosos o cotillas, pero conocen nuestra amistad y que yo fui uno de ellos. ¿Quieres que te recuerde mi época legendaria como camarero del Brillante?

—Mejor déjalo para el personaje de alguna de tus novelas, ya me lo has contado, no sigas, el *whisky* nos hace ponernos melancólicos y tú vas a volver sobre aquel tiempo efébico en el que las diosas de veinte años ponían sus pies desnudos sobre la barra alumínica de los garitos cuando cesaban la música y las luces. Nunca mires atrás, Ramón, es la muerte de un periodista. Mirar atrás solo sirve para los poetas, los peores inadaptados.

—Bueno, venga, el caso es que yo no sé beber solo, no se me pasa por la cabeza, necesito compañía, un amigo, una suripanta, algo, no sé si beber a solas tiene algo de masturbatorio, es un poco onanista, perdóname. En todo caso, ¿qué nos da el *whisky*?

—No tiene nada que ver con lo del vino. El vino, ya te lo he dicho, es civilizador y fraternal, es como un acto de comunión y entrega a los demás, a mí me parece que el vino es para las buenas personas; resulta particularmente humano. Yo cuando tomo *whisky* no soy una persona, sino un periodista, un soldado, una pieza del ajedrez, un jugador o un guerrero armado, lo que quieras menos un particular. Y, por supuesto, un caballero, con caballo y armadura. El *whisky* es una medicina que nos prepara para la batalla, un bálsamo de Fierabrás que proporciona valor, inteligencia y perspicacia al señor del castillo antes de pelear, es una potencia mental, mientras que el vino es una potencia del alma. Tomar *whisky* supone una transgresión de las normas sociales, un golpe sobre la mesa, un acto de presencia, la violación de los límites dados, la voluntad superando al destino. Cuando bebo un trago siento el vigor de mi espada para salir a luchar contra los elementos, algo que no nace de mí, o bien percibo una lucidez extrema, sensitiva, para calibrar las amenazas y oportunidades de esta selva en la que nos movemos.

—Todo eso es muy lírico, hasta que acabamos borrachos. Entonces lo que me has contado se vuelve un barrizal.

—Por supuesto, siempre hay que parar antes de cruzar el límite, para mantener el control. Para dejarte ir, para cruzar los límites, debes asegurarte antes de que no quedas expuesto, de que te refugias en una torre segura, protegido, con tiempo suficiente para descansar y reponerte después.

—¿Nunca has perdido el control?

—Supongo que alguna vez, pero desde la penumbra, sin demasiada exposición. Sí, a veces he bordeado el peligro, me pasó hace poco, creo, dicen que me inventé una noticia falsa en la portada, pero tengo siempre presente la contención. ¿Y tú?

—Ay, no me preguntes eso. Me tranquiliza que ya hace tiempo que no lo pierdo de manera vergonzante, y me consuelan los muchos años en los que disfruté dejándome llevar por aquellas diosas jóvenes del Brillante. Pero ¿tú por qué bebes? Te lo vuelvo a preguntar, no haces más que dar rodeos.

—Te lo he dicho. Siempre he sentido mucha sed y llevo dentro una enorme vasija donde reposar mis excesos. Mi cuerpo me ha respetado como aliado hasta ahora. Sí, alguna vez me dejo llevar más de la cuenta, cuando el trabajo se complica, supongo que me sirve para reponer mis defensas.

—Tu puesto es endiablado y jodido, con tantas presiones y conflictos con la gente de la pasta, los políticos, la pomada, el poder… Uff, no te lo envidio.

—Creo que eso lo manejo bien. Si el *whisky* fuera en mí una debilidad, una falla, una vía de escape, que no lo creo, sería por el coñazo que me da Pulpón, el marcaje permanente de un Jefe de Operaciones que es una mosca cojonera. Te lo digo aquí, lo frustrante que es no poder mantener una relación honesta y confiable con un compañero de trabajo, que no puedas fiarte de cierta gente que no está a lo mismo que tú y la tienes pegada encima, reconozco que eso lo llevo mal, me he habituado pero algo de angustia me da, quizá por eso esté bebiendo algo más últimamente, necesito reponerme del esfuerzo, tapar las heridas después de cada sacudida con un tío que es un peligro, que me provoca una fatiga enorme y agotadora, ante el que toca poner límites y advertirle de que tiene enfrente al mayor hijoputa que ha parido la tierra y que además está un poco loco y tronado, para que me respete y se frene.

—Bueno, hablando de límites, he llegado al mío. Aquí lo dejamos, han caído cuatro lingotazos. Yo me planto y tú también, me voy andando y no cojas el coche ni loco, vete en taxi.

—Vale, tira, la última la pago yo, me quedo aquí esperando a que llegue el taxista. Mañana pega duro en la radio y acuérdate de citar la portada de *El Periódico*.

—Si me escucharas, sabrías que lo hago todos los días.

—*Bona nit.*

47

—Palomar es el mejor, no hay otro programa de radio como el suyo en la ciudad —irrumpe el camarero, que ha estado atento a la despedida. Y añade—: ¿Le pido el taxi, señor?

Pero el Director le dice que no con un levísimo gesto, él también se irá andando a casa, necesita un largo paseo para espabilarse, pero antes le pide otro Walker Black, será el último, seguro. Probablemente. Pasa otra hora. El rato es delicioso. El bar, completamente vacío. El tiempo está detenido, avanza con extrema lentitud, todas las amenazas han desaparecido, permanecen durmiendo, o en una tregua; también los hijoputas están ya en la cama, pasarán unas horas hasta que la ofensiva se retome. A las tres de la madrugada todos los gatos son pardos. Oye el cliclicli de las copas al tocarse mientras el camarero las limpia y ordena. Ha pasado un coche por la calle peatonal. El Director procede a desconectar las intensidades del día, todo su frenesí se ha dormido también en la noche urbana. Acaba saliendo del local, de mala gana, y al final no se irá a casa andando, tampoco coge un taxi. Toma la peor decisión, una de las más negativas de su vida, fruto de la guardia baja. Le acabará complicando los meses sucesivos, le pondrá otra vez contra las cuerdas. Se toca el bolsillo, nota la llave y se va al *parking* de la plaza de la Reina. Ha decidido conducir, y no es una buena idea. Realmente esa noche está más perjudicado de la cuenta. Siente bambolearse la cabeza como si pesara una tonelada, el cuello no es capaz de soportar su mollera, un mínimo giro le provoca unas mareas enormes, capaces de tumbarle, tiene que asentar bien los pies en el suelo al caminar y mueve las manos y el tronco con desplazamientos lentos, muy despacio, para afinar, ni siquiera intenta abrir la boca. Paga el *parking,* pone el coche en modo automático y sale por la calle de San Vicente. Despacio. Toda su boca es una pasta fermentada que le entumece la lengua y le produce cierta repulsión. Le vendría bien un poco de agua. Dobla hacia una callecita a la derecha para alcanzar la avenida del Ocste.

Sigue despacio, pero se empieza a obsesionar con lo del agua. Siente la boca enyesada, aggg, como una bola de residuos que se le puede colar por el esófago. Podría parar el coche un momento y coger el agua, pero ahora tiene ganas de llegar a casa cuanto antes. Es tarde. Mueve la mano hacia atrás buscando la botellita que usan los niños durante los viajes, la roza, pero no llega a atraparla, extiende más la mano, toca el cuello de la botella y se le escapa de nuevo, le arde el estropajo de la boca, se gira del todo, mete medio cuerpo entre los dos asientos, suelta el volante, la puta botella… y entonces el coche pega un salto y se descontrola, ha pasado por encima de algo, el Director coge el volante con la mano izquierda, todavía con el cuerpo volteado, se gira hacia delante y da un frenazo seco. El coche ha pegado varios botes, no uno, como si hubiera pasado sobre uno de esos enormes badenes que algunos concejales colocan en mitad de la calle para obligar a ir despacio, pero él ya iba despacio. Ha logrado frenar. No hay ningún otro coche circulando. Mira por el retrovisor interior. Intuye algo en mitad de la calzada, tirado, quieto, oscuro, podría ser un cubo de basura, los restos de alguna obra, pero no lo ha percibido antes, es raro, pero es que tiene otra forma, parece algo, alguien, tiene apariencia humana. ¿Un niño? «Coño, he golpeado a un niño, pero cómo va a ser un niño a estas horas, y solo. ¿Y si se tratase de un mendigo?». No ve bien, de hecho ve doble, su cabeza es una marea golpeando contra las rocas, pero diez metros atrás tiene un bulto sospechoso en mitad de la calzada oscura y su coche ha pasado por encima o lo ha golpeado primero y luego ha caído al suelo. Justo va a bajar del coche cuando se le activa alguna luz de alarma en su cerebro encharcado. «Te vas a destrozar la vida, de esta no sales, el escándalo va a ser monumental. Por supuesto, serás despedido y quizá hasta te tengas que ir de la ciudad. Si has matado a alguien por conducir completamente borracho entrarás en la cárcel, dar la cara supone presentarte voluntario para firmar tu ruina». Mientras piensa mira a los edificios de alrededor, quizá alguna cámara lo haya registrado, pero siempre podrá decir que no se enteró de nada, que no lo sintió. Hay que largarse, cuanto antes, espera no haber acabado con ninguna vida, ni se le ocurre que quizá haya alguien herido y justo bajarse a ayudar le salve, eso no se le pasa por la cabeza. Arranca y ahora sí sale disparado, tiene encendido el instinto de escapada, huele el peligro, dobla otra vez a la derecha para encarar la avenida del Oeste, larga, ancha, recta, perfecta para ganar distancia. Ya no se acuerda de que tiene la boca pastosa y necesita agua. Está zumbando, aunque no es muy consciente. Se está fugando. No piensa en el atropellado. Recorre menos de un kilómetro y al pasar un cruce, justo al tomar la salida, ve las luces azules de una patrulla de la Policía Local. Le están aguardando, lo tiene claro de inmediato. Le hacen la señal, están los dos agentes fuera, le están esperando, de hecho. Le han cazado de inmediato. Sea. Las cartas están echadas. Ahora sí empieza a valorar las consecuencias de haberse llevado a alguien por delante. La ruina. «En fin, hasta aquí hemos llegado». Va a comportarse de manera razonable, sin numeritos, que venga lo que tenga que venir. Duda en adelantarse y mandarle un mensaje a su mujer, antes de que lo detengan y le quiten sus pertenencias.

El agente se acerca cuando el coche está completamente detenido y orillado en la acera. Le da las buenas noches, muy seco, y le pregunta a Yelbes si es consciente de lo que ha hecho. El periodista no sabe cómo encarar el asunto; está acostumbrado a las refriegas, pero no se encuentra con lucidez física ni mental para afrontarlo, rebasó con creces los límites del *whisky*, debería estar en su casa durmiendo. Va a ser ambiguo, ninguna respuesta específica, todo inconcreciones.

—No estoy seguro, agente, pero es posible que haya pasado algo porque, la verdad, creo que estoy algo bebido.

—Tiene usted un problema grave, lo que ha hecho es un delito. No sé si está en condiciones de darse cuenta.

—Agente, qué hacemos.

—Se acaba de saltar un semáforo en rojo, podría haber atropellado a alguien o haber chocado contra otro automóvil. Es una infracción importante, y además me dice que ha bebido. Dos infracciones graves. Vamos a hacer la prueba del alcoholímetro.

¡Un semáforo! ¡Se ha saltado un semáforo! Bendito sea Dios, piensa. Le entrega la documentación. El policía local descubre que el coche está a nombre de *El Periódico*, le llama la atención y le pregunta si trabaja allí.

—En efecto, soy el Jefe de Operaciones de *El Periódico*, lo lamento muchísimo —miente el Director. Por alguna razón siniestra, le ha hecho gracia dar el cargo de Pulpón en lugar del suyo.

—Marca 0,90. El coche se queda inmovilizado, se lo lleva la grúa al depósito municipal. Usted tendrá que someterse a un juicio rápido por conducción temeraria, me temo que va a perder el carné y recibirá una multa considerable, o incluso una pena de prisión. Necesita un abogado, pero eso no es asunto mío. ¿Quiere que le pidamos un taxi?

El Director declina. Dice que prefiere caminar, que vive cerca. Que va a coger del coche una bolsa que necesita, que se siente algo frío y destemplado, pero prefiere andar un poco. En el maletero guarda una pequeña mochila para cuando hace algo de senderismo. Coge las gafas de sol, una gorra y el cortavientos.

Aunque son las cuatro de la madrugada y hace veinte grados. Firma la denuncia y se queda con una copia, pide disculpas, saluda y se marcha, no espera a que llegue la grúa. Pero no se va a su casa, camina en dirección contraria a la que ha venido, se le ha pasado de golpe la borrachera. Antes de toparse con la callejuela del accidente, orina en un árbol. Después se pone el cortavientos, la gorra y las gafas de sol, parece un delincuente que quiere pasar inadvertido. Lo que es. Está volviendo sobre sus pasos, haciendo el camino de vuelta. Quiere comprobar si ha matado a alguien, será cuestión de horas que relacionen el atropello con su coche, pero no puede quedarse parado sin hacer nada cuando su futuro está en peligro. Quiere aclararlo cuanto antes. «Por Dios, que no sea un niño… Pero cómo va a ser un niño, de dónde va a salir un niño a las cuatro de la madrugada. Me tengo que haber cargado a un mendigo, pobre hombre, mierda de vida, tirado en la calle, despreciado, hambriento, y te acaba atropellando un borracho de mierda». Ya está en la calle del atropello. Lo mismo es un cubo de basura, es lo más posible, es más fácil y probable pasar por encima de un cubo de basura que de una persona. Da por hecho que habrá alguna cámara de vigilancia cercana, de algún banco o comercio, pero con la gorra, las gafas y el cortavientos nadie lo va a reconocer. Piensa pasar de largo por la acera, sin detenerse, mirando algo a la derecha para identificar a la víctima. Avanza tranquilo, enseguida empieza a ver el bulto oscuro, ahí está, inobjetable, es real y, maldita sea, eso no es un cubo de basura, es más largo y menos abultado, extenso, se ve estirado en mitad de la calzada, madre de Dios, jooder, empieza a distinguir las extremidades, sin duda lo de delante es una cabeza, parece muy negra, con una barbaridad de pelo, el cuerpo está extendido, a lo largo, pero tampoco es tan grande. Siente la angustia, el alcohol le hace alucinar, y por primera vez le viene un ataque de conciencia, que ha matado a alguien y va a ser un niño o un adolescente, por el tamaño. Sin darse cuenta, contra lo planificado, aprieta el paso, la ansiedad le puede, quiere identificar cuanto antes el homicidio, hasta empieza a correr en un trotecillo nervioso y de hecho se detiene y queda horrorizado a dos metros de la víctima, no continúa adelante, se ha quedado parado. No ha seguido el plan que se trazó, pasar de largo sin detenerse, ha corrido hacia el punto del atropello, en efecto aquello no es un contenedor abandonado. Ha matado a un perro, un perro bastante grande está tirado en medio de la calle. «Cojones, es solo un perro, no es una persona, un perro, ¡un perro! Cojones, me he cargado un perro, pobre animal; soy un gilipollas». La cabeza le sacude una contradicción tras otra. En verdad, no se ven señales de violencia. Ya no sabe si lo ha atropellado, lo ha golpeado, o solo le ha pasado por encima porque el animal estaba previamente tirado en la calle, muerto de antemano.

Lo cierto es que ahora está allí esparcido, con una apariencia lastimosa, tétrica. Era un perro.

Vuelve a huir. Sigue sus pasos. Desaparece. Él no va a ir a la cárcel por matar un perro, si es que lo ha matado él, el azar ha querido salvarle después de pretender arruinarle. Aquí no hay tema. Sigue siendo el Director de *El Periódico*, pero está el asunto de la multa, feo, como poco pérdida de carné y quién sabe si una pena de cárcel menor, por la ebriedad, le destrozará la reputación como Director. Después de veinte minutos andando, llega al portal de su casa. Ha vuelto a orinar durante el trayecto. De la borrachera no queda ni la resaca. Nunca se ha sentido más agitado y despierto. Hace una foto a la denuncia de la Policía Local y se la manda a un subordinado de la Alcaldesa con un mensaje de Whatsapp. «¿Puedes hacer algo con esto? Rápido, me puede complicar la vida».

Se echa a dormir en el sofá del salón, tres horas apenas. Pero enseguida se siente despierto y en forma. Siempre que se ve en peligro se le activan las defensas antiestrés y parece un toro, un gladiador, indestructible. Una ducha larga, dos cafés, revisa la prensa en el iPad y al fin coge el teléfono móvil, una veintena de mensajes, pero solo le interesa uno, es del colaborador de la Alcaldesa, le responde a su petición: «Olvídate, resuelto, pero si se entera la Alcaldesa te lo va a cobrar en oro, te sería muy útil publicar cuanto antes dos páginas sobre el magnífico proyecto del nuevo puerto deportivo, ja, ja, ja, quedamos para comer y nos ponemos al día. Y, anda, hoy como mucho tómate un caldito de pollo».

48

La Alcaldesa vive los días como una leona enjaulada en su ayuntamiento, en su biografía, en sus relaciones. Una fiera que duda. En los últimos cinco años ha visto desmoronarse todo a su alrededor, ya solo queda ella en pie. La última de Filipinas. La ola de malestar ha arrasado con una generación política, empezando por aquel protegido de los trajes, y el recambio tampoco ha funcionado. No sirve. Ni él ni su equipo de aficionados. A Zapatero se lo llevó la corriente, el partido de la Alcaldesa volvió al poder en el Gobierno central y tampoco los han ayudado. Se siente sitiada, los bárbaros van cercando la ciudad, están llegando, tienen activistas que la siguen a cada paso que da, con gritos y pancartas, bajo sueldo municipal, son asesores de la oposición. Lo que le preocupa realmente es cómo salvar el ayuntamiento, ganar las inminentes elecciones locales; debería irse, pero ella no ha nacido para rendirse sin más. Y tampoco sabría qué hacer después, arriba no le han ofrecido ninguna solución y quieren que siga donde está, de tapón. Debe pues continuar, no hay otra salida. Ha dejado claro que lo suyo es el ayuntamiento, no saltará como candidata a la Generalitat. «Sería ir para perder, pero la alcaldía se puede retener, es posible, digan lo que digan las encuestas». Le ha dado muchas vueltas y tiene claras estas ideas. Pero también desea hacerse querer, que la mimen un poco, se lo ha ganado. Los últimos nueve mil días de su vida ha ejercido como la Alcaldesa de España.

La tarde en la que se ve con el presidente del Gobierno en la Moncloa repite estas mismas ideas, añadiendo unas gotas de vanidad:

—Mariano, que esto es muy duro, te confieso que me dan ganas de dejarlo. Sigo por responsabilidad, por lealtad a ti, por nuestra amistad de treinta años, sé que tengo que quedarme.

Y se calla, esperando ser mecida por el jefe.

—Si te vas, aparte de que no lo permitiré, me darás un gran disgusto.

Catorce palabras, catorce justas. Solo una frase. Brevedad extrema, pero suficiente para la Alcaldesa. «Ya está, me quedo, no hay más que hablar». Se engaña a sí misma, le acaban de dar el impulso que necesitaba para autojustificarse. «Debo seguir, es lo que quiere Mariano, esto hay que pelearlo». Incluso decide ser indulgente, levantar las armas con el Nou President, ya nunca más dirá a los suyos que no vale:

—Es el que hay, y no estamos para cambios. No tenemos a nadie más.

Y vuelve a la lucha de la única manera que conoce: con determinación, directa contra el acoso de la oposición, aunque su depósito de energía hace años que va con la reserva encendida. Medita cambiar de equipos, incorporar afines y amigos, pero nadie de fuera quiere embarcarse en una aventura terminal. Al final, cuenta con los de siempre, promociona a los cachorros, que algo cambie para que todo siga igual. El proyecto de la Alcaldesa de España ya no da más de sí.

Una tarde sale de una celebración y lo oye, será la primera vez, una muchacha le grita «ladrona». No sale de su asombro. La ha llamado ladrona. «Eh, tú, ¿por qué me llamas ladrona?». Se va hacia ella, la chica retrocede, no quiere hablar, se parapeta detrás de un grupo y lo repite dos veces: «¡Ladrona! ¡Ladrona!». Los jóvenes concejales al acecho la cogen del brazo y se la llevan al coche, veinticuatro años en el ayuntamiento y ahora llega esto. Está disgustada, ha sido una tontería, le puede pasar a cualquiera, pero se pasa el rato rumiando la anécdota, no está preparada para la nueva etapa. Es una mala señal. No son los escraches que la oposición le monta en la puerta de casa o en la entrada del ayuntamiento. Ese «ladrona» ha sido espontáneo. Esa chica no había nacido cuando ella fue nombrada Alcaldesa. Lo decide inopinadamente, mientras va en el coche. «Si gano, en un año lo dejo, en cuanto cumpla veinticinco años de Alcaldesa me voy, esto ya lo tiene que coger otro, el que sea».

La dejan en casa, está cansada, aunque ahora se siente un poco sola. Echa de menos a su madre. Murió hace poco, vivieron siempre juntas, toda la vida, los sesenta y cuatro años de la Alcaldesa. La empleada de servicio le prepara una tortilla francesa. La inquietud sigue. Se pasa la noche con el móvil en la mano y la tele encendida en *El cascabel* de 13 TV, con el sonido muy bajo, escribiendo a unos y otros. Le manda un mensaje anodino al Director y este llama de inmediato.

—¿Qué tal el viaje a Buenos Aires con los del Ayuntamiento de Madrid?

—Ya ves que al final no conseguimos la candidatura olímpica. Una pena, ya lo van a parar, es absurdo seguir intentándolo. Zapatero hundió la imagen de España y no nos lo darán nunca.

—¿Un viaje perdido?

—No del todo. Me encontré con un alto cargo de la Zarzuela que venía mucho por aquí durante la Copa América y le dije en un aparte, bien clarito, que por favor trasladasen a quien corresponde que llevo veinticuatro años de Alcaldesa, limpia, sin una mancha, y no puedo permitir que se arrastre mi nombre.

—Ya, lo del yerno. Nunca has querido contármelo, pero sé que quien te pidió que le contrataras fue el mismo que pocos años después te ordenó que cortaras la relación.

—Mira, yo soy leal a la monarquía y además estas cosas no se hablan por teléfono, pero a ti te digo algo para que no lo olvides, te repito lo del alcalde de Zalamea: «Al Rey la hacienda y la vida se ha de dar, pero el honor es patrimonio del alma, y el alma solo es de Dios».

—Ahora puede ser un buen momento para hablar de eso.

—Vale, que sí, que don Juan Carlos alguna vez me llamó por lo de la Copa América, ¿y qué? Ahora, una cosa te digo: si me llama un juez no pienso mentir, diré lo que sé y lo que me pidieron, yo no firmé nada, nunca mentiré, porque eso fue lo que mató a Paco. Lo que se hizo se pagó, no hay nada que esconder. Y deja ya esto, que no me gusta hablarlo por aquí. ¿Quedamos a comer? Necesito que me deis nombres.

—¿Para qué? No vas a cambiar a nadie, y sabes que yo no sirvo como ojeador de fichajes. Tengo poca imaginación.

—Hoy no estoy para tus juegos. Ya hablamos, y no te metas tanto con el Nou President, que no tenemos otro. Y oye, por cierto, con lo borde que eres y qué generoso te has vuelto de pronto. Me han dicho que estás preparando un suplemento especial con la fantástica ampliación del puerto deportivo. Estoy deseando leerlo.

Cuelgan. La Alcaldesa mira una foto en el aparador y vuelve a acordarse de su madre. Estuvo muy unida a ella, habitación con habitación. Ahora, en la cuesta abajo, la áspera soledad, todavía nota más su ausencia, en los últimos meses pasaron muchas horas juntas. La Alcaldesa buscaba a la madre, que se estaba yendo, rehusando actos oficiales y recepciones. Ha hecho bromas piadosas sobre ella. «He heredado infinidad de puntillas para vestidos, ¡a ver qué hago con ellas! Ah, y quince nichos». Humor negro para exteriorizar cierto vacío interior. Quiere arreglar la casa ahora que falta ella, «hacerla mía», dice, cambiar su dormitorio a la habitación de la progenitora y poner telas nuevas en las paredes; le gusta un limonero que tiene a la vista. El Director conoce todo esto igual que su círculo cercano, la Alcaldesa fue radiando la enfermedad final entre su gente más querida: «Sigue muy mal, acaba de superar una infección de orina y en octubre incluso le dieron la extremaunción». Hace unas semanas mandó un mensaje madrugador a un grupo escogido: «Mi madre, terminal. Delego funciones».

El Director la ha notado, más que tocada, sensible, franca, desguarnecida, está un poco irreconocible, le afecta lo que se le viene encima. Se queda intranquilo, le manda un mensaje y cierran una fecha para comer apenas unos días después. Hace pocas horas, Yelbes ha recibido un mensaje del Emisario, enigmático: «Si la Alcaldesa pierde las elecciones y entra la izquierda en el Ayuntamiento, la llevarán a la cárcel. No harán otra cosa que buscar papeles, son expertos en eso».

TERCERA PARTE

DERROTA

49

Y estalla la noche en la que solo se podía perder. Irse a casa, dejar el terreno libre, se acabó. Ya no valían alternativas. Las urnas únicamente actúan como fedatarias de un vacío político que debía ser rellenado de inmediato con nuevos inquilinos. El partido en el poder durante veinte años ininterrumpidos alcanza la convocatoria en un estado de rendición absoluta, postrado, descalabrado, dividido, corroído y sin líder. Lo del Nou President ha resultado ser una experiencia fallida y trágica. Génova se equivocó, el elegido no dio la talla y sus predecesores supuraban por las heridas y las vergüenzas personales. Solo podía acabar mal. El Nou President desaparece esa misma noche, parecía estar esperándolo con ansia, nadie le mira, nadie pregunta por él, nadie tiene reproches que hacerle, ni siquiera eso. A las pocas semanas, el Director pregunta sobre su paradero y la persona más próxima le contesta, casi con desahogo: «Se va a ir al Senado, deja la ciudad. Se ha comprado una moto y un Mini y se ha echado una novia, por fin, llevaba años diciéndole que se echara novia de una vez, y encima es una tía estupenda. Vamos, que estaba harto y ahora me alegro mucho por él, fue muy valiente al separarse». La única que la noche de la derrota todavía sirve para algo es la Alcaldesa, y es ella quien hace la declaración pertinente a la prensa ante la pérdida de la mayoría absoluta en todas las instituciones y el previsible acuerdo de la oposición para fraguar un pacto de gobierno: «Gracias a los ciudadanos que me han permitido ser Alcaldesa. Este es un resultado malo, no me ha gustado, pero los ciudadanos siempre tienen razón y yo me sumo a ellos».

Tras la declaración y la foto oficial será mucho más explícita. Baja del estrado y se le acerca el delegado del Gobierno. Serafín ha jugado al gato y al ratón con los tres últimos presidentes de la Generalitat, dos décadas sostenido en el alambre. La Alcaldesa le da primero un cariñoso cachete con la mano derecha, luego le abraza largo rato y le suelta bajito, al oído: «Qué hostia, coño, qué hostia». Quedan abrazados, más serenos que tristes. Serán veinte segundos determinantes en sus vidas. Nunca más volverán a verse. El delegado del Gobierno será detenido cuatro días después y destituido de su puesto. A ella le quedan dieciocho meses de vida. Ha sido un abrazo final, pero ninguno de los dos imagina el trágico destino que viene tras el fiasco electoral. No lo saben, pero se están despidiendo. Se conocen desde hace casi treinta años.

La Alcaldesa acepta la trágica situación, qué remedio. No puede decir que haya supuesto una sorpresa: en realidad asumió plenamente el descalabro inminente tres meses antes, todavía lo recuerda con vergüenza y pundonor, cuando, al dar la bienvenida anual a las fiestas de la primavera desde las Torres de Serrano, se metió en el charco aquel del *caloret*. Los nervios, la improvisación, la tensión, el desahogo…, cualquiera sabe. El caso es que se bloqueó al intentar improvisar unas palabras en la lengua vernácula, se trabucó y fue pasto de las televisiones, las bromas y las redes sociales. Esa noche la Alcaldesa percibió el anticipo de su derrota irremediable, su crepúsculo; por eso al día siguiente, con sus tablas, no eludió el espinoso asunto y pidió perdón a la ciudadanía. Ya está, a otra cosa. Como era la Alcaldesa de España, el escándalo político se transformó en chanza y la polémica derivó hacia una corriente graciosa de memes, viralidad, *souvenirs,* chapas y gorras con el *caloret.* De repente a la Alcaldesa se le descubría un punto friki y divertido que ella supo capear. Un episodio anticipatorio y descriptivo de la decadencia inminente.

Pero ahora toca registrar el cambio político en la portada de *El Periódico.* «Giro radical a la izquierda», titula. El partido paga sus errores con la corrupción y los veinte años de desgaste en el poder. El batacazo es comentado en toda España, se ha perdido todo en términos políticos. Tras un ciclo largo y fructífero, toca una profunda reflexión. Les espera un largo camino por el desierto del descrédito.

50

«Un, dos, tres, quatre, cinc, sis, tres mil, quatre mil, cinc mil, sis mil, set mil, huit mil, nou mil, deu mil, onze mil, dotze mil…, dos milions de peles». Cuando está a punto de comenzar la campaña electoral, una grabación descubre al Jefe de la Dipu contando billetes en efectivo hasta sumar dos millones de pesetas. Está dentro de un vehículo con uno de sus fontaneros, del que luego se conocerá su condición de traidor: le está grabando en secreto, por lo que pudiera pasar en el futuro. Están recontando el dinero que supuestamente habría recibido de un constructor como presunta comisión. Pasa por delante un vecino que reconoce al célebre político y le saluda, se oye perfectamente:

«Estoy trabajando más que nunca, Pepe, trabajo como la madre que me parió», le dice el Jefe de la Dipu al paisano que pasa delante de ellos.

«No trabajes, que eso es de tontos. Vive bien, cojones».

«También vivo bien, trabajando vivo muy bien», responde el de la Dipu.

Imponente confesión, espontánea. La campaña electoral ha reventado con esta revelación. Todo está perdido. La corrupción no deja espacio libre. El partido expulsa de inmediato al personaje.

El Jefe de la Dipu se había alzado como el adversario interno del Nou President. Hasta semanas antes fantaseaba con sustituirle como candidato, como salvador del partido, sería el próximo Molt Honorable President de la Generalitat, lo llevaba rumiando desde la caída del President de los trajes. El exconsejero conocido en el hampa política como el Conejo le alimentó durante años esa vanidad rústica y disparatada. Tras ser pillado contando el dinero de las comisiones enmudecerá de golpe, callará para siempre. El milhombres acostumbrado a alardear se hará invisible, se achantará el Napoleón de la Dipu, se convertirá en polvo, desaparecerá hasta el día que tenga que sentarse en el banquillo.

El Jefe de la Dipu fue un personaje divertido, un jesusgil todavía más pedestre, pero sobrado de coraje y orgullo. Todos los sábados por la mañana acudía a almorzar a algún pueblo con los militantes locales de la mano del Conejo, que en los trayectos de ida y vuelta le fue agigantando su ya desbordante vanidad. Lo utilizó como un pelele para sus fines, de una manera infantil, regalándole el oído —«tú vales mucho más de lo que creen todos esos señoritos»— para usarlo como marioneta en sus escondidos juegos de poder. Presumió siempre de gran empresario, pero al ser detenido se descubrió que sus pequeñas empresas estaban en ruina; se consideraba poco menos que un juanmarch, aunque todo su emporio se ceñía a dos modestos comercios de pueblo y un formidable Ferrari F360 color rojo matador que había comprado de segunda mano. Cuando la justicia fue a por él, las tiendas estaban inactivas, y el deportivo, traspasado a una de sus hijas. Al Jefe de la Dipu se le desmontó el tinglado justo cuando creía que iba a llegar su encumbramiento final. El plan era que el Nou President perdiera las elecciones mientras que él seguiría presidiendo la Diputación, y por tanto le nombrarían sin oposición nuevo presidente del partido y, por supuesto, candidato a la Generalitat para la siguiente cita electoral. Pero un lugarteniente le había estado grabando durante diez años. Un vivales con melenitas arregladas en alguna peluquería moderna traicionando al Don Corleone de la Dipu, lo nunca visto. Para un por si acaso, según el código de los delincuentes. El subordinado era un caradura y un vividor. Su mujer le acusó de maltrato y acabaron separados de muy mala manera. El pupilo del Jefe de la Dipu fue dando palos por todos los puestos donde fue colocado; hasta puso de testaferro al marido de su secretaria con la idea de hacer facturas falsas a las empresas públicas. Tiraba a todo tren, según confesó él mismo cuando se destapó todo, y el suegro, harto de la mala vida que le daba a su hija, hastiado de verla separada y sin medios, decidió vengarse de una manera algo alocada, sin meditarlo mucho ni poco. El suegro se hizo con las grabaciones y los papeles que su yerno ocultaba en una casa de campo y se los entregó a una diputada provincial de la oposición para que tirara de la manta. La diputada le llevó el regalo al fiscal Cascano, pero antes filtró una parte a la prensa para hacer reventar la campaña electoral.

Se lo preguntaron el Director y Barrado al suegro en el despacho de uno de los abogados más espabilados de la ciudad:

—Sabemos que te reuniste para hablar de las grabaciones con el fiscal Cascano y con la diputada de la oposición.

—De este tema en concreto no vamos a hablar. De lo demás, os cuento lo que queráis conocer.

El suegro vengador cometió un error de cálculo colosal. No fue consciente de lo que estaba desenterrando. Al ir contra el yerno, también se llevó por delante al mismísimo Jefe de la Dipu. Todo el grupo quedó al descubierto. Y el Jefe de la Dipu, asustado, ignorando de dónde estaba saliendo la porquería, le recomendó a su subalterno que se fuera pitando de España. Y desapareció. Otro escándalo más que añadir a la campaña electoral. Perdieron el contacto. La operación policial sumó, aparte del fugado, veintitrés detenidos entre políticos y empresarios, cien investigados, treinta y tres registros y doscientas cincuenta y dos cuentas bancarias intervenidas. Todo lo que dieron de sí cien horas de grabaciones ocultas. Para enredar todavía más la trama, el yerno reaparecerá al cabo de unos meses; se sentía cansado de huir sin saber muy bien a cuenta de qué, salvo para hacerle un favor al Jefe de la Dipu. Se presentó en el juzgado de guardia con un aspecto muy diferente. El antiguo listillo retornó, calificado según definición propia como «el yonqui del dinero», volvió con ganas de guerra: «Voy a hacer daño a mucha gente. Va a salir mierda a punta pala». Un caradura de campeonato, el tipo de arrepentido que es oro molido para un fiscal anticorrupción. Ahora tenía la pinta de un *hippy* meditador; había cambiado las comisiones por el yoga y se presentaba como un ladrón simpático, justiciero, un pillo, un dioni arrepentido, por conveniencia, un delincuente confeso, un comisionista sin conciencia, un piernas, pero una piedra preciosa para la investigación del fiscal Cascano, porque tenía grabada a toda la banda. Se los llevará a todos por delante. Tras años de procesos judiciales, el Jefe de la Dipu logrará desactivar dos casos que le perseguían, pero acabará condenado por la Audiencia Provincial a cinco años de prisión en una tercera causa, por malversación y prevaricación al contratar zombis, o sea, conocidos que cobraban de la Administración sin ir a trabajar. La sentencia fue recurrida. El antiguo jefe de la Diputación sacó una enseñanza de su trato con delincuentes. Lo confesó durante el juicio:

—Un búlgaro me dijo que los disgustos hay que darlos, no hay que cogerlos.

Fue el lema de su vida, pero no le sirvió cuando el Yonqui del Dinero y su suegro le dieron a él un disgusto soberano.

51

«¿Has robado, Serafín?».

Barrado acaba de leer el titular del artículo dominical del Director.

—¿De verdad vas a publicarlo así?

Yelbes está junto a la impresora, enseñando a la Subdirectora la maqueta de la página, que inserta ese titular a todo lo ancho: «¿Has robado, Serafín?».

—¿No te gusta? ¿Lo ves mal? —le pregunta.

La Subdirectora mira pensativa. Tarda algo en responder, raro para lo que es ella, una ametralladora de ideas.

—Me parece estupendo, es un guantazo brutal. Sí, se lo tenemos que preguntar cuando le volvamos a ver. Nos tiene que decir si ha estado robando todos estos años, porque yo he confiado en él, me parecía auténtico, de pueblo, echao palante, con arrojo, no como todos los tontitos de aquí, con sus trajes impolutos y sus zapatos brillantes, incapaces de salirse del carril, de decir nada que no les hayan indicado. Serafo era de otra pasta, o eso creíamos, porque mira dónde ha acabado.

Serafo, Serafín, era hasta tres días antes el jefe de los policías, el delegado del Gobierno. Ha pasado por mil batallas, ha tenido infinidad de cargos públicos al lado de cuatro presidentes de la

Generalitat, durante veinticinco años ha ascendido y descendido por las escalinatas de la política, ha sido aupado, ha sido sacrificado, ha sido leal, ha sido rata, ha visto puñales, los ha empuñado y se los han clavado, lo ha sido todo porque ha pasado por todas las situaciones. Por casi todas: esta es nueva. Tres días antes, muy temprano, cuando todavía está en la cama, se sobresalta con un timbrazo sospechoso y prolongado, a deshoras. Se acerca a la ventana del dormitorio matrimonial, en la primera planta de la vivienda, en un pueblo de la provincia. Está despeinado, en pijama, abre la ventana, se asoma mientras se coloca las gafas de miope, mira hacia abajo y durante unos segundos no entiende nada. Hay policías en la calle, un montón, son sus policías. Está desconcertado. Hasta que los agentes ordenan que abra la puerta de inmediato.

Junto a los policías está Rallo, el corresponsal de tribunales de *El Periódico*. Tiene la exclusiva asegurada. Lleva consigo a un fotógrafo que ha captado la escena desde el principio. Se está contando en la web en directo. Ahora mismo. En un rato llegará la foto del desconcertado Serafín a la Redacción. La Subdirectora tuerce el gesto.

—Esta no, escojamos otra. Es muy humillante, innecesaria y no aporta más información que las demás. El morbo de un tío poderoso y conocido cogido en pijama y rodeado de policías. Bastante duro es lo que estamos contando, no caigamos en lo que tantas veces hemos criticado. Todavía no sabemos lo que van a hacer con él. Busca otra imagen más neutra, no hace falta sacarle como un cegato medio dormido con las gafas a medio poner. Vamos a ver cómo termina el registro y la declaración en el juzgado, porque de eso no le libra nadie.

El delegado del Gobierno apenas lleva unos meses en el cargo. Es el mismo consejero y Secretario General del partido al que el Nou President destituyó un año antes para calmar las aguas, la crisis de liderazgo, la furia de los enfadados tras la derrota en las elecciones europeas; es el mismo que lleva una década de guerra fratricida contra el Jefe de la Diputación y el Conejo, disputándose partidarios pueblo a pueblo, casi siempre perdiendo. Ahora ninguno de los dos bandos va a ganar la guerra por el mando del partido en las comarcas, ambos han sido desactivados en el plazo de unas semanas por medio de la acción judicial. Nadie va a ganar las guerras internas del partido, ni el Jefe de la Dipu ni el delegado del Gobierno, ni la Gobernanta ni el Vicepresidente del Consell; se han ido matando entre ellos como fieras. Van a caer todos, no va a quedar ninguno vivo. Está sucediendo, está ocurriendo de una manera acelerada, y todavía no se ha llegado al final. El propio Serafín se lo dijo al Director y a Barrado unos meses atrás, sentados junto a un ventanal del Casino de Agricultura, reunidos ante un arroz mientras la gente paseaba tranquilamente por la calle de la Paz.

—En política subes y bajas, eso es normal, a mí me ha pasado varias veces, hay picos mejores y peores, no hay que darle importancia. Pero no puedes ir de golpe de la cresta al suelo, eso nunca, porque de ahí no sales.

Gran confesión sobre los usos del poder; como concepto del mando y como vaticinio. Ahora ya nunca más podrá reengancharse a la marea, ha caído de la cresta al suelo. Es el final. Y eso que lo tenía todo calculado: se aferró al cargo de delegado del Gobierno en la previsión de que se iban a perder las elecciones autonómicas y locales y se irían todos a casa, todos menos él, que ahí quedaría, como el único cargo público superviviente tras dos décadas de poder, y quizá hasta futuro presidente del partido y candidato. Ese era su plan, y ha fallado. Un fiscal ha desbaratado su estrategia. No contaba con eso. El escapista siempre piensa que a él no le van a pillar, que él no es como los demás. Lo pensaban el

Conejo, el títere del Conejo y la mujer del Conejo. Y lo pensó Serafín. Se equivocaron.

—¿Cuál es la acusación? —pregunta el Director a Rallo desde el teléfono móvil.

—Le regalaron una escopeta.

—No me jodas. ¿Todo este follón, asalto policial en su casa con dos hijas adolescentes, casi con nocturnidad, por una escopeta? ¿Por qué no le llamaron a declarar a la comisaría sin más?

—Se supone que la escopeta estaría en su casa.

—Pero esto es una broma, un circo enorme. No me jodas, Alberto, ¿por una escopeta? Suena a lo de los trajes. Este fiscal Cascano se va a volver a columpiar, le gusta demasiado el espectáculo y los focos.

—Oye, que la escopeta vale casi dos mil euros, como el reloj de la Milagrosa, ¿te acuerdas? Y además parece que le invitaron a un montón de cacerías, como diez o más, eso vale un dineral. Le invitaban los contratistas de las empresas de extinción de incendios.

—Vale, no es solo una escopeta —admite el Director.

—Y saldrá más, pero de momento es todo lo que sabemos.

Había mucha agua, suficiente para ahogar a un delegado del Gobierno. De un lado, las empresas del cártel del fuego que se repartían las comunidades autónomas para evitarse la competencia y elevar así el precio de los concursos públicos; a cambio eran generosas con los regalos. De otro lado, un sospechoso empresario, amigo suyo de toda la vida, que había ido recibiendo contratos públicos conforme Serafín iba cambiando de consejerías. No era solo una escopeta. Y, como suele ocurrir, se destapó el cotarro a raíz de la venganza de un empleado despedido, despechado con la empresa contratista. Acudió al juzgado y lo cantó todo.

El sumario revela los ritos de la cochambre. Un viernes, el

consejero le renueva el contrato al adjudicatario por 22 millones de euros, cuatro años más con el negocio de la extinción de incendios asegurado. Esa noche, el consejero sale de viaje, a otra cacería, se hospedan en un hotel de Albacete, va con un amigo y con su cuñado; los 1712 euros del hospedaje los paga el contratista al que acaba de renovar el contrato unas horas antes. También está la cena, otros 1024 euros; buena cena, a costa del mismo empresario. No solo fue una escopeta. Según la Fiscalía, además había sobres con 5000 euros de calderilla que iban llegando a su despacho, para afrontar los gastos corrientes. Escopetas, relojes, joyas, viajes y noches de hotel, monterías. Regalos de contratistas por valor de 160 000 euros según fue pasando por cuatro consejerías de la Generalitat. El exconsejero acabó aceptando una propuesta de pacto de la Fiscalía, avalada por la Audiencia Nacional. Tras beneficiarse del atenuante de confesión tardía, asumió una condena algo inferior a los dos años de cárcel que incluía los delitos de cohecho, prevaricación, malversación y falsedad documental. Una vida laboriosa, entregada al servicio público.

52

Eduardo, el Fundador, es una leyenda viva. Aquí y en Madrid. La historia de una ambición desmedida, astucia a raudales, tablas para la simulación y pulsión innata por la codicia. Un personaje de Stendhal. Que nace en un arroyo, en una esquina perdida de cualquier parte; de dónde provenga supone un accidente irrelevante. Dio el gran golpe a los treinta años, en una alcaldía mediterránea del urbanismo especulativo, comprando el voto de la tránsfuga Maruja. Antes había hecho un buen casamiento con la hija enamorada del rico del lugar. A partir de ahí, todo fue rodado. Tenía lo necesario para triunfar. Y triunfó, en todos los sentidos. Llegó a la cumbre del poder; de la política, de la empresa, del dinero, de las instituciones, de la información confidencial y de las cloacas. Han necesitado casi treinta años para atraparlo. Una leyenda, un personaje de Stendhal. Eduardo fue el iniciador del ciclo político que ahora fenece. Elegido por Madrid, por el emperador del partido, protegido por la antigua directora de *El Periódico*, cuando no se movía un papel sin su bendición. La ciudad se puso a los pies del ungido forastero: los votantes y sobre todo las élites económicas y sociales. El Fundador no se conformó con ser el Molt Honorable President, despreciaba la vieja ornamentación, prefería los nuevos símbolos del estatus; no se conformó con ser la estrella indiscutida, tener el máximo poder, un poder absoluto: quiso ser un príncipe. Y lo fue. Porque allí podía serlo. Miró a los lados y vio debilidad a su alrededor, gente endeble, gente vencible. Fantaseó con ser presidente del Gobierno, llegar a lo más alto, alguna vez lo soñó, pero en cuanto aterrizó en Madrid como ministro se dio cuenta de que aquello no estaba destinado para él y se aplicó a trepar hasta donde sus manos alcanzaran, que era mucho. Recordemos que venía de un arroyo; bastante había recorrido precisamente por ser lo contrario a un lerdo que confunde sueños con ambiciones reales. Simplemente, llegó tarde a la gran sucesión, la herencia de la Moncloa sería para otros, el reparto estaba hecho pero no comunicado, lo vio a la primera y se resituó para participar en las conversaciones donde se discutía el futuro y donde al menos se repartían los restos, las migajas. Migajas de oro. Por supuesto, supo que en Madrid no podía seguir conduciéndose como el príncipe de una taifa; allí el título de Molt Honorable President no significaba nada, aquello era un corral de gallos. Cambió de registro, las ínfulas de su antiguo trono medievalista le habrían hecho parecer un patán. Se refinó, y todavía se anda discutiendo si se transformó en un gallo lustroso, de los que se disputan los amaneceres capitalinos, o en el zorro que se ha pasado lustros desvalijando el gallinero. El Fundador ha tardado casi veinte años en caer, en ser capturado. Ha pasado mucho tiempo. Parecía a salvo. Se había recolocado en todos los cambios de ciclo político y en Madrid seguía disfrutando de las prebendas ejecutivas de la primera multinacional española y relacionándose al máximo nivel. La rumorología sobre su pasado nunca dejó de circular, mucho runrún sobre su ansia por el dinero, pero jamás se movió algo —ni un papel sospechoso— que le incriminase tras haber sido perseguidos y auditados todos sus sucesores en el Palau de la Generalitat. Pero una mañana, a primera hora, le toca a él protagonizar la secuencia que antes vimos en otros. Detenciones, registros, incautaciones de bienes, toma de declaraciones, hasta destaparse un ramillete de acusaciones de corrupción política. Diez millones de euros escondidos en paraísos fiscales y procedentes de adjudicaciones en su etapa de President de la Generalitat, mordidas por las concesiones de las estaciones de ITV y de los parques eólicos. De pronto están rastreando operaciones de hace veinte años. ¿Qué carajo de golpe del destino ha podido suceder para que se abra una caja blindada a prueba de fiscales, repleta de telarañas y óxido? ¿Qué ha cambiado en las alturas de los juegos de poder?

—Pensaréis que soy un fanfarrón —asegura el Director en la reunión de la mañana—. Justo hoy tenía agendado comer con el Fundador, habíamos quedado después de año y medio sin hablar ni mucho ni poco. En este tiempo, ni siquiera ha llamado para protestar por lo que se ha ido publicando sobre las escuchas de sus conversaciones con Ignacio González. Ya es casualidad.

—Pues no sé dónde ibais a comer, pero en el calabozo le aguarda un plato caliente que no le va a gustar —dice la Barrado.

—La operación es bastante sorprendente —comenta el Director—, estaréis conmigo, nadie esperaba algo así después de escaparse durante tantísimos años. ¿Conocemos qué ha pasado, qué es lo que ha cambiado?

—Parece que todo se ha destapado al intentar traerse a España el dinero que tenía en el extranjero —apunta el Editor de Local.

—Lo mismo teme por su vida. La leucemia que padece es un riesgo real que sigue ahí; no querrá irse para el otro barrio y que sus hijas pierdan toda esa fortuna.

Acaba de pronunciarse la Subdirectora. La miran hasta que el Editor de Investigación desvela con su habitual tono pausado una aparente teoría conspirativa:

—Ha sido el Yonqui del Dinero.

—¡Venga! —le gritan todos.

—Pues vale.

—Cómo es eso, otra vez ese… ¿Aparte de cargarse al Jefe de la Dipu también se va a llevar por delante al Fundador?

—Entre los papeles del Yonqui del Dinero que llegaron al fiscal —explica el Editor de Investigación— aparecieron cinco hojas no sé si escritas a máquina o con la letra del Fundador, pero con algunas tachaduras, donde se detallan las operaciones ilegales y las comisiones. Esas hojas se las dio al Yonqui del Dinero un sirio que compró una casa que antes fue del Fundador y que, al hacer obras, las encontró escondidas en un falso techo, en el altillo de un dormitorio. Estamos hablando de algo que pasó en la noche de los tiempos.

—¿Cómo vamos a publicar una tesis tan descacharrante?

—Pues porque la va a hacer suya el fiscal.

—¿Es una broma?

—No. He visto los papeles.

—No sé, no sé —interviene Rallo—. *A priori* parece algo muy endeble para justificar el arranque de una investigación así, puede acabar invalidando todo el proceso. Pero me han dado otro dato curioso: al Fundador no le quisieron poner micrófonos en su teléfono, prefirieron oírle cuando llamaba a terceros, pinchaban el móvil de sus contactos y no el suyo. Parece que la Fiscalía no se fiaba de que fuera avisado del seguimiento; al fin y al cabo, todas las peticiones de escucha hay que hacerlas a Telefónica, la empresa para la que trabaja como alto ejecutivo.

Surgirán más teorías, alguna altamente desconcertante. ¿Por

qué el Fundador siguió férreamente blindado cuando sus compañeros de partido sufrieron distintas investigaciones y fueron perseguidos con lupa? ¿Por qué durante casi una década quedó al margen del movimiento de sospecha general? Una casualidad resulta altamente llamativa: el Fundador deja de ser intocable coincidiendo con la retirada de la política activa y la posterior enfermedad de Rubalcaba, el gran muñidor de las alcantarillas en la izquierda, que estuvo controlando el Ministerio del Interior durante la época en la que se desataron las causas policiales y judiciales contra sus adversarios políticos. Nada prueba que el Fundador recibiera protección de su amigo Rubalcaba frente al desamparo de los demás, pero la cronología resulta inapelable. La salida de Rubalcaba del poder coincide con la tardía activación de la investigación al Fundador. La relación de profunda amistad entre ambos era conocida y reconocida por ellos mismos, y existen muestras abrumadoras de su intimidad política y personal. Y, casualidad o no, cuando Rubalcaba sale del escenario todo cambia para el Fundador. Hasta el punto de ingresar en prisión preventiva de manera inmediata, donde pasará muchos meses, hasta que un testaferro uruguayo transfiera siete millones de euros, al parecer procedentes de mordidas, a una cuenta del juzgado. En la cárcel de Picassent se reencuentra con el Conejo, aquel fichaje suyo que usó como palanca para ayudar al cambio de ciclo político. Los círculos se cierran conforme avanza la vida.

Y se va quedando solo, rodeado de arrepentidos entre sus antiguos cómplices. Cada declaración judicial de uno de ellos supone otro clavo en el ataúd del Fundador. El que fuera su jefe de gabinete confiesa los amaños y las mordidas en el despacho presidencial, y el testaferro es un amigo de juventud que reconoce guardar el dinero en nombre suyo. Un empresario reconoce el dineral que su familia pagó al gran Eduardo a cambio de adjudicaciones amañadas; ese empresario se llama Camilo y es sobrino del don Camilo que ejerció de consejero y confesor del President de los trajes. Todos están confesando, él no quiere rendirse, pero también el Fundador ha llegado al final del callejón. Tras la declaración inculpatoria de sus compinches, la Audiencia Provincial le condenará a más de diez años de prisión y una multa de veinticinco millones de euros, acusado de cobrar mordidas en las concesiones de ITV y en los parques eólicos. Ha caído, han tardado más de veinticinco años en atraparle, pero todavía le queda la baza del recurso al Tribunal Supremo.

El Canterito, por su parte, ya no habla con el exdiputado Frasco, ese ingrato, pero se da cuenta de que si hasta el Fundador ha sido cazado, todos son vulnerables. El poder ha cambiado de manos. El Canterito es consciente de que ha llegado el momento de llamar a algunas puertas y entregar algunos papeles. Toca negociar.

53

El Director recibe en su despacho la visita del Confidente del Palau. Ese intermediario de buena reputación, bien relacionado con todas las Administraciones, un profesional comedido, cauto, con fama de empresario, al que le vuelven loco los chismes y se entera de todo y todo se lo va contando al Director para que lo verifique por otras fuentes. A cambio solo pide un poco de protección, alguna promoción informativa de sus negocios y ser colocado en una buena silla en los actos públicos y eventos que celebra *El Periódico*. Un chollo como garganta profunda: casi nunca desatina en sus chivatazos.

—¿Ovejas muertas? ¿Cuántas? ¿Son muchas? —pregunta el Director.

—Solo una, pero esta vez lo mismo es una oveja tuya.

—¿Qué quieres decir?

—Director, aquí somos amigos y estamos para ayudar. ¿Lo tienes claro?

—Ni lo dudo.

—Tengo un partidario en el equipo del nuevo alcalde —cuenta el Confidente.

—Tú tienes partidarios hasta en el infierno.

—Nunca se sabe dónde vamos a acabar, je, je. El caso es que

este contacto me ha dicho que el jefe de gabinete del nuevo alcalde guarda en su cajón una multa antigua por conducción temeraria que nunca se llegó a cursar porque se borró la diligencia para evitar el juicio. La multa es de alguien importante. El problema es que alguna copia quedó, no se rompió, alguien la guardó como suele pasar en estos casos y ahora que han cambiado las tornas en el ayuntamiento un subjefe de la Policía Local se la ha hecho llegar a los nuevos, para hacer méritos, lo de siempre. Claro, ahora ya no es solo un delito de tráfico, sino también varios más: cohecho activo y pasivo, prevaricación administrativa, falsedad documental, omisión del deber de perseguir delitos, encubrimiento… Son un porrón de condenas y años de cárcel para todo el que acabe implicado. Tú sabes de qué va esto, ¿verdad?

—Perfectamente —contesta Yelbes—. ¿Qué más?

—Bueno, he estado picoteando por ahí, con discreción, y al parecer se nos presentan dos problemas.

—Cuéntame primero el más importante.

—Que quieran hacerlo público, para acabar con el afectado, o que no lo difundan, para chantajearlo. Es una carta magnífica para tener bajo control y sometido al principal medio de comunicación de la ciudad, si es que esto fuera cierto.

—Querido, tú ya sabes que es cierto, porque seguro que hasta han hecho una foto. ¿Me la enseñas?

—A tanto no he llegado. ¿Qué salida crees que elegirán?

—La segunda. Ya han elegido —replica el Director.

—¿Cómo lo sabes?

—Porque te han filtrado el asunto para que me llegue a mí. Han optado por el chantaje.

—Puede ser…

—Podría adelantarme —señala Yelbes— si nos dan una copia. Esa foto es importante, podría presentarlo como un montaje publicándolo antes, en mi beneficio, pero es una opción insegura. No tenemos controlada toda la historia, no sabemos qué pasó al otro lado, quién pidió a quién dentro del ayuntamiento que aquello se perdiera… Y además, en el momento en que se haga una foto será inevitable que corra de móvil en móvil. Tengo que pensarlo despacio, necesito ayudarme de algún bálsamo luminoso. Estamos en un momento de cambio profundísimo, han caído la mayoría de los referentes de la ciudad, un director de prensa cogido en falta sería la guinda perfecta para rematar el cartel de la corrupción institucional.

—Luego está también el otro problema, pero ese sabrás manejarlo sin dificultad.

—¿Y cuál es?

—También se lo han contado a tu Jefe de Operaciones. Parece que se acercó al ayuntamiento para negociar algún asunto de publicidad y se lo dejaron caer, hace un mes o así, pero ya veo que él no te ha contado nada.

Ahora sí el Director se queda paralizado. Pulpón le tiene pillado. Ahora puede destruirle, cuenta con algo gravísimo para acabar con él. Ya puede hacerlo, pero ha pasado un mes y no ha movido ficha, incluso celebraron un consejo de administración de lo más rutinario, parece imposible creer que no vaya a aprovechar una baza tan atractiva que facilitaría su cese fulminante. Pero no ha hecho nada, ni ha piado, es extraño. Su cabeza trabaja a mil por hora. Abre el cajón, saca la botella de DYC 8 y sirve dos chupitos, la puerta está cerrada y ha dado orden de que no le pasen llamadas. Bebe y piensa. Despacio. Piensa y unos minutos después lo ve claro, acaba de montar las piezas del puzle en su cabeza. De golpe, todo le encaja.

—Te han engañado —dice Yelbes a su interlocutor.

—¿El chisme no es verdad? —pregunta el Confidente.

—No existe ninguna copia, es mentira. Lo que tienen es el runrún, alguien sabría algo, de pasada, un chisme que circula, y se lo ha comentado bajo cuerda a los nuevos mandamases para hacerse valer. Pero no hay pruebas, ni un solo documento, nada de copias. Solo rumorcillos. La palabra de unos contra la de otros. Si hubiera copia de la denuncia, tú ya tendrías una foto, y Pulpón también. Y yo ya no estaría en este despacho.

—¿Así que no tenemos que preocuparnos?

—Tanto como eso no. Si encontrasen algún hilo pequeño del que tirar, o consiguieran la declaración de algún funcionario, podrían intentar iniciar una investigación interna, llamar a los jefes de la Policía Local, filtrarlo, abrir un expediente rutinario, pero para eso tienen que encontrar una cara allí a la que señalar e intentar poner contra las cuerdas a la exalcaldesa, que por cierto no tenía por qué saber nada y además está retirada en el Senado. Tendrían que llamarla a declarar, prácticamente es imposible, un laberinto, no será nada fácil que alguien dé la cara con un testimonio creíble, mucho menos una prueba documental, no existe o ya la habrían encontrado. Podemos manejarlo. Así que me temo que la única salida que les queda es el chauchau, el infundio, el difama que algo queda… Se puede combatir. No, no estamos muertos. Si no cogen a la exalcaldesa en un renuncio, no tienen nada.

—A pelear no te gana nadie.

—Azaña, por experiencia propia, dijo eso de que el vencido siempre se queda solo. Pero yo no estoy vencido.

—¿Y cómo lo sabes?

—Porque ¿acaso estoy solo? Tú estás aquí sentado conmigo. El nuevo equipo municipal no me preocupa, no tienen munición real y no se van a atrever a disparar. Apuntar no es disparar, y solo están apuntando; saben en cambio que yo cuando apunto es para disparar. Y Pulpón, sí, tiene algo contra mí, algo feo pero poco demostrable, palabra contra palabra, puedo negarlo, y yo acumulo ya tanto contra él que tampoco se atreverá a apretar el gatillo, por si acaso resulta que no es el tirador más rápido de este corral. Solo le queda implicar en el cotarro a doña Amparo para que la exalcaldesa le confirme lo de la multa enterrada y eso es muy delicado, no creo que ella tenga nada que ganar en esta comedia. Podemos beber en paz, y tú sigues teniendo un amigo al frente de un diario. Eso te conviene.

54

Todo se ha derrumbado. Poco queda. Restos vergonzantes, los últimos sillares erguidos de unas siglas envidiadas un día, peones atribulados y confusos que han quedado para barrer los rescoldos de un proyecto político admirado durante lustros. Un poder sólido y duradero ha sido removido. Aquel president caído por unos trajes mal cortados se imaginó un día como jefe del Gobierno de España y hoy es el olvido y la caricatura de sí mismo, todavía no ha podido salir del lodazal, van a pasar muchos años hasta que se libere de ese estigma. Conviene retener un cuadro despintado de la joya de un Mediterráneo alegre y prometedor, antes de las hipotecas *subprime* y de que afloraran los regalos envenenados. Mientras se denigra la costa hortera de los excesos, nadie se fija en el tráfico de influencias que cuartea el centro de la meseta, ni en el tres por ciento de los catalanes o los ERE de Andalucía. Utilizaron al pobre Nou President como saco donde fueron a parar todos los golpes; él creyó que le había tocado la lotería cuando le nombraron sucesor y abandonó unos pantalones a medio probar en el parabán de unos grandes almacenes, pero administró un infierno en descomposición y, escaso de astucia, se convirtió en el muñeco del pim-pam-pum, perseguido por ejércitos de cobradores, cada uno exigiendo lo suyo: proveedores, élites económicas, corrientes internas del partido, aprovechados, medios de comunicación, jueces y fiscales, etcétera. Enseguida vio que solo podía agacharse hasta que pasara el chaparrón. Pero el chaparrón se quedó sobre él y no quiso pasar de largo.

La bandera del Palau cambiará de colores por un fallo estructural. El fallo es propio, no inducido, nada de echarles la culpa a otros. Es una avería general por fatiga del material. La oposición ha ejercido de testigo interesado del desmoronamiento, esperando su oportunidad. De poco pueden presumir, la desconfianza de las urnas hacia ellos ha sido larga, al final han recogido las nueces del árbol de la corrupción que vareaba la Fiscalía; triunfalismo, ninguno, la confianza ciudadana ha sido la justa, y el entusiasmo, más que mediano. Han recogido el fruto maduro, en su papel de oposición, pero han sido un actor menor hasta la fase final, hasta los últimos años. El trabajo de reposición del poder se lo deben a las alcantarillas madrileñas manejadas por los comandos rubalcabas y al hambre de un joven fiscal con ganas de comerse el mundo, de hacerse un nombre, de limpiar a fondo bajo las alfombras, de chutar todos los balones para asombro de sus compañeros del ministerio público. El consenso posterior en el ministerio público fue inequívoco: «Cascano lo cogía todo, atrapaba todo lo que entraba en la oficina si le veía interés; sus compañeros en los primeros años estuvieron a por uvas, él fue más largo, vio la oportunidad, era un tío con unas ganas tremendas de hacerse sitio a la mayor velocidad». Cascano todavía era treintañero cuando descubrió que el poder político ya no era invulnerable, que se le podía zarandear. Acertó con la investigación al Conejo, consiguió llevar a prisión al icónico consejero que había hecho desaparecer cinco millones de euros de la Generalitat; fue a fondo, implacable, eficiente, acorraló a una presa difícil, consiguió la condena y lo que no logró demostrar en el primer juicio lo afianzó en la siguiente causa. Hechos probados. Metió al Conejo en la jaula. También llegó al entorno de la alcaldía con una sentencia de culpabilidad al Vicealcalde, por aceptar relojes de un contratista municipal. Cascano se afianzó con dos golpes definitivos, incontestables, exitosos y meritorios, pero su conducta posterior hoy parece obsesiva: llegar a la cúpula, a la cabeza, a la Alcaldesa y al President de los trajes, como fuera.

Probó el sabor del éxito y le gustó. Para el mundillo judicial, Cascano desarrolló un ideal, acorde con sus ambiciones profesionales. Entonces, con los primeros éxitos, la adrenalina se le subió a la cabeza como una montaña rusa, puro éxtasis poniendo al poder contra las cuerdas. Y encima coronado de aplausos, aclamado. En sus manos tuvo la oportunidad de concluir lo que otros no pudieron, descubrir las vilezas de la Alcaldesa, que había logrado quitarse las manchas que le dejó el yerno del Rey; desvelar los rincones ocultos del expresident de los trajes y desagraviar a las dos fiscales que fracasaron en el intento de condenarlo.

El fiscal más joven y prometedor de la ciudad había construido un ambicioso plan de carrera, pero, para sorpresa general, ahora que el poder había cambiado de manos y tenía a los corruptos acorralados con los autos de imputación, Cascano se fabricó una vía de escape para abandonar su puesto, la plaza más envidiada de la justicia local. La estrella de la Fiscalía quería cambiar de destino, se estaba moviendo, haciéndose querer, haciéndose valer, estaba pidiendo favores, quería irse, buscaba una salida. Pero ¿por qué Cascano tenía tantas prisas por huir, por qué quería escapar de su fantástico futuro?

Ya está escrito. Probó el éxito. Le gustó su sabor. Y esa fue su perdición. El ansia. El chute de la celebridad. La ambición desmedida. Varias filas de dientes de tiburón y el plácido arrullo de los elogios. Su vertiginoso ascenso se sustentó en dos triunfos desbordantes. Luego ocurrirían dos accidentes biológicos, dos tumbas para el gran funeral que se estaba contando en riguroso directo por toda la costa mediterránea: la Intendente de la Ópera y la Alcaldesa. Cascano vio pronto, muy pronto, lo que los demás no podían ni intuir.

Lo intentó varias veces por las bravas contra la Alcaldesa y se dio de bruces contra el muro de la ley. No pudo enredarla con los contratos de la Feria de Muestras ni del Palacio de Congresos o con las andanzas del yerno del Rey. Luego la oposición se inventó un caso de corrupción en plena campaña electoral, lo llamó «Ritaleaks», recopiló papeles, los filtró a la prensa y formó el gran escándalo: una malversación de dinero público a base de regalar cajas de naranjas como promoción institucional. Un delirio, pero Cascano le dio curso y credibilidad, a ver si de esa caía. El juzgado directamente archivó la denuncia del fiscal, por irrisoria. Todas las maquinaciones se venían abajo. Por eso, Cascano se cuidó de que cuando llegara el momento en el que los jueces se pronunciaran él ya estuviera lejos de la Fiscalía, sentado en otra plaza, alejado de los focos. La que para entonces tampoco seguiría allí para verlo era la Alcaldesa.

La obsesión de Cascano con el President de los trajes fue mucho más insistente. Una vez fracasado el primer asalto, planificó hasta nueve causas más contra el susodicho; no parecía dispuesto a aceptar que se escapara vivo. Pero todo se lo fueron archivando, y lo que no se archivó y llegó a la sala del tribunal acabó en absolución. Claro que hubo que esperar quince años para que se desactivaran la decena de trampas contra el expresident. Quince años bajo sospecha y perseguido, y ni una sola condena. Cuando Cascano perdió las cuatro o cinco primeras causas y entendió que las demás correrían la misma suerte, decidió saltar del barco. Era la hora de desaparecer de la Fiscalía, empezaba a notar que el destino se volvía contra él; de seguir allí, pronto sentiría el calor del descrédito, del infierno.

Los borrones del fiscal estrella con otros acusados también se han ido amontonando. Un juzgado le archivó una denuncia de opereta procedente de una manipulación de la oposición en torno a los costes en la construcción de colegios públicos; fue otro invento desmentido desde la Sindicadura de Cuentas. La huella subjetivista de la Fiscalía empieza a ser sonrojante. Llegan nuevas evidencias, nuevas iniciativas fallidas del fiscal estrella, toda su obra conspiranoica está siendo desacreditada por jueces y magistrados: el falso saqueo de la Ópera, los gastos de representación de la Alcaldesa, el desfalco en la televisión pública, los enredos con el yerno del Rey, la ampliación del palacio de ferias o del Palacio de Congresos, las compras del Puerto, las diversas causas sobre la Fórmula 1, los contratos de ferrocarriles de la Generalitat y hasta el terrible accidente del metro. Una lista de fracasos que acabaría con cualquier carrera judicial. Todo se le ha vuelto material combustible. Tiene que escapar como sea.

Decide saltar, pero con red. Hace unos años se quejó de que hay jueces dudosos en la lucha contra la corrupción. Se refería a los jueces que hacen su trabajo con precisión, jueces que después, siguiendo el ordenamiento legal, le echarán abajo sus investigaciones. Jueces que anteponen la ley a las denuncias sin pruebas. Y ahora él, el fiscal Cascano, el incorruptible, va a pasar a ser un juez, uno de ellos, con la ayuda del séptimo de caballería, que llegará a tiempo para ahorrarle la vergüenza del descrédito en el momento en que todas sus investigaciones se le vengan abajo. La oposición política, desde la Asamblea, ahora en mayoría, propone su nombre al Consejo del Poder Judicial para ocupar una plaza de magistrado en el Tribunal Superior de Justicia. Otros políticos se prestan a un enjuague para sacar del infierno a un joven fiscal al que deben muchos favores, incluyendo el cambio de gobierno. Cascano accede al Tribunal Superior de Justicia por la cuota política autonómica y lo hace con un descomunal apoyo partidista, propuesto por la nueva mayoría de la Asamblea legislativa, con la firma de líderes que se han beneficiado de la lucha del fiscal contra la corrupción, la real y la presunta. Sus antiguas víctimas le siguen teniendo miedo, así que a enemigo que huye, puente de plata. Ni una crítica en público.

El nombre de Cascano desaparece para siempre, jamás volverá a ser mentado en la política local. Se lo traga la tierra.

55

A Pulpón no le abandona la idea de que por fin ha descubierto el punto débil del Director. Ha necesitado siete malditos años. No puede demostrar todavía su juego encubierto con la exalcaldesa; siempre lo sospechó, demasiados afectos entre ellos, demasiados jueguecitos y aires de superioridad, a saber lo que le habrá tapado sobre su gestión y sus manejos con el dinero, ahora supone además que ella le salvó del escándalo de tráfico sobre el que circulan algunos rumores, un caso de juicio, de bochorno, descrédito y quizá hasta cárcel. El Director es un delincuente. Pero es que además es evidente que también es un alcohólico, siempre lo ha sospechado, pero el tipo no se deja pillar fácilmente, nunca se sobrepasa en las comidas ni en público, pero a veces se transforma, parece otro. Todavía recuerda la ocasión en la que estaban discutiendo la eliminación de las delegaciones comarcales, el forcejeo para alcanzar un acuerdo. Cuando parecía que Pulpón lo tenía vencido, pasó aquello tan extraño. Yelbes, al verse ya sin argumentos, cercado, dijo aquello de «voy al baño» y salió del despacho del Jefe de Operaciones. Pasaron diez minutos y al volver parecía otro, fuera de sí, con los ojos inyectados en sangre, una mirada agresiva, violenta. Empezó a increparle, volvió con el asunto de los anuncios de contactos, le enseñó los correos electrónicos de protesta, los mensajes airados de las ONG criticando a *El Periódico* porque ponían sus anuncios junto a los de las putas y los putos, qué pesado con el temita.

—Oye, oye lo que nos dicen —repetía Yelbes—: «Vemos que siguen insistiendo en publicar nuestras campañas en la página de los contactos eróticos. Es un descrédito, por decirlo suavemente, para nosotros y para este periódico. Trabajamos por la salud materna, no vamos a descansar en nuestra protesta y nos reservamos las acciones legales si persisten en esa actitud».

Pulpón le atajó de inmediato, cortó la conversación después de darle una llamada al orden:

—Mira, el tonito no me gusta, prefiero callarme y que nos veamos otro día, porque no quiero darle más vueltas a lo que se me está pasando por la cabeza. Y deja ya de decirme que las cosas solo pueden hacerse de la manera en que las hacéis. Las cosas se hacen de una manera hasta que empiezan a hacerse de otra.

—Pues lo que a mí me parece es que me quieres mandar de nuevo a la facultad. No sé dónde crees que has aprendido tanto, pero nadie te ha dado el carné de periodista. Si quieres, a partir de ahora escribes tú los textos y me los pasas, vamos a ver lo que sabes hacer y lo que puedes enseñarnos.

Pulpón está decidido a mantener el pulso. En aquella discusión, le dejó caer que le tenía cogido en falta. Yelbes tragó saliva y calculó. El Jefe de Operaciones cree que *El Periódico* carece de una dirección honorable, pero a Pulpón le faltan fuerzas para proceder al relevo, por eso opta por una acción de desgaste permanente. Vuelve a la carga con doña Amparo, a lanzarle indirectas con sus dudas sobre la Redacción. Y empieza a enviar mensajes reiterados a Yelbes sobre los fallos en la coordinación de opinión. Día sí, día no, Pulpón le manda un aviso por escrito al Director con los excesos de los articulistas, echados al monte:

«Bernal está escribiendo cada cosa este verano… Pa cagarse. Tenemos que darle un toque».

«Me acojona el fondo y la forma del artículo de Frías».

«Aranda ha metido demasiada salsa en su columna».

«La descalificación global que hace Seija no podemos asumirla».

«El editorial de hoy… Uff, uffff, me ha puesto nervioso».

También le molestan las informaciones más recientes, y no deja pasar ni una:

«A los gastos de Aleixandre les habéis dado demasiado espacio, es pa cagarse, unas facturas de taxis y de comidas con menú de cuarenta euros, un exceso, como si hubiésemos descubierto el Watergate. Estoy alucinando».

«Ni una nota en portada del evento de Money Capital y está toda la ciudad hablando de esas jornadas financieras. Es la noticia del día y se os ha escapado».

«Tremenda hostia. Palma no se merece una portada como esa, el club de fútbol está quebrado y no es culpa suya por muy presidente que sea, la exalcaldesa ha hecho todo lo posible por hundirle. Palma nunca ha fallado a *El Periódico* y se merece más consideración, no que hagamos una quiniela con sus sucesores cuando él no ha anunciado su marcha».

El Director ahora evita el choque, se percibe inseguro, prefiere no contestarle los mensajes de Whatsapp, ninguno, que reviente de ganas, y el Jefe de Operaciones se desespera con el silencio —«es pa cagarse»—, así que le acaba mandando un ultimátum definitivo. Carga las tintas, quiere provocarle y obtener pruebas de la deriva del Director.

—Mientras yo sea Jefe de Operaciones en esta empresa no voy a consentir insubordinaciones.

—¿Ah, sí? ¿Y qué vas a hacer? ¡Dímelo! —estalla desafiante el Director.

Pulpón no se lo dice, pero tampoco se queda parado. Aprovecha un viaje del Director a la otra punta del mundo para reunir a todo su equipo, por una supuesta crisis sobrevenida. Les presenta las alertas de la competencia, hasta un periódico catalán ha publicado ya un aviso con un incendio en una central hidroeléctrica en Riba-roja y *El Periódico* todavía no ha reaccionado. El Editor de la Web aclara que no tenían pensado hacer nada, el fuego es testimonial y esa central hidroeléctrica está a trescientos kilómetros de la ciudad —¡en otra comunidad autónoma!— donde ni siquiera se distribuye el diario. El Jefe de Operaciones, con tal de pillar en falta a la Redacción, ha confundido el nombre del municipio. En la reunión de urgencia con los mandos de la Redacción sin el Director, que está acabando sus vacaciones, les afea la malísima reacción al temporal que está azotando la región. Los llama ineficaces con términos de falsa psicología, los acusa de hacer el ridículo, de ir por detrás, se sube al carro de su oratoria y se arranca con una de sus alocuciones interminables, escuchándose de nuevo, oyendo la música que sale de su cabeza y que tanto le emociona, pero Barrado se levanta de la mesa y se larga después de decirle que no tiene ni idea de lo que está hablando, que ni le entiende ni sabe qué es lo que quiere y que por qué no ha esperado a la vuelta de Yelbes. Al mago Pulpón ya no le suena la música, al hipnotizador le fallan los trucos, ha cruzado una raya infranqueable, deja de hablar, mira las caras y repara en las sonrisas de suficiencia, el recelo, las miradas de desprecio. Corta la reunión y sale para su despacho. Tiene que echarse a la batalla abierta, definitiva. La guerra de desgaste tampoco parece funcionar, solo le queda destituir al Director: es un alcohólico, es un tramposo, un delincuente, él lo sabe, ha roto la Redacción, acaba de comprobarlo, «pa cagarse», hay que reconstruir todo el organigrama, tiene que dar el paso, llamar a Madrid, hablar con doña

Amparo, convocar un consejo, esto ya no da más de sí, se va a imponer. Contando los enjuagues con la exalcaldesa, tendrán que elegir entre el Director o el Jefe de Operaciones que ha salvado el negocio de una ruina que parecía inevitable. Ya es hora de poner a cada uno en su sitio. Manda un mensaje a Martínez para que empiece ya con la auditoría de la Redacción: números, fallos, deficiencias, gastos, lo que haga falta. Esto es la destrucción definitiva.

56

El momento exacto de los cambios de era, los tránsitos esperados y queridos, ansiados, suelen beneficiarse de mañanas luminosas, alegría ambiental, sonrisas y esperanzas. El día que la oposición vuelve al poder, tras dos décadas de ostracismo perdiendo elecciones, los muros del Palau de la Generalitat reciben a caras conocidas, solo que veinte años más viejas. Vuelven con gafas y el pelo gris los rostros juveniles de antaño, la mayoría ha echado algo de tripa, todos han perdido pelo y la lozanía de la juventud, de la inexperiencia, pero ahí llegan los otrora jefes de servicio o directores de gabinete convertidos en consejeros, secretarios autonómicos y diputados. Alguna vez pareció que este momento nunca tendría lugar.

Morales sigue siendo joven, un madurito joven, pero es que era un chiquillo cuando tuvo que salir del Palau, en fila con todos los suyos, porque habían perdido el poder. Nunca pensó que tardarían tanto en regresar. Ahora, nada más ocupar su despacho como hombre fuerte de la nueva Administración, lo primero que hace es dirigirse al último lugar en el que estuvo hace veinte años, justo antes de salir por la puerta de la calle Caballeros. Morales entra en el despacho del President, el sagrario del poder cambiante, y va hasta la esquina más apartada del imponente espacio, junto a una de las ventanas que dan a la calzada. Mueve un pequeño marco con cuidado, mete dos dedos a modo de pinza por una ranura y extrae de una grieta disimulada un papel diminuto, doblado, algo sucio y amarilleado, pero seco. Lo desdobla y en efecto ahí está, puede leerlo sin dificultad, es su letra, una sola palabra escrita con un Bic de tinta azul en 1995. Fue lo último que hizo tras recoger sus enseres y pasar junto al despacho presidencial. Lo pensó sobre la marcha. Miró por última vez la estancia magna, buscó un papel y lo recortó. Entonces escribió esa palabra, escondió el papel y salió por la puerta. *«Tornarem»*. Eso ponía. Eso ha pasado. Y allí están ya. Han vuelto. Todos son todos. La función vuelve a empezar. Han cambiado algunos protagonistas, pero el acompañamiento y el reparto sigue igual tras el traspaso de poderes. Otra vez se cumple el rito: a rey muerto, rey puesto.

Y todos son todos. El «President del cambio», recién nombrado, revisa la lista de las primeras recepciones, repasa las peticiones de audiencias, de encuentros, de reuniones, de contactos institucionales. Lo ve enseguida, lo sabe, se da cuenta. Primero se hace el despistado y luego mira a Morales, pone un dedo sobre un nombre de la lista: ¡el Canterito! «¿Y este?», pregunta. Morales se encoge de hombros, el President del cambio pasa de largo, callan. Antes o después se lo encontrarán en algún acto o evento público, los dos lo saben. Los dos conocen que Ángel, el principal acusador del partido contra el President de los trajes, estuvo antes a sueldo del Canterito y diseñó el pelotazo urbanístico que acabó en los tribunales. Por la oficina de la Fiscalía circula una grabación del Canterito, muy alterado: «Decidle a Ángel que él estaba conmigo cuando empezó. Le voy a matar, le voy a llevar al precipicio, vamos a hacer lo imposible por matarle, va a salir todo, que estuvo tres años conmigo, que se ha llevado un Audi, tengo doscientos mil temas contra él».

Nueve nombres, nueve grandes empresarios que han movido los hilos en el territorio durante décadas, nueve personajes sospechosos y condenados en los tribunales por corrupción, seguirán haciendo negocios con la nueva Administración, presentándose a licitaciones, ganando concursos, facturando obras a cargo de los presupuestos públicos. Son los nueve grandes empresarios acusados y condenados por financiación irregular del partido que acaba de perder el poder. Son los corruptores del régimen. Señalados y reconocidos. Incluso han confesado, han admitido sus delitos; obtuvieron privilegios y ventajas competitivas a cambio del pago de comisiones a los políticos. La Audiencia Nacional lo deja claro: participaron en la financiación ilegal de una campaña electoral: «Se colocaron en situación privilegiada (respecto a sus competidores), monopolista, soborno en diferido, pagan primero campañas electorales y obtienen después contratos administrativos, daño al interés general, daño a las otras empresas». Son los grandes tramposos del gran carnaval que ha vivido la comunidad autónoma los últimos años. Y, en pago a esos delitos reconocidos, el fiscal les ha ofrecido un apaño. Les va a anular las penas de cárcel que todos llevan encima ante su buena actitud para colaborar con la justicia, les valdrá con pagar una multa y asunto arreglado. Con una pequeña parte de los beneficios del primer contrato público que obtengan de la nueva Generalitat ya suplirán con creces la sanción de 154 000 euros, una verdadera broma, una afrenta a la sociedad, un escarnio. Una burla. Con el favor de la Fiscalía justiciera.

Ea, perdonados. Borrón y cuenta nueva, tras los acuerdos con la Fiscalía sobre conformidades que les evitan pisar la prisión. Van a seguir en la pomada, con las puertas del nuevo Gobierno abiertas de par en par, siendo los mayores contratistas de la comunidad. En los años previos han facturado trescientos millones de

331

euros a la Administración, y tras confesar sus delitos les llegarán cincuenta y dos millones más del nuevo Consell de forma rápida: concursos, obras públicas, agua, residuos, residencias... Dinero limpio, dinero honorable. El nuevo equipo del Palau concluye que hay que superar las etapas. Estamos en otro momento, y además no se puede hacer otra cosa. Por supuesto, al nuevo Palau le conviene ser abierto, que nadie vea en ellos resentimiento, son empresas de aquí, solventes, acreditadas; son punteras en lo suyo, trabajan muy bien, hay que apoyarlas, los tribunales han zanjado el asunto, han pagado su responsabilidad. Lo primero es que nadie más vuelva a enredar con las leyendas del Canterito. Para empezar, a él no le gusta un mote que le degrada, no se puede llamar así a un empresario de primera como él. Ellos son gobernantes, no unos pancarteros de la calle.

Vuelven, en fin, para qué darle más vueltas, todos los empresarios corruptos que hicieron apaños con los caídos a través de las comisiones, de los contratos públicos. Los empresarios domesticados desde los tiempos del Fundador, que presentó unas vistosas cuentas a los más avispados. Para qué arriesgarse con negocios de toda la vida, fábricas o industrias en libre competición, a expensas de vender o no vender, de tener suerte, de que la coyuntura no estropease los planes, de muchas preocupaciones; por qué no emplear el capital de esas grandes empresas en algo más firme, más rentable, más cómodo, menos complicado. La oferta del Fundador era de esas que no se pueden rechazar: les proporcionaría mucho trabajo, contratos públicos; carreteras, hospitales, infraestructuras, viviendas, puertos, centros culturales, depuradoras, cemento, hormigón... Ya sabían: negocio seguro y poco riesgo, una vida fácil al cobijo de los presupuestos de las instituciones, fuera el mercado libre, solo tenían que estar a favor de la obra, a favor de los intereses del Fundador, en una alianza de poco riesgo y mucho beneficio. Así se inventó el modelo. El Fundador lo creó, su sucesor lo mantuvo con plena convicción y el President del cambio no se ve con ganas de romper un sistema diabólico de relación entre el dinero y el poder. Tengamos la fiesta en paz.

57

El tráfico baja cargado por las Torres de Serrano; son las ocho y media y la inminente apertura de colegios y oficinas colapsa las calles a esa hora. El atasco habitual de los miércoles. La ciudad ha despertado, plenamente bañada en el azul fogoso de las mañanas mediterráneas. Es noviembre, corre un aire fresco y agradecido que te hace sentir vivo, alegre, nada más cruzar el portal de casa. Iba a ser una mañana de tantas, de calendario, una mañana pasajera. Pero a trescientos cincuenta kilómetros de allí, en la madrileña plaza de las Cortes, todo se ha precipitado una hora antes. La noticia está volando entre los móviles de los periodistas más avezados. Montilla, un veterano especialista en política nacional, busca un número de teléfono algo olvidado que no marca desde hace tiempo y lo pulsa lo más rápido que puede. Quiere avisar a un periférico director de periódico con quien trabajó en su juventud.

—Yelbes, escucha: la Alcaldesa acaba de morir.

—¡¿Qué?!

—No sé mucho. Está circulando. Creo que es verdad. Se la han encontrado sin vida en la habitación del hotel donde se hospeda cuando viene a Madrid.

—Pero ¿cómo?

—No sé más, pero es así. Puedes subirlo a la web.

—¡¿Sin contrastarlo?!

Yelbes trata de pensar con rapidez, pero está noqueado, le cuesta reflexionar. Por una vez, se siente paralizado ante una noticia. No avisa al periódico para que se pongan a investigarlo. Es pronto, no hay nadie en la Redacción y no hay tiempo que perder: resulta más rápido comprobarlo por sí mismo. Tiene que hacer unas llamadas urgentes. Necesita la confirmación de alguien fiable. Prueba, nadie coge el teléfono. Montilla le apremia con mensajes: «Es un notición, esto es urgentísimo». «Monti, lo sé, pero me temo que *El Periódico* no va a ser quien dé la exclusiva de la muerte de la Alcaldesa. No nos podemos equivocar». Ella, para los lectores de *El Periódico*, sigue siendo la Alcaldesa. No hay otra. Aunque perdiera el cargo hace año y medio, algo así solo se puede publicar bien verificado. Otros podrán permitirse un error con este asunto, pero no el periódico de la ciudad. Llama a la presidenta regional del partido y tampoco lo coge. Busca un atajo seguro: llama a Zaragüeta, el filósofo de cabecera de Yelbes, pero sobre todo uno de los periodistas mejor informados de la ciudad. Y se lo confirma de inmediato, Zaragüeta acaba de hablar con la hermana de la Alcaldesa. Ha muerto. «Sí, es verdad», responde nada más descolgar, sin esperar la pregunta. Silencio. Pasan varios segundos. Intenta salir del bloqueo, hay que contarlo ya en la web, deprisa, y entonces entra una nueva llamada de Antonio Montilla. «Acaba de difundirlo la SER». *El Periódico*, en efecto, ha perdido la carrera por el *scoop* más impactante del año, eso es incontestable. Telefonea entonces a la Subdirectora, que, como buena oyente de radio, ya está enterada.

—¿Lo has oído?

—Sí.

—Vale.

Tampoco saben qué más decirse. Quedan en verse cuanto

antes en la Redacción. Ambos conocen a fondo a la exalcaldesa y ambos han discutido con ella en los últimos meses. No llegaron a pelearse, fue una crisis civilizada, pulcra, pero dejaron de llamarse y de hablar directamente. Se mandaban los mensajes a través de terceros, para no romper las relaciones ni acabar en una riña sin vuelta atrás. Por eso, al Director lo primero que le viene a la cabeza cuando empieza a salir de la parálisis son las últimas palabras que le dijo la Alcaldesa: «Vale, vale, ya hablamos». Han pasado seis meses desde entonces. Nunca más volvieron a hablar sin intermediarios. Desde el día que se publicó la apertura de una nueva investigación judicial por parte del fiscal anticorrupción —ese justiciero infatigable ahora huido— que afectaba a todo su equipo municipal por financiación ilegal y amenazaba con el procesamiento de la propia Alcaldesa, reina de la ciudad durante veinticuatro años.

—¿Me quieres decir que esto es un tema serio? —preguntó la Alcaldesa al Director.

—Lo que has leído hoy es solo el principio. Van a por ti, ahora creen que ya te tienen a ti también, no van a dejar escapar tu procesamiento, pese al blindaje del Senado. Son muchos años fracasando contigo, ahora están convencidos de que te tienen pillada. Saldrán más papeles, grabaciones. Pero ¿qué es eso tan grotesco de que tus concejales blanquearan dos billetes de quinientos euros?

—¡Y yo qué sé!

Eso fue todo. Añadió «vale, vale, ya hablamos» y colgó. Se enfadó con *El Periódico*. No le gustaba lo que se iba encontrando en sus páginas, las acusaciones del fiscal, los informes policiales, las declaraciones de los supuestos arrepentidos, la mano negra de un antiguo colaborador, el vicealcalde investigado y condenado. Se enfadó, pero nunca atacó a *El Periódico*. Se apartó de él y dejó de leerlo hasta que llegaran tiempos mejores, de reencuentro. Estaba tan enfadada con la humanidad que no percibió cómo se le estrechaba el cerco. Un caso chusco, eso se vio después. Concejales que ganaban sesenta mil euros al año y que estaban dispuestos a jugarse su carrera política y años de cárcel por aceptar mil euros en negro del partido, un pago en B. Un caso de opereta, pero que llegaba después de siete años de intenso clima de corrupción, de diversas corruptelas descubiertas, un nuevo proceso avalado por detallados informes policiales, acusaciones gravísimas de la Fiscalía Anticorrupción y de supuestos arrepentidos, delatores... Otro caso que olía a chamusquina. *El Periódico* tampoco quiso taparlo. Prendió como una mecha. Era el remate que faltaba a todo el sainete, la guinda, por fin le echaban el lazo a la Alcaldesa, que había ido sorteando todas las trampas. Esta vez habían atinado. Bien por el fiscal. Bastaron seis meses para llevársela a la tumba. Tras el oprobio, el repudio de los suyos y una testarudez personal incorregible que la hizo quedarse sola y vencida. El infarto de miocardio apenas fue el tiro de gracia, el segundo final, la bala de plata. El sello oficial del deceso. El último aliento de la Alcaldesa acosada.

Fue el precipicio emocional y psíquico de una mujer en los meses posteriores a las elecciones que la sacaron de la alcaldía. Se quería ir pero no se quería ir, su partido la necesitaba como única tabla de salvación, el presidente del Gobierno la ató a la lista electoral, después la repudió, la abandonó y dejó que se desplomara, de nuevo como reacción quirúrgica para perimetrar la mancha de la corrupción.

En la noche de los tiempos se negó en rotundo a ser candidata a la presidencia de la Generalitat para resolver una crisis. La siguiente ocasión, avisó por adelantado para que ni se lo propusieran. Dos años atrás quiso dejar el cotarro, irse a su casa, parar. Había perdido a su madre recientemente, la echaba de menos, se empezaba a sentir algo mayor, no le gustaba la nueva política ni la nueva prensa, siempre les daba vueltas a los mismos asuntos, consciente de sus contradicciones.

Tras pasar el verano posterior a la debacle electoral, la Alcaldesa revisó sus recuerdos en compañía de Yelbes. Ya estaba jubilada del Ayuntamiento, ahora era senadora en Madrid. Todavía no había estallado el caso de los pagos en B a sus concejales. El Director de *El Periódico* la encontró más fuerte de lo que cabía esperar, no estaba nada alterada, se había quitado una enorme presión, parecía llevar bien la pérdida del oropel, iba más ligera sin el peso de la púrpura, pero daba la sensación de que seguía creyendo que no se había hecho nada mal, que los casos de corrupción eran un invento de la prensa y los nuevos partidos. «Es lo que ha votado la gente, ya está. Ahora, que se preparen para lo que viene». Echaba en falta la ayuda económica de su madre, dos mil euros mensuales para atender gastos domésticos, quería contratar a una chica con carné de conducir y comprarse un coche, pero de momento se iba apañando con un taxista conocido. Aceptó la jubilación municipal, pero necesitaba una colocación tranquila, llevaba toda la vida viviendo de un sueldo público y no había acumulado ahorros. La Alcaldesa —exalcaldesa— estaba poniendo todas las facilidades a su alcance para reinventarse, para pasar a la condición de mito, de estrella pensionada. Ni Yelbes ni la Alcaldesa podían imaginar que se encontraban ante la penúltima confesión:

«Mariano me dijo: "Si te vas, aparte de que no lo voy a consentir, me darás un gran disgusto"... Ahí yo me deshice, casi me pongo a llorar, tantos años juntos».

«Tú sabes lo que pasó aquí, te lo conté cuando nos conocimos. Vino ese, que había comprado el voto de una tránsfuga, la Maruja, para ser alcalde. Se ganó al presidente nacional. Me dio malas vibraciones desde el principio, lo vi venir y decidí que pondría una línea roja y que ese en mi ciudad no iba a enredar».

«Yo quise irme, lo sabes bien, y Mariano no me dejó. Ahora, en fin, me han quitado hasta los escoltas, menos mal que no tengo problemas en la calle, la gente me sigue abrazando. Pero a ti te lo digo: en el fondo, nunca creí que dejaría de ser alcaldesa».

«Más claro te lo digo: la corrupción corresponde a la época de ese del que tú dices que no puse fotos en mi despacho. Todo está relacionado con él, los colocó él a todos, los casos están vinculados con él, ni con Paco ni con nadie más, solo con él».

«Yo no sabía al final qué hacer, en su momento paré el debate, creía que tenía que irme. Pensaba que el partido no nos apoyaba, lo de Génova era horrible. Luego Mariano me recibió en la Moncloa, te lo acabo de contar, y me dijo aquello de que no iba a consentir que me fuera y que además le supondría un gran disgusto. ¿La verdad? Que ahí me deshice, y deja de reírte, haz el favor; llevábamos veinticinco años juntos».

«No me arrepiento de haber dicho no a mi candidatura para la Generalitat, pero te voy a dar un titular de esos que tanto os gustan: no contesto ni sí ni no a si me arrepiento de haber apoyado el nombre del Nou President para el cargo. Lo elegimos Paco y yo, pero luego no se hizo valer, no llamaba a nadie ni le cogían el teléfono, le faltaba una transfusión. Engañaba su buen físico, ¿eh?, al primer golpe a mí me pasó. Pero lo que te digo, no ejercía. Yo telefoneaba a todo el mundo, hacía lo que fuera, se lo dije a Mariano, lo mal que estábamos, la falta de ilusión, de impulso».

La Alcaldesa tuvo que acostumbrar el cuerpo a los escraches hasta que dejó el ayuntamiento, decenas de manifestaciones de acoso promovidas por políticos de la oposición y reporteros que hostigaban en la puerta de su casa, cámaras de televisión junto a agitadores a sueldo que pronto se convertirían en concejales y asesores municipales. Con ella vivió una anciana octogenaria que tuvo que oír el acoso perpetuo. La Alcaldesa apenas sobreviviría cuatro años a su madre, la echó mucho de menos. Seguía soltera, había sido libre, había sobresalido en un mundo de hombres y ninguno había conseguido doblegar su voluntad, había disfrutado de la vida, había sido ella misma, su vitalidad estuvo siempre por encima de los prejuicios o los complejos. Había resultado absuelta de un montón de procesos judiciales —Ritaleaks, Nóos, Emarsa, Gürtel, etcétera—, pero, cuando tras cuarenta años de militancia se sintió abandonada por el partido, cuyo carné número tres le pertenecía a ella, fue incapaz de superarlo.

—Ha perdido muchísimo peso, mira estas fotos saliendo de la peluquería —apuntó la Subdirectora en una ocasión—. Se le ha descolgado el rostro, mira qué color, ha envejecido de repente un montón de años, la cara ya no tiene esa alegría de ella, ¿no te parece?

—Humm… Se le está poniendo cara de enferma, como si se estuviera apagando, es lo que parece. ¿Una depresión? Algunos piensan que los problemas pueden somatizarse.

Era un mero runrún en las redacciones, pero solo una semana después pareció un presagio. Tras el óbito surgieron muchas teorías sobre las consecuencias patológicas del sufrimiento y el estrés como causa de lesiones coronarias. La Alcaldesa se empecinó, no quiso dimitir. Discrepó de *El Periódico*, que había avalado su trayectoria («espectacular transformación de la ciudad durante su mandato»), pero que en ese contexto pidió su renuncia al acta de senadora y le afeó su empecinamiento en un editorial de portada («debería proceder a una dimisión honrosa y ejemplar para evitar la persecución mediática y eludir la presión. El tiempo pondrá las cosas en su sitio, y a la Alcaldesa en el lugar que le corresponde»). Mitad crítico, mitad de apoyo, ese editorial hizo indignar a

Pulpón, el incansable Jefe de Operaciones, deseoso de ejercer de periodista y acorralar a la Redacción. Siempre al acecho en las crisis y en los momentos vulnerables, aprovechó que el Director estaba fuera para cuestionar al Editor de Análisis por su falta de dureza. Horas después, el Director contestó de malas maneras: «El editorial es mío. ¿Algún problema?». Luego llamó a los suyos para cerrar filas. Una semana más tarde, en el inesperado funeral, Pulpón fue el primero en la fila de los dolientes.

La exalcaldesa se aferró al Supremo. Le aconsejaron que allí estaban los mejores, las eminencias jurídicas, y que no sería víctima del veneno de la política. Quería seguridades, no una lotería. Murió cuarenta y ocho horas después de su declaración ante Conde-Pumpido, por delito de blanqueo y financiación ilegal. Tropezó en el estrado cuando fue a declarar, según las crónicas. Y al salir se escribió con el presidente del Gobierno. Era lunes, por la tarde. Ya se sintió mal entonces, habló con su hermana para decirle que no se encontraba bien y al día siguiente ya estaba acompañada por la familia. El martes se saltó la habitual cena con los diputados de su circunscripción. Desde el mediodía se ausentó del pleno y se fue al Hotel Villa Real, muy próximo, en la plaza de las Cortes, un local neoclásico con ilustraciones de *pop art* en las paredes. Pasó la tarde en la habitación con su hermana. No quiso llamar al médico. Así era ella. A las 07:03 horas del día siguiente avisaron a un doctor. Nada que hacer, ya era tarde. Se cuenta que en el Congreso vieron llorar a Mariano cuando se enteró de la noticia.

El funeral fue un homenaje de la ciudad. Sentido. La familia no quiso que instalaran una capilla ardiente en el Ayuntamiento, estaba enfadada y dolida. Airada. La Alcaldesa se fue menos acompañada de lo que hubieran querido sus votantes. Habían pasado demasiadas cosas. A la salida del sepelio, el Director se cruzó con

Pepe y Cachi Maldonado, que estaban orillados junto a la pared exterior del tanatorio. No cabía un alfiler en la multitudinaria aglomeración. Cachi le cogió la mano al Director:

—No merece la pena. Se lo dijimos muchas veces a ella: no merece la pena pelear tanto, tanto luchar para esto.

Algunos años después de su fallecimiento se archivará el delirante caso del pitufeo y todos serán absueltos por el tribunal. El fiscal denunciaba que cada concejal había donado legalmente mil euros para la nueva campaña electoral y después el partido se los habría —«habría», en condicional— reintegrado por detrás, supuestamente con dinero negro, según las pesquisas policiales y fiscales. Ahí cayó la mundial. Por fin tenían a la Alcaldesa y a sus chavales contra las cuerdas, todos caminito de Jerez, como en la copla. La ciudad se incendió. Era la traca conclusiva de una época. Solo que años después se descubrió que tampoco este caso se sostenía: se había montado una orgía mediática gracias a un chivato que estaba conectado con el vicealcalde condenado, dolido por su parte con la Alcaldesa por sentirse abandonado. En el juicio, el tribunal afeó a la Fiscalía que ni siquiera hubiera sido capaz de demostrar el origen ilícito del dinero, como para hablar del rocambolesco blanqueo por parte de los concejales. La acusación estaba apuntalada en cuatro presuntos testigos, todos conectados y pertenecientes al entorno del vicealcalde, airado y enfrentado a la Alcaldesa. Al vicealcalde no le había gustado que se desplazara de la lista municipal a su segunda mujer, enferma, depresiva, muy dependiente de él y gravemente manchada por la trama de corrupción del Yonqui del Dinero. Y además se creía maltratado personalmente porque había tenido que dar la cara en el juicio del yerno del Rey: «Esta familia ya ha hecho demasiado por la Alcaldesa». No tenían nada, algunas palabras dudosas e interesadas, pero el fiscal les dio curso. La sentencia de la Audiencia Provincial consideró que el caso no se sostenía: meras sospechas, testigos contaminados, suposiciones... El ministerio público ni siquiera se esmeró en demostrar el origen ilícito del dinero, los cincuenta mil euros repartidos en dinero B entre cincuenta concejales y asesores, un sainete, otro patinazo del gran fiscal anticorrupción, claro que, para cuando todo se aclaró, hacía algunos años que el personaje había huido del lugar del crimen, del caso que se llevó por delante la vida de la gran Alcaldesa.

Aquella mañana bonita e inane de noviembre se escribía el epitafio de una era. Moría la reina de la ciudad. Dieciocho meses antes habían perdido el poder y ella fue la última en caer, como gran matrona de la urbe, tras resistir contra las rocas. Moría ella, físicamente. Como demostración última de que ella, y nadie por encima más que ella, representó una época luminosa, gastadora, verborreica, simpática, próspera, feliz e inconsciente que se cerró con unos años de decadencia insufrible. Todo se ha derrumbado, con enorme desprestigio, en un escenario que, para contarlo, para poder narrar la verdad hasta aquí, se ha necesitado desplegar algunos velos sobre los protagonistas, algunas máscaras, las mínimas, un irrelevante pixelado que no altera el sueño pretencioso tornado en pesadilla de unos mediterráneos que durante un tiempo fantasearon con la gloria: el expresident de los trajes seguía en el pozo de una inmisericorde persecución judicial; el Nou President había fracasado tras tenerlo todo en contra, incluidos los suyos; el Fundador cayó en las redes de la justicia casi dos décadas después de abandonar el Palau; el Jefe de la Dipu conoció la condena de los tribunales, al igual que el Conejo; condenas de prisión también para los consejeros Milagrosa Joyamía, la del reloj de Fitur, y Serafín, el de la escopeta... La lista es todavía más larga, pero ahorrémosles el escarnio a los personajes secundarios.

Han sido años de fragor también en *El Periódico*. Al Jefe de

Operaciones se le ha escapado la baza de la complicidad de la exal-caldesa con el Director cuando ya creía tenerlo a tiro como autor de múltiples delitos. Pero sigue decidido a destruirlo. El ayuntamiento tiene ahora un nuevo inquilino, le ayudará. Solo es cuestión de tiempo. Alrededor de la mesa central de la Redacción se ultima la portada con la muerte de la Alcaldesa. Destaca un bonito retrato, encargado para una exposición reciente, y un título corto a gran tamaño: «Adiós, Alcaldesa». Lo acaba de escribir el Director. Mira a todos en silencio, a Concha Barrado y a los demás jefes de la Redacción. Asienten. Hoy no es día para otro asunto. Han decidido retrasar una exclusiva sobre la vuelta a las contrataciones públicas de los nueve grandes empresarios condenados por corrupción y financiación ilegal: los corruptores están retornando. Arrepentidos y después amnistiados a cambio de una módica sanción, la Administración volverá a ponerse a sus pies. Algo turbio flota en el ambiente, inquietante y letal. Se ha ido la Alcaldesa y se queda el Canterito. Pulpón observa atento al grupo desde el otro lado de la cristalera.

Epílogo

Quede aquí escrita la historia de un desmoronamiento colectivo con sus múltiples sacrificios. Tras sustanciarse el cambio de manos en el poder y la gran eclosión final, sonora, espectacular, paralizante. Un final ruidoso para entretener al gentío, un pantano helado para sus protagonistas involuntarios. Acabar este relato apenas precisa descubrir el rostro de las víctimas invisibles de aquellos años, los ajusticiados sin culpa, los santos inocentes de una fiscalía ansiosa, los personajes colaterales, irrelevantes, el daño innecesario, aquellos de los que nadie se ha acordado, los desconocidos, la viruta de las luchas libradas contra la corrupción y retransmitidas por los telediarios. Sí, vamos a llamarlos los santos inocentes. Esta también debería haber sido la historia de un ejército de parias de mediana edad, empleados de la Administración o del partido, técnicos y asesores y directores de departamento a quienes el tsunami los cogió en medio, material de derribo, aquellos que no eran nadie pero acabaron en el circuito de los proscritos tras perderlo todo. En la escombrera de las grandes batallas. Anónimos. Imputados. Investigados. Desaparecidos. Fueron colaboradores, colaboracionistas. Eso dijeron de ellos. Los imputados del montón. Enredados en la telaraña judicial, entre el acoso indecente, el sálvese quien pueda y el egoísmo de los líderes.

Perseguidos. Sin pruebas, sin evidencias. Arrastrados al fango. Echados a hervir dentro de la cazuela de los procesos judiciales, a fuego lento. Perdieron sus modos de vida, perdieron sus viviendas para poder pagarse los abogados, perdieron la reputación y la dignidad, la confianza en sí mismos y posteriormente acabaron absueltos, o con sus cargos archivados, pero eso ocurrió después de que hubieran perdido todo lo demás. Dos centenares de pardillos, tachados públicamente de corruptos, porque la corrupción pasó justo a su lado, o ni siquiera eso, perseguidos con oprobio, siendo inocentes, para los que nunca hubo un titular de prensa, ni un corte de diez segundos en la radio o en la televisión, porque sus nombres siempre aparecieron como material de relleno, en el batiburrillo, aquellos cuya vida se rompió en dos a partir de la denuncia delirante de un falso sastre a cuenta de unos trajes regalados que no fueron regalados. Y todo acabó en un deceso espectacular en la madrileña plaza de las Cortes. Entre aquellos dos hitos se quedaron cortadas sus vidas, a expensas de que la tortuosa maquinaria judicial los dejara libres de toda sospecha. Allí siguen algunos todavía, esperando.

Esta también es la historia de Alberto Mendoza, Eusebio Monzó, Juan Bover, Nuria Romeral, Henar Molinero, Rafael Aznar, Cristina Morató, Alfonso Bataller, Paco Lledó, Vicente Igual, Lourdes Bernal, Ernesto Moreno, Pablo Broseta, Lola Johnson, Cristina Montalvá, Vicente Rambla, Angélica Such, Jorge Vela, José Miguel Aguilar, José Manuel Uncio, Alberto Catalá, Belén Juste, Lluís Motes, Jorge Bellver, una docena de alcaldes, varias docenas de concejales y directores generales. La historia de J. M. V., que escribió tres correos electrónicos como empleado del Bigotes transmitiendo unas instrucciones de las que era mero mensajero y que se quedó sin empleo ni sustento durante quince años. Y así hasta doscientos casos particulares, desconocidos. Es la historia de un reino de poder y seducción y lujo y chollos y cargos a mansalva que se derrumbó el día que en Estados Unidos reventó el mercado inmobiliario de los inmigrantes y de los pobres. Una historia de pasiones humanas, de ambiciones y dinero, de codicia y supervivencia y miedos. Un mundo con los pies de barro, uno de tantos.

Casos como el de Helga Schmidt, una dama de la ópera internacional, una anciana a la que sacaron de la cama en camisón para que revelara dónde tenía las comisiones de 508 millones de euros procedentes de los patrocinios. Eso dijeron. El saqueo de la Ópera, llamaron a su caso. Un disparate. Falleció antes de poder ser absuelta.

Casos como el de José López Jaraba. Llegó a la ciudad como periodista. Le ficharon en la televisión pública. Acabó como director general, en qué mala hora. En qué mala hora aceptó el cargo. Tardó diez años en salir del hoyo. Se acuerda perfectamente del famoso fiscal anticorrupción: «No miraba nunca a la cara, solo de reojo, como si estuviera leyendo un papel, y hablaba muy bajito». Su caso se activa cuando ya está de vuelta en Madrid: «Al principio te llega un aviso y no le das importancia, luego te sorprendes porque te han imputado, te asombras y te empiezas a poner serio, vas a que te tomen declaración y en ese momento se te cae el mundo encima, ahí es cuando te asustas y piensas que esto te puede arrollar». Todo empieza por una denuncia firmada por la famosa Mónica Oltra a la que enseguida le da cobertura el fiscal que ha destruido un montón de vidas inocentes. Jaraba es acusado de malversación en la asignación de programas televisivos. Encargan un peritaje a la carta firmado por un recién licenciado y un represaliado audiovisual, Jaraba se ve obligado a pagar su propio informe para desmontar las supuestas tropelías. Oltra, una vez que es vicepresidenta del Consell, ordena a la Abogacía de la Generalitat que se persone en la causa como acusación particular. El periodista obtiene una victoria importante, aunque resulta insuficiente; cuando el fiscal anticorrupción huye y abandona el ministerio público, su sustituto da un golpe de timón y pide el archivo del caso, pero ya es tarde porque está dictada la apertura de juicio oral. No cabe dar marcha atrás. Jaraba quedará absuelto en primera instancia, en la Audiencia Provincial y en el Supremo, sin apenas discusión, mientras Oltra seguía persiguiéndole desde el Consell. ¿Caso aclarado y bien acabado? Depende del punto de vista. Jaraba se gastó en el proceso doscientos cincuenta mil euros, de los que le han devuelto seis mil: «Tuve que vender un piso de soltero que tenía en Madrid e hipotecar la casa de mis padres. Todavía estoy pagando el préstamo». Si no lo hubiera hecho, hoy estaría en prisión, siendo inocente.

Historias paralelas que nunca llegaron al gran público. Como la de Marisa Gracia, gerente de Ferrocarriles, ella debía pagar los pecados de otros. La quisieron meter dos veces en prisión. La primera, por el terrorífico accidente del metro. Hubo un procedimiento archivado, quedaba pues libre, absuelta de cualquier responsabilidad personal; el famoso fiscal se enfrentó con la resolución judicial, igual que Mónica Oltra. Esa mujer no se puede ir de rositas, fue colaboradora del President de los trajes. A por ella. Diez años de calvario y recursos. Una presión mediática atroz. Pero Marisa Gracia aguanta, resulta un hueso duro de roer. Jordi Évole monta un programa de televisión en la plaza de la Virgen y consigue lo nunca visto: forzar la reapertura del procedimiento. La jerarquía judicial se acobarda con la presión televisiva, la Audiencia ordena a la magistrada que reabra el caso. El fiscal y Oltra echan más leña al fuego; presentan otra denuncia contra Gracia, ahora relacionada con la adjudicación de contratos. La coacción ya le llega por dos frentes, pero ella se mantiene firme, una roca, no ha hecho nada ilícito. La gerente de Ferrocarriles no se rompe, resiste, aunque no pocos de sus subordinados van cediendo a la extorsión, sienten un miedo atroz y firman lo que la fiscalía les pone sobre la mesa con tal de evitar la cárcel. Santos inocentes, víctimas de la guerra política, no soportan el estercolero, ceden y aceptan condenas menores, irrisorias y sin juicio que les sirven para salir de ahí, aunque apuntalan la culpabilidad de la directora de Ferrocarriles. A Gracia le piden seis años de prisión en un caso y cuatro en el otro. Comienza el primer juicio. Ay, el primer día el fiscal empieza retirando todas las acusaciones contra la gerente, ¡todas!, después de años de hostigamiento en los tribunales y en la prensa: no ha encontrado nada que la pueda convertir en culpable. Se acobardan. Segundo juicio: el fiscal también se retracta, tres días antes de arrancar la vista renuncia a las acusaciones. Rectificaciones en el último minuto para no perder los casos. Al fiscal heroico le fallan los asideros. Dos fracasos colosales. Marisa Gracia ha ganado, si se puede llamar así a su persecución y padecimiento.

¿Y la juez Nieves Molina? Zarandeada por un fiscal con hambre, unos políticos sin escrúpulos y unas autoridades judiciales cobardes. Su trayectoria era intachable. La primera magistrada que condenó a un político de primer nivel mandó a la cárcel al consejero conocido como el Conejo por hacer desaparecer cinco millones de euros de la Generalitat. Fue considerada una heroína, pero luego le tocó la instrucción del fatídico accidente del metro y para el fiscal y los políticos sin escrúpulos no estuvo a la altura; no vio responsabilidades políticas, la tragedia se debió a un error humano, del conductor muerto en el siniestro, y por lo tanto no podía haber juicio puesto que el único responsable había fallecido. Archivó el caso. No gustó la decisión de la juez y fueron a por ella, le montaron una manifestación y un programa de televisión para desprestigiarla. Como no fue suficiente, también le hicieron una obra de teatro en la que salía como protagonista. Se negó a reabrir la causa, pero la obligaron, primero el fiscal (y eso que el ministerio público estuvo de acuerdo con el archivo previo), después la Audiencia, amilanada con tanta presión. Todo el procedimiento empezó a correr de nuevo, pero al final fue la propia Fiscalía la que acabó retirando los cargos, días antes de empezar el juicio, ante la evidencia de la derrota que le aguardaba. La campaña de acoso fue brutal, sin que recibiera el amparo del Consejo del Poder Judicial. Otra mujer que resistió con dignidad y profesionalidad.

Muchos años después, cuando Yelbes ya no estaba en *El Periódico*, recibió en Madrid la carta particular del magistrado de uno de aquellos casos complejos, mediáticos y politizados, reconociendo múltiples coacciones para que actuara contra el espíritu y la letra de la ley. Decía así: «En muchas ocasiones resulta muy difícil e incómodo ir a contracorriente. Supone un enorme desgaste físico y emocional. Fueron muchas las presiones que de forma indirecta recibí y tuve que sortear, donde el rigor jurídico era lo que menos importaba. Percibí la utilización de un procedimiento judicial para fines e intereses políticos, a los que se unieron las ambiciones personales de quienes participaban en el mismo, no siendo pocos los que llegaron, a mi entender, a transgredir el código ético. Compañeros, amigos y familiares me aconsejaron seguir la línea oficial, que cambiara de criterio; desde la serenidad que da el paso del tiempo, creo que hice lo correcto, actué como debía hacerlo, de haber resuelto en sentido contrario habría sido más cómodo para mí, pero a su vez injusto o no acomodado a derecho, no habría tenido la conciencia tranquila. Aquel procedimiento fue el ejemplo de lo que ocurre cuando la política intenta extender sus tentáculos, más allá del lugar que le corresponde, invadiendo las zonas que pertenecen a otros poderes del Estado».